KB251808

크로스의 세계

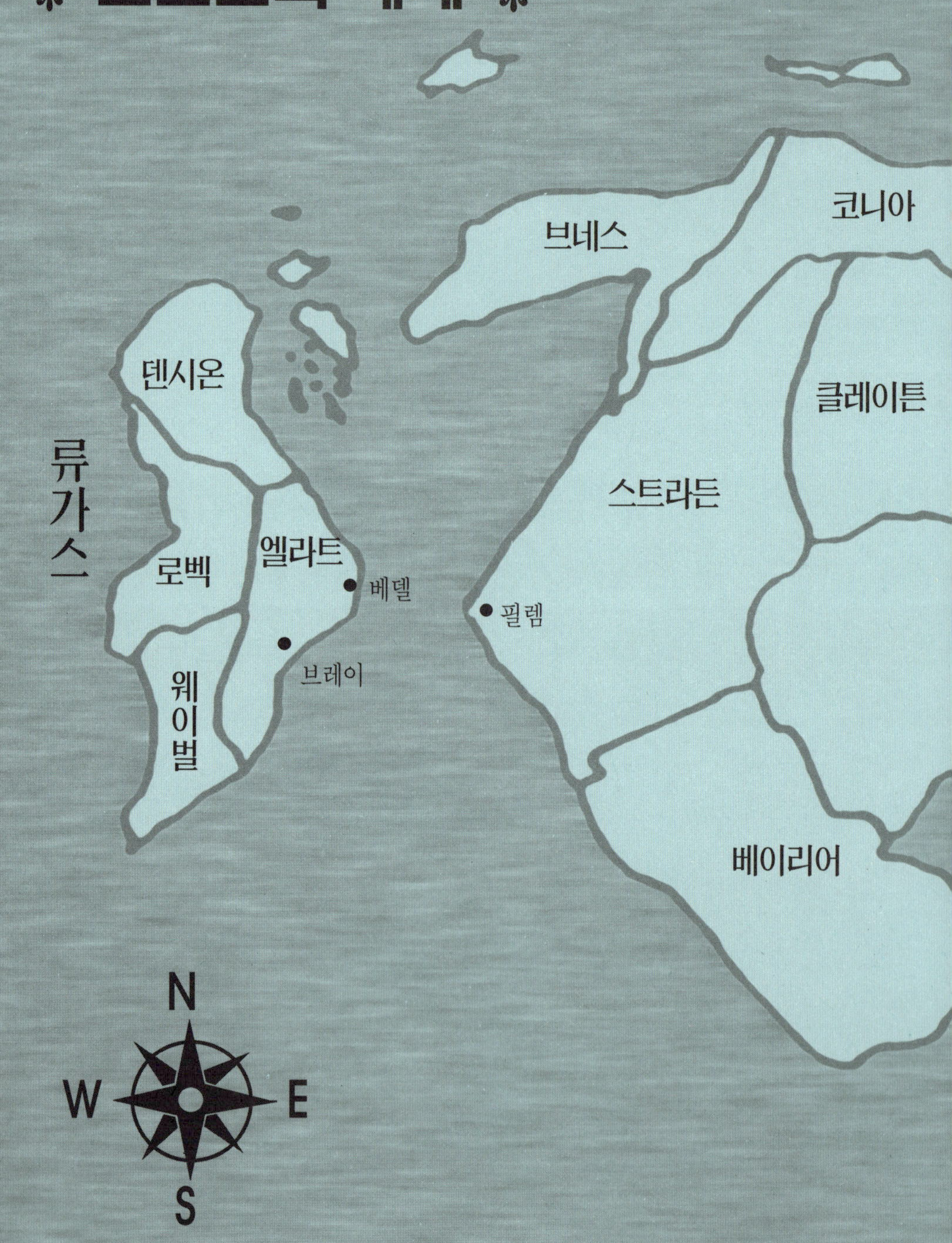

시니아스
미스토산맥
팔루스산맥
라디스터
리츠
드리젠
루덴
펠린
플러니
아르코온
튜튼
세나인
(구 키르베인)
소택지
▲ (데임광산)
케인
키르베인
바르트
아가스
리켈레
알렘
메르즈틴
브린디
(구 마츠)
프람드
모티에
양 엘스헤른
샬
양 엘스헤른
칼 키 아

이원 판타지 장편 소설

크로스 1

이원 판타지 장편 소설

초판 1쇄 찍은 날 § 2001년 6월 20일
초판 1쇄 펴낸 날 § 2001년 6월 30일

지은이 § 이 원
펴낸이 § 서경석
펴낸곳 § 도서출판 청어람
편집 § 문혜영 · 허경란 · 박영주 · 김희정 · 권민정
마케팅 § 정필 · 강양원 · 김규진

등록번호 § 제1081-1-89호
등록일자 § 1999. 5. 31
어람번호 § 제1-0116호

주소 § 경기도 부천시 원미구 심곡1동 350-1 남성B/D 3F (우) 420-011
전화 § 032-656-4452 팩스 § 032-656-4453
e-mail § eoram99@chollian.net

ⓒ 이원, 2001

값 7,500원

ISBN 89-5505-115-8 (SET) / ISBN 89-5505-116-6 04810

이원 판타지 장편 소설

크로스 CROSS

1

마검 네크로스

도서출판 청어람

목 차

서문

　'무식이 용감'이라고 아무것도 모르고 써 나갔던 첫 장편 『위저드리』를 끝내고, 두 번째 장편을 내게 되었습니다. 장편 하나를 끝내고 나면 글쓰기가 조금은 수월해지지 않을까 생각했었는데, 여전히 글을 쓴다는 일은 어렵다는 것을 절실히 느끼고 있습니다. 힘든데 왜 쓰느냐고 누군가 묻는다면, 아마도 그 대답은 '하고 싶은 이야기가 있어서'가 아닐까 싶습니다.

　어릴 때부터 이야기하기와 읽기, 이야기 만들기를 좋아했던 것이 지금까지 이어진 셈입니다.

　어쩌면 전생에 저는 이야기꾼이 아니었을까 하는 생각을 가끔 하기도 합니다. 이 마을 저 마을을 다니면서 구성진 말솜씨로 사람들을 꿈의 세계로 안내하는 이야기꾼.

　그리고 지금도 저는 스스로를 작가라기보다는 이야기꾼이라 생각합니다. 이야기 만들기를 좋아한 셈치고는 글로 쓰기 시작한 지는 그리 오래지 않아, 아직 작가라는 타이틀이 붙기에는 과분하다는 것을 잘 알고 있기 때문입니다. 그렇다고 이야기꾼이 작가보다 못하다는 건 아닙니다. 다만 말로 풀어내는 것과 글로 표현하는 것은 대단히 큰 차이가 있으니까요.

　『위저드리』가 책으로 나왔을 때 무척 기쁘면서도, 한편으로는 많이 부끄럽기도 했습니다. 과연 책이라는 형태로 세상에 내놓을 만한 '이야기'였나 하는 마음이 들더군요. 『크로스』 역시 부족한 점이 많지만, 『위저드리』를 쓰면서 느꼈던 아쉬움과 반성을 담으려 나름대로 노력했습니다.

　『크로스』가 비록 훌륭한 글은 되지 못한다 하더라도, 즐거운 '이야기'로써 읽혀질 수 있다면, 그것만으로도 대단히 기쁘고 만족할 것 같습니다.

끝으로 저의 모든 이야기 구상과 에피소드 구성에 절대적인 도움을 주고 있는 공동 창작자인 동생 이영섭과 사랑하는 가족들, 그리고 저를 지켜봐 주시는 모든 분들께 감사드립니다.

2001년 6월의 어느 날.

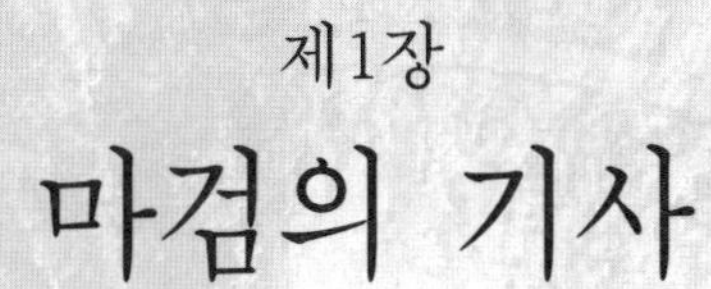
제1장
마검의 기사

(1)

음산한 기운을 드리우며 낮게 깔린 잿빛 구름이 하늘을 무겁게 뒤덮고 땅에는 붉은 피가 대지를 물들이며 스며 들어갔다. 도시의 외곽을 둘러싼 긴 성벽을 막고 있던 거대한 성문은 이미 무너졌고, 성벽도 군데군데 허물어졌다. 검은 독수리 깃발을 든 기사들과 병사들이 거침없이 성으로 진입한 뒤 시가지는 순식간에 날카롭게 부딪치는 무기의 파열 음과 병사들의 함성, 사람들의 비명 소리로 가득 찼다.

"곧장 내성으로 간다! 적의 왕이 죽은 이상 내성만 치면 끝이다!"

본명보다도 '은빛 늑대'라는 별명으로 더 유명한 회색 기사 크로드 네크로스는 가장 선두에서 자신의 휘하 병력을 이끌고 성 안쪽의 내성을 향해 진격해 들어갔다.

은빛 머리칼에 싸늘하게 가라앉은 회색의 눈동자를 가진 그는 외모에서 유래된 '은빛 늑대'라는 별명이 결코 어색하지 않은 남자였다.

검은 바탕에 하얀 늑대 머리가 박힌 깃발을 군기로 삼고 있는 3천을 헤아리는 그의 부하들 역시 '늑대들'이라 불리며, 대장의 명성에 걸맞는 전투력을 자랑하는 전문적인 전투 집단이었다.

크로드의 왼손에는 한 번 뽑으면 반드시 피를 보고야 만다는 마검 네크로스가 있었다. 앞을 가로막는 적을 유려하게 베어 나가는 네크로스의 붉은 검신(劍身)은 사람을 베어도 날에 피가 맺히는 법이 없었다. 마른 대지가 빗물을 들이키듯이 네크로스는 인간의 피를 탐욕스럽게 빨아들였다.

새벽부터 계속된 전투는 두터운 구름에 가려진 태양이 끝내 모습을 보이지 않고 지평선 너머로 잠겨들어, 어둠이 깔리기 시작할 즈음 끝을 보이기 시작했다. 굳게 문을 닫고 최후의 저항을 기도하던 내성의 문이 마침내 산산이 부서지고 내부는 이내 한바탕 피 바람이 일었다.

왕궁 내부를 돌고 있는 크로드에게 그의 부하들이 전했다.

"왕의 가족들을 잡아 홀에 모아놓았습니다."

"알았다. 즉시 가지."

창백한 달빛처럼 희미하게 빛을 반사하는 은빛 머리칼을 포함해 전신이 피로 범벅이 되었음에도 그의 회색 눈동자는 감정의 편린조차 보이지 않고 고요하기까지 했다.

홀에는 한눈에도 귀한 신분임을 알아볼 수 있는 차림의 여자들과 아이들이 두려움에 질린 얼굴로 모여 있었고, 그들의 주위에는 크로드의 부하들이 아직도 핏방울이 떨어지는 무기를 들고 에워싸고 있었다. 부하 중 한 명이 크로드에게 보고했다.

"왕비와 일전에 전사한 태자의 아내, 그리고 태자의 어린 아들, 셋째 왕자, 둘째 왕녀입니다. 둘째 왕자는 전투 중 죽었습니다."

"첫째 왕녀인 이미리아는?"

크로드의 뒤를 따라온 기사 베를로시가 물었다.

"아직 발견하지 못했습니다. 현재 찾아보고 있습니다."

크로드는 잠자코 왕의 일가를 쳐다보았다. 태자의 젊은 아내는 이제 갓 20대를 넘겼을 정도였고, 그녀에게 안긴 아이는 고작 두세 살이었다. 셋째 왕자는 12, 3세, 둘째 왕녀는 그보다 조금 더 들어 보이는 앳된 얼굴이었다.

"이들을 어떻게 할까요?"

울겐이라는 부하가 그들을 가리키며 묻자, 그들의 얼굴에는 한층 더한 공포가 떠올랐다. 두려운 나머지 입을 떼지도 못할 만큼 경직되어 있는 그들에게서 시선을 돌린 크로드는 무표정하게 말했다.

"다른 짓 하지 말고 총사령관의 명령이 있을 때까지 감옥에 가두어 두도록."

"그냥… 말입니까?"

울겐은 못내 아쉬운 표정으로 여자들을 보았다.

"그래, 그냥이야."

크로드는 그들에게서 몸을 돌리고 홀을 나가다가 입구에서 울겐을 뒤돌아보고 재차 당부했다.

"울겐, 자넨 다 좋은데, 가끔 사소한 일에 목숨 거는 경향이 있어. 여자들은 많아. 그러니 딴생각 말고 시키는 대로 하게."

울겐은 긴장해서 허리를 곧추세우고 대답했다.

"알겠습니다."

크로드가 나가고 나자 다른 이가 피식 웃으며 울겐에게 말했다.

"잘 들었지, 울겐? 명령대로 하자구. 우리 대장은 한다면 하는 분인 거 잘 알잖아?”

울겐은 피 묻은 손으로 코를 한번 문지르고 입맛을 다셨다.

“칫, 하는 수 없지. 이런 여자들을 손도 못 대고 그대로 둬야 하다니, 아깝게 됐네…….”

홀을 나온 크로드는 회랑을 나와 내성 내부에 위치한 커다란 중정(中庭)으로 나갔다. 그 자체가 작은 성곽처럼 지어진 내성은 가운데 트여 있는 공간을 요새형 건물들이 정사각형을 이루며 둘러싼 형태였다.

공기는 점점 짙은 빛을 더해가고 곳곳에서 횃불을 켜기 시작했다.

“네크로스여!”

문득 중정의 한쪽에서 들려오는 젊은 여자의 목소리에 크로드는 고개를 들어 소리가 난 방향을 쳐다보았다. 그가 있는 곳에서 오른쪽으로 보이는 내성의 높은 탑 꼭대기에 한 여인이 그를 향해 서 있었다. 맨발에다 발끝까지 끌리는 하얀 옷을 입은 젊은 여인은 자신의 옷처럼 핏기없는 하얀 얼굴에 유난히 눈동자가 크고 검었다.

그녀는 크로드를 똑바로 노려보며 귀기 서린 목소리로 크게 말했다.

“나는 키르베인의 왕녀 이미리아다. 잘도 나의 아버님과 오라버니를 그 저주스런 마검으로 죽이고, 우리 유서 깊은 키르베인을 멸망으로 몰아넣었구나. 그러나 승리의 기쁨도 지금뿐이다. 너 역시 파멸의 운명에서 벗어날 수 없으리라. 머지않아 저주의 운명이 닥쳐와 너를 지옥의 나락으로 떨어뜨리리라.”

크로드에게 저주를 퍼부은 왕녀는 건물 아래로 몸을 날렸다. 그녀의 하얀 옷자락이 허공에서 나풀거리며 떨어져 갔다.

"저런 요망한 마녀 같으니─!"

크로드의 부하 제이슨이 격앙해서 부르짖었다. 평소부터 성격이 괄괄한 편인 그는 흥분을 참지 못하고 이미리아가 떨어진 방향을 사납게 노려보았다.

"터진 입이라고 함부로 지껄이다니!"

"참아, 자네가 흥분하면 어떡하나."

다른 부하가 얼른 제이슨에게 주의를 주고 크로드에게 말했다.

"신경 쓰지 마십시오, 네크로스 경. 아마도 분한 마음에 해본 소리일 겁니다."

그러나 크로드 본인은 아무렇지도 않은 듯 무표정했다.

"이미리아라면… '다가올 날을 보는 눈' 이라 알려진 왕녀였던가?"

잠시 생각하던 크로드가 묻자 기사인 베를로시가 떨떠름하게 대답했다.

"일단 그렇게는 알려져 있지요."

"지금 저 말은 예언 같은 게 아닙니다. 되는대로 하는 막말에 불과합니다."

제이슨은 퉁명스러운 어조로 이미리아의 말을 깎아내렸다. 크로드는 여전히 감정을 읽을 수 없는 냉랭한 표정으로 돌아섰다.

"어찌 되었든 일국의 왕녀다. 병사들에게 일러 시신을 거두어 정중히 매장하도록."

전혀 개의치 않는 듯한 그의 태도에 부하들은 안도하며 그를 따랐다. 회랑을 따라 걷는데 아군 병사들이 적장 한 명을 끌고 크로드에게 왔다.

"로데어 백작입니다."

백작은 40대 중반쯤으로 보이는 무장 스타일의 남자였다. 여기저기 깨지고 떨어져 나간 갑옷과 곳곳에 입은 부상은 그가 치른 격전을 잘 말해 주고 있었다.

"또 만났구려, 로데어 백작. 내게 할 말은 없으시오?"

로데어 백작은 시선을 아래로 향하고 크로드를 외면한 채 무뚝뚝하게 내뱉었다.

"패한 몸이 무슨 할 말이 있겠소. 죽이시오."

크로드는 담담하게 그에게 말했다.

"키르베인의 명운은 이미 끝났소. 남아 있는 당신의 가족과 부하들도 생각하시오. 산 사람은 살아야 할 것이 아니오? 당분간 머리를 식히면서 생각해 보도록 하시오. 일단 감옥으로 모셔라."

병사들에 이끌려 가기 직전 로데어 백작이 탄식처럼 중얼거렸다.

"운명이란 벗어날 수 없다고 하더니… 과연 이미리아 왕녀의 말처럼 되어버렸구나."

그 말이 크로드의 주의를 끌었다.

"지금 그 말, 무슨 뜻이오?"

로데어 백작은 자조적인 말투로 대답했다.

"이미리아 왕녀께서 그랬었소. 이 전쟁은 이길 수 없으니 차라리 항복해서 살길을 도모해야 한다고… 왕께서는 그 말을 듣고 격노하셔서 왕녀를 방에 가두고 결전을 결정하셨소. 믿지 않으려 노력했지만, 결국은 그분의 말씀대로 되고 만 셈이지……."

"싸우기도 전에 그런 말을 하다니… 어리석기는! 지라는 것과 같은 말이 아닌가!"

크로드의 부하 중 한 기사가 대뜸 신랄하게 비난했다. 그러자 다른 사람이 말했다.

"하지만 이미리아 왕녀의 예언은 틀린 적이 없는 것으로 유명하지 않습니까? 그러니 나름대로는 절박한 심정에서 그렇게 말했을 수도 있겠지요. 어찌 되었든 이번에도 그 말이 맞은 셈이고……."

그는 도중 아차 싶었던지 말을 멈추고 크로드의 눈치를 살폈다. 나머지들도 마찬가지였다.

"어서 로데어 백작을 모시고 가라."

병사에게 지시하는 크로드의 표정이나 태도에는 여전히 아무런 변화도 없었다. 긴장했던 부하들이 도리어 머쓱해졌다.

"무엇들 하는 건가? 한가롭게 이러고 있을 때가 아니야. 어서 가세."

그는 부하들을 재촉하고 걸음을 옮겼다.

그날 밤에는 키르베인 왕궁의 연회장에서 승리를 축하하는 큰 연회가 열렸다.

"어서 오시오, 네크로스 경!"

다른 사람들보다 조금 늦게 연회장에 들어서는 크로드를 보고, 연회석의 중앙에 앉은 바르트 군의 총사령관인 헤른 자작이 손짓하며 큰 소리로 그를 불렀다. 그는 희끗희끗한 머리칼을 뒤로 완전히 빗어 넘긴 점잖은 인상의 무장이었다.

"그렇지 않아도 다들 경을 기다리고 있었소. 우선 한잔 드시오."

헤른 자작은 기분 좋게 크로드에게 잔을 건넸다. 크로드가 가볍게 고개를 숙이고 잔을 받아 들자, 자작은 크로드의 어깨를 다정하게 두드렸다.

"오늘은 흠뻑 취해봅시다. 내가 살아서 키르베인 왕궁에서 이렇게

축배를 들게 되다니, 생각할수록 꿈만 같소. 폐하께서 이 소식을 들으면 얼마나 기뻐하시겠소. 앉으시오."

자작이 권하는 대로 자리에 앉은 크로드는 다른 장수들과도 잔을 나누면서 이날의 승리를 축하했다. 연회석 중앙에 앉은 사람들은 대부분이 중년 이상의 연배로 크로드는 단연 젊은 나이였다.

"그런데 네크로스 경, 아까 내성의 탑에서 이미리아 왕녀로부터 불길한 저주를 들으셨다면서요?"

갑자기 누군가가 이미리아의 일을 거론했다. 리켄 백작이었다. 40대 후반인 그는 긍지 높은 귀족가 출신으로 지적인 인상의 남자였다. 좌중의 분위기는 금세 어색해졌다.

"그런 일이 있기는 했습니다만, 괜찮습니다."

크로드는 무표정하게 대답했다.

"그러시다니 다행입니다. 모두들 하도 그 이야기를 하기에 걱정했었는데."

리켄 백작은 예의 바른 미소를 보였다. 그러나 부드럽게 들리는 그의 말투에는 은근한 가시가 들어 있었다.

"염려해 주셔서 감사합니다."

크로드는 무심하게 말하고, 개의치 않는 태도로 술잔을 입에 댔다. 총사령관인 헤른 자작이 얼른 웃으며 분위기를 바꾸려 애썼다.

"그런 말을 두고 저주랄 것이 있겠소? 자신의 나라가 패한 것에 충격을 받아 한 말일 거요. 신경 쓰실 것 없소."

"그렇습니다. 네크로스 경에게 저주라니요? 있을 수 없는 일이지요."

"맞습니다. 그냥 잊어버리십시오, 네크로스 경."

다른 사람들도 저마다 한마디씩 말을 건넸다. 그들의 그러한 위로는 역설적으로 이미리아가 남긴 말이 모든 사람들에게 퍼져 있다는 표시이기도 했다. 그런 씁쓸한 마음과는 반대로 크로드는 침착한 얼굴로 술잔을 주고받았다.

내성 중앙에 펼쳐진 드넓은 중정(中庭)에서는 중간 지휘관들과 기사들이 부대별로 모여 앉아 축하주를 들고 있었다. 그중에서도 크로드의 뒤를 따르고 있던 검은 바탕에 하얀 늑대 머리가 그려진 깃발을 한쪽에 꽂은 20여 명의 남자들은 주위의 기사들과는 퍽 다른 분위기를 풍기고 있었다. 그들 중 기사임이 분명해 보이는 두 명을 제외하고는 입고 있는 갑옷에 문장이 없었다.

"이미리아 왕녀가 떨어져 죽은 곳이 어디랬지?"

떠들썩하게 술을 마시던 도중 한 사람이 묻자 다른 이가 손으로 한 방향을 가리켰다.

"저기라지, 아마? 그건 왜 물어?"

"그냥 좀 찜찜해서 그러지……."

그때 울겐이 툭 내뱉었다.

"흥! 적반하장도 유분수지, 은혜도 모르는 계집이라니까. 그나마 누구 덕에 제 가족들이 험한 꼴 안 당하고 곱게 죽는 줄도 모르고."

"그래도 그 여자, 신통력이 꽤 있었다고 하던데, 정말 무슨 일이 일어나는 건 아닐까?"

"일은 무슨! 네크로스 경이 그런 데 당할 분이냐?!"

"그래도… 또 모를 일이지."

"바보 같은 소리! 넌 그럼 네크로스 경에게 안 좋은 일이라도 일어나기를 바란다는 거냐?!"

"그런 뜻으로 하는 말이 아니잖아!"

"그럼 뭐야?!"

대화가 점점 격한 방향으로 진행될 즈음 그때까지 묵묵히 술만 마시고 있던 큰 체구의 남자가 그들의 대화를 중단시켰다.

"그만들 합시다. 네크로스 경은 강한 분이오. 결코 그런 일에 영향 받지 않소. 우리가 이러쿵저러쿵 떠들어대는 게 오히려 더 나쁜 거요. 이미리아 왕녀가 신통력이 있다고 해도, 결국 자신의 나라도 스스로의 목숨도 구하지 못했소. 이미 죽은 사람의 말에 산 사람이 휘둘리다니, 우스운 얘기가 아니오?"

"군트의 말이 옳소. 이미리아 왕녀의 말은 저주나 예언이라기보다는 그녀의 희망 사항이라 보는 게 옳을 거요. 다른 사람들이 뭐라고 하든 우리까지 덩달아 입에 올릴 일은 아니라고 보오."

그들과 섞여 있는 두 기사 중 젊은 쪽인 베이넨도 군트의 말에 이어 말했다.

남자들은 그들의 말에 겸연쩍게 고개를 끄덕이고 그 이야기는 그만두었다. 그 대신 그들의 화제는 크로드 자신에게로 옮겨갔다.

"베이넨 경은 네크로스 경을 모신 지 오래되었다고 들었는데, 어느 정도십니까?"

40대 초반인 브론의 질문에 베이넨은 미소 지으며 대답했다.

"아주 오래라고는 할 수 없지만, 네크로스 경이 폐하께 기사로 임명된 직후부터 줄곧 함께이기는 하오. 올해로 6년째가 되오."

"군트, 당신은?"

브론에 비해 열 살 이상 연하인 군트는 공손하게 대답했다.

"전 마츠전(戰) 때부터니까 5년입니다."

"그럼 두 분께 묻겠는데, 혹시 네크로스 경이 취한 모습은 보신 적 있소?"

베이넨과 군트는 서로의 얼굴을 마주 보고는 거의 동시에 고개를 흔들었다. 질문을 던졌던 브론은 그럴 줄 알았다는 표정으로 웃었다.

"역시."

그는 손짓을 해서 나머지 사람들에게 모이라는 신호를 했다. 무슨 말을 하려나 싶어 모두가 그에게 몸을 기울이자 브론은 조그맣게 속삭였다.

"나도 네크로스 경을 만난 지 4년째고 함께 술을 마신 적도 많지만, 한 번도 취하거나 흐트러진 모습을 본 적이 없소. 어떻소? 오늘 같은 날 술로 한번 *끝*까지 보내보는 것이?"

"하지만 어떻게 말입니까?"

"그야 간단하지. 우리 모두가 한 잔씩만 권해도 합이 20잔인데, 그 정도면 안 취하고 배기겠소?"

남자들은 다른 사람의 눈치를 탐색하듯 잠시 침묵하다가 다음 순간 너나 할 것 없이 찬성했다.

"그거 재밌겠군. 해봅시다."

"네크로스 경이 취하면 어떻게 되는지 보고 싶은데?"

그들은 킬킬거리면서 술을 권할 방법을 논의하고, 그 다음에는 시침 뚝 떼고서 크로드가 오기를 기다렸다.

얼마 뒤, 크로드가 수행 기사와 중정에 나왔다. 그가 오는 것을 보고 주모자인 브론이 일어나서 두 팔을 크게 벌리고 크로드를 맞이했다. 나머지들도 전원 자리에서 일어났다.

"어서 오십시오. 그렇지 않아도 모두들 기다리고 있었습니다."

"일어날 것 없네. 모두 앉게."

크로드는 그들에게 앉도록 하고 자신도 남자들 사이에 적당히 앉았다. 왕궁 내의 연회에서도 어지간히 술이 돌았던 모양으로, 이미 크로드에게서는 술 냄새가 꽤 짙게 풍겼다. 브론이 계획에 따라 먼저 크로드에게 잔을 권했다.

"어쨌든 오늘은 기쁜 날입니다. 우선 제 술 한잔 받으십시오."

크로드는 별 생각 없이 브론이 내미는 잔을 받아 마시고, 그에게도 술을 따라주었다.

"수고 많았소."

"감사합니다."

브론이 마시고 나자 남자들은 의미심장한 눈빛을 교환하더니 차례차례 나서서 크로드에게 술을 권했다.

"제 술도 받으십시오."

큼직한 철제 잔에 대여섯 잔을 연거푸 마시고 나자 크로드는 몸을 약간 뒤로 젖히고 고개를 저었다.

"이젠 배도 부른데……."

그러자 나머지 사람들은 일제히 들고일어나 소란을 피웠다.

"무슨 말씀입니까? 누구 잔은 받고 누구 잔은 안 받으실 겁니까?"

"맞습니다. 이대로 빠지시면 서운합니다."

"물배하고 술배는 따로 있는 겁니다. 이런 날 마시지 않으면 또 언제 이렇게 마신단 말입니까?"

그들의 아우성에 크로드는 왼손으로 얼굴을 가볍게 문지르고는 고개를 끄덕였다.

"알았네. 마실 때까지 마셔보지."

"당연히 그래야지요."

그들은 소리 높여 환호하고는 계속 크로드에게 잔을 돌렸다.

그러나 20잔이 넘는 술을 마신 뒤에도 크로드는 보통 때와 다름없는 얼굴로 일어섰다.

"연회가 끝나기 전에 안에도 한번 가봐야 하니, 먼저 실례하겠네. 너무 마시면 내일 아침에 지장이 클 테니 적당히들 마시고 아침에 보세."

무표정에 가까운 침착한 얼굴에, 걸음걸이도 조금의 흐트러짐이 없었다. 브론을 위시한 사람들은 입을 쩍 벌리고 그의 뒷모습을 멀거니 바라보았다.

"완전히 멀쩡하잖아? 여기서 마신 것만 해도 족히 한 통은 될 텐데!"

"과연 마검의 기사… 술에도 최강이구만!"

놀라기는 크로드의 수행 기사들도 마찬가지였다. 그의 뒤를 따라 걷던 세 명의 수행 기사 중 가장 젊은 슈미트는 믿기 어려운 표정으로 그의 걸음걸이를 가만히 보고 있다가 용기를 내어 물어보았다.

"네크로스 경, 정말 괜찮으십니까?"

"비교적. 그냥 배가 좀 부를 뿐일세."

크로드의 목소리는 여느 때와 다를 바 없이 냉철했다. 수행 기사들은 질린 얼굴로 서로를 마주 보고 고개를 설레설레 흔들었다.

연회장으로 돌아갔을 때, 그곳에서는 여자들이 춤을 추며 흥을 돋우고 있었다. 크로드는 얼마간 사람들과 어울리다가 적당한 때를 보아 총사령관 등에게 인사하고 일어났다.

"어떻게 하시겠습니까? 이제 주무실 겁니까?"

슈미트가 물었다.

"응. 시간도 꽤 늦은 것 같은데 자네들도 이제 그만 자러 가게."

"주무실 방을 치우도록 해놓았습니다. 이쪽으로 가시죠."

수행 기사들은 크로드를 왕궁의 한 방으로 안내하고 불을 켜놓고 물러갔다.

"안녕히 주무십시오."

그들이 나간 다음 크로드는 침대가 놓인 곳으로 갔다. 침대 머리에 큰 나무판을 부조한 장식물이 달린 큰 침대였다. 갑옷을 벗어 바닥에 두고 침대에 누웠지만, 쉽게 잠이 오지 않았다. 신경 쓰지 않으려 해도 이미리아 왕녀의 마지막 말이 자꾸만 뇌리에 떠올랐다.

"저주라……."

냉소적으로 울리는 목소리와는 달리 그의 표정은 오히려 온화한 빛을 띠었다.

"지금의 저주도 풀 방법이 없는데, 또 무슨 저주가 내린다는 거지?"

크로드는 누운 채 왼손을 들어 그것을 바라보았다. 그의 왼손에는 손등부터 시작해 팔꿈치까지 덮고 있는 은회색의 금속체가 있었다. 그가 왼손의 손가락을 펴자 그 은회색의 금속에서 붉은 기운이 돌더니 긴 검으로 변화해 크로드의 손에 잡혔다. 피를 부르는 마검 네크로스였다.

"11년이다, 네크로스."

네크로스의 붉은빛이 흐르는 검신을 들여다보면서 크로드는 말했다.

"처음 5년의 시간을 너의 것으로 했고, 다음 6년은 전장에서 마음껏 피를 마셨지. 그런데도 아직 부족한가?"

네크로스의 붉은 금속제 검신은 기묘하게 아름답고도 음산한 빛을 발산할 뿐이었다. 크로드는 네크로스를 본래대로 집어넣고 짧게 한숨을 쉬었다.

"그래, 이 정도 저주를 두고 너를 탓해서는 안 되겠지. 나를 왕의 기사로 만들어준 것도, 지금의 나를 지탱해 주는 것도 너니까."

마음에서 느끼는 감정이 얼굴에서는 언제나 정반대의 표정이 되어 드러나고 마는 것. 그것이 마검의 기사가 된 크로드가 치르고 있는 대가였다.

마검 네크로스는 피를 부르는 검이라 불리는 바와 같이 한 번 뽑았다 하면 반드시 피를 보고야 마는 무시무시한 무기였다. 이처럼 강한 마검은 강력한 마의 기운을 수반하고 있어, 만일 검을 가진 자가 그것을 이겨내지 못하면 검을 소유하는 것이 아니라 일생 검의 마력에 휘둘리다가 불행한 최후를 맞이할 수도 있다.

그 점에서 크로드는 충분히 강한 기사였다. 그는 네크로스를 자신의 몸처럼 자유로이 다루었고, 검의 마력도 그의 정신을 옭아매지는 못했다. 다만 표정의 장애만은 그로서도 어쩔 수가 없었다. 그러나 이 사실을 아는 것은 그 혼자뿐이었고, 따라서 그는 오랫동안 자신의 감정을 억제하려고 애쓰며 무표정을 가장해 왔다.

그의 장애는 전장에서는 장점으로 작용해 주기도 했다. 아무리 불리한 전황에서도 그만은 자신만만해 보였으며, 반대로 상황이 아무리 유리하게 돌아가더라도 결코 방심하는 표정을 보이지 않는 그의 캐릭터는 마검의 힘에 더해 크로드에게 대단한 카리스마를 부여해 주었다. 하지만 그럼으로써 어느 누구도, 몇 년을 함께 전장을 누빈 동료들은 물론이고 심지어 부모조차도 그의 무표정에 가려진 본심을 읽어내지는 못했다.

"그만두자. 생각한다고 해결될 문제도 아니고……."

크로드는 옆으로 몸을 돌리고 잠을 청하기 위해 눈을 감았다. 그러나 한참이 지나도록 잠은 오지 않고 정신은 더욱 맑아졌다. 이미리아 왕녀가 입에 올렸던 파멸이라는 말이 자꾸만 귓가를 맴돌았다. 그녀가 말한 파멸은 자신의 몰락을 의미하는 것일까, 아니면 죽음을 말하는 것일까?

"빌어먹을……."

크로드는 낮게 욕지거리를 내뱉었다.

생각할수록 불합리한 일이다. 이것은 국가와 국가 간의 전쟁이었고, 크로드에게 키르베인이나 이미리아 왕녀에 대한 개인적인 감정은 없었다. 장수로서 군주의 명령에 충실했을 뿐인 자신에게 왜 그런 저주가 가해진단 말인가?

저주가 아니라 다가올 일의 예언이라 해도 마찬가지다. 지금까지 전장에서 많은 사람을 죽이기는 했어도, 그것은 전쟁이라는 상황 하에서 벌어진 일이었다. 전장 이외의 곳에서는 불필요한 살상은 가급적 피해왔고, 사람을 죽이는 일을 즐긴 적도 없다.

계속 이런저런 생각을 하며 뒤척이던 그는 새벽녘이 되어서야 설핏 잠이 들었다. 옅은 잠 속에서 그는 어린 시절의 꿈을 꾸었다.

꿈속에서 크로드는 대여섯 살 가량의 조그만 아이였다. 그와 같은 빛깔의 머리칼을 가진 어린 여자 아이가 풀밭에서 그와 마주 앉아 있었다.

예닐곱 살이나 되었을까 싶은 여자 아이는 조그만 손으로 솜씨를 부려 작은 들꽃을 엮어 나갔다.

"됐다. 아, 예쁘다."

아이는 손뼉을 치고 웃으면서 어린 크로드의 목에 꽃 목걸이를 걸어주고 즐거워했다. 그런데 갑자기 주위가 어두워지고 어디선가 거칠고 우악스러운 커다란 손이 나타나 여자 아이의 작고 가는 팔을 붙잡았다. 손은 아이를 막무가내로 잡아끌었다.

"싫어요, 놔줘요!"

아이는 발버둥 치면서 버티려 했지만 잡아끄는 힘에 당해내지 못하고 끌려갔다.

"안 갈래요……! 엄마, 나 가기 싫어! 나 데려가지 말라 그래……! 크로드……!"

"누나!"

크로드는 손을 뻗어 아이의 손을 잡으려고 했으나 전신이 꽁꽁 묶인 것처럼 꼼짝도 할 수가 없었다. 누군가가 자신을 뒤에서 힘껏 끌어안고 있었다.

"크로드, 네가 나중에… 꼭 누나를 데려와야 한다……."

울음 섞인 어머니의 목소리였다. 그러는 동안 그녀의 모습은 점점 멀어져 갔다. 가슴이 꽉 막혔다. 미칠 것같이 답답해서 발악이라도 하고 싶은데 목소리도 나와주지 않았다.

"네크로스 경, 일어나십시오."

옆에서 들려오는 젊은 남자의 목소리에 크로드는 놀라서 눈을 번쩍 떴다. 슈미트였다. 침대에 누워 멍하게 올려다보는 크로드를 보고 슈미트는 싱긋 웃었다.

"좋은 꿈이라도 꾸신 모양입니다."

그의 말에 크로드는 얼른 얼굴에 손을 대보았다. 꿈 때문에 자신도 모르게 웃기라도 한 모양이다. 말없이 일어나 앉는 그에게 찬물이 담긴 컵을 내밀면서 슈미트는 계속 말했다.

"기분이 굉장히 좋아보이시는데요? 여러 해 모시면서도 오늘 같은 표정은 처음 봅니다."

그 딴에는 기분 좋게 건네는 인사말이지만, 한창 심각한 꿈을 꾸다 일어난 크로드는 솔직히 울어도 시원찮을 기분이었다. 남의 속도 모르고 싱글거리는 슈미트에게 한마디 쏘아주고 싶은 충동이 이는 것을 꾹 참고 물을 마시고 난 크로드는 두 손으로 얼굴을 문질러 표정을 지워 버렸다.

"다들 일어났나?"

"아마 그럴 겁니다."

침대에서 일어난 그는 슈미트가 가져다 놓은 세숫물로 얼굴을 씻은 후, 갑옷을 입었다.

어째서 갑자기 그런 꿈을 꾼 것일까? 갑옷을 입으면서도 크로드의 머리 속은 꿈에 대한 생각으로 가득했다.

오랫동안 떠올리지 않았던 얼굴이었다. 어릴 때의 일이라 기억조차 희미했던 그 일이 어째서 이다지도 생생하게 되살아난 것일까? 꿈에서 보았던 그 얼굴이 지금이라도 손에 잡힐 것처럼 또렷하게 떠오르고, 그때의 감정이 고스란히 다가왔다. 그것은 오래된 기억이 아니라 이제 현실이 되어 그의 뇌리를 점령하고 있었다.

"아침 식사를 들이겠습니다."

슈미트의 목소리에 크로드는 상념에서 벗어났다. 혹여 슈미트에게 이상한 표정을 보인 것은 아닌지 신경 쓰면서 그는 얼굴을 가볍게 문질렀다. 다행히 슈미트는 아무것도 모르는 듯 무심한 태도로 방을 나갔다.

 문이 닫히는 소리를 들으며 크로드는 창가로 다가갔다. 슈미트가 들어오자마자 열어놓았는지 나무로 된 창문은 이미 활짝 열려 있었다. 중정을 향해 트여 있는 창문으로는 그 안을 오가는 기사들과 병사들의 모습이 보였다. 그리고 멀리 한쪽에는 어제 이미리아가 저주를 남기고 떨어져 내렸던 탑이 시야에 들어왔다.

 크로드의 생각은 이제 현실로 돌아왔다. 파멸의 운명이라는 말의 의미를 그는 곰곰이 새겨보았다. 이미리아의 저주는 단순히 죽음을 의미하는 말은 아닐 것이다. 만일 죽음만이라면 굳이 파멸이라는 말을 사용할 필요는 없었을 테니까. 불합리하든 어떻든 이미리아의 저주는 움직일 수 없는 사실이고, 그녀는 신통력있는 예언가로 알려져 있었다.

 "완전히 무시할 수 없다면 차라리 생각해 보는 편이 나을지도……."

 그는 씁쓸하게 중얼거렸다.

 그날 밤, 크로드는 총사령관 헤른 자작의 방에 찾아갔다. 크로드에게 자리를 권하고 그와 마주 앉은 헤른 자작은 가벼운 어조로 말을 건넸다.

 "나는 간밤에 술을 너무 마셔서 아직도 속이 쓰린데, 네크로스 경은 전혀 피곤해 보이지도 않는구려. 과연 젊은 사람은 다르구만. 이 시간에 찾아온 걸 보니 뭔가 할 말이 있는 모양인데, 무슨 이야기인지 해보시오."

 "대단히 죄송합니다만, 모레쯤 본국으로 먼저 돌아갔으면 합니다.

폐하를 뵙고 청할 말씀도 있고…….”

“먼저 돌아간다고? 무슨 일인데 그러시오?”

“개인적인 일로 폐하께 드릴 말씀이 있어서입니다.”

“이곳 정리가 끝나고 함께 가면 될 텐데, 그렇게 서둘러 가야 할 만큼 급한 일이오?”

“마음을 정했을 때 끝내야 할 것 같아서 그렇습니다.”

헤른 자작은 잠시 생각하다가 허락해 주었다.

“정히 그렇다면 그렇게 하시오. 이런 부탁을 하는 사람이 아닌데 그러는 걸 보니 중요한 일인 것 같구려.”

“양해해 주시니 감사합니다.”

“그래, 모레 출발하시겠다고?”

“예, 제 휘하의 부하들에게 숙영지로 가도록 조치하고 바로 갈까 합니다.”

헤른은 고개를 주억거렸다.

“하긴… 네크로스 경의 부대는 용병의 비중이 높아서 경 정도의 기사가 아니고는 다루기가 어렵긴 하지. 알겠소. 그러면 그렇게 알고 있겠소.”

“감사합니다. 이만 가보겠습니다.”

크로드는 자작에게 인사하고 바깥으로 나왔다.

자작의 방을 나와 부하들이 있는 막사로 간 크로드는 지휘관 급들을 불러 자신이 왕성에 돌아간다는 사실을 알렸다.

“나는 모레 왕성에 먼저 돌아가게 되었으니, 자네들도 모레 나와 함께 출발하도록 준비를 해두게. 그리고 숙영지까지는 내 대신 에스할트 남작의 지휘를 받도록 하게.”

크로드는 에스할트 남작에게 얼굴을 돌리고 말했다.

"수고스럽겠지만 부탁하오."

에스할트는 고개를 끄덕였다.

"알겠습니다."

"무슨 일로 그리 급히 돌아가십니까?"

군트가 조금 걱정스럽게 물었다.

"내 개인적인 일로 그렇게 결정했네. 특별히 다른 이유가 있는 건 아니니 걱정 말고 숙영지에 가 있게."

부하들은 크로드의 결정을 의아하게 여기면서도 받아들이고, 다음 날 아침부터는 다른 부대들보다 앞서 철군 준비에 들어갔다.

(2)

　그로부터 열흘쯤 지나 크로드 네크로스는 세 명의 수행 기사만을 거느리고 바르트의 수도 알렘에 도착했다. 왕성에 들어간 그는 곧장 자신의 군주 이즈벨 베른히너 왕을 배알했다.

　베른히너 왕은 40대 초반의 지적이고 냉철한 인상의 남자였다. 고만고만한 여러 나라가 각축을 벌이며 흥망을 거듭하는 열국 시대에 왕이 된 그는, 젊은 시절부터 특유의 패기와 야심으로 바르트를 강국으로 이끌어온 인물이었다. 신분이나 출신에 얽매이지 않는 과감한 용병술로도 알려진 베른히너 왕은 크로드를 기사로 인정하고 작위를 내려준 인물이기도 했다. 베른히너는 크로드를 반가이 맞이하면서도 그가 혼자 앞서 돌아온 것이 꽤나 의아한 눈치였다.

　"네크로스 경, 참으로 수고가 크셨소. 키르베인이 바르트의 옆에 버티고 있어 언제나 근심이 끊이지 않았는데, 이제 이렇듯 병합에 성공했으니 기쁘기 그지없소. 경의 얼굴을 조금이라도 일찍 보게 되니 나야 기쁘오만, 무슨 일로 이렇게 급히 오셨소?"

"드릴 말씀이 있어서 헤른 자작께 양해를 구하고 먼저 돌아왔습니다."

"그래요? 어서 말씀해 보시오."

크로드는 잠깐 침묵하다가 단도직입적으로 말을 꺼냈다. 꺼내기 어려운 일인만큼 돌려서 말하는 것보다 바로 이야기하는 편이 차라리 나을 것 같아서였다.

"폐하께서 그동안 내려주신 과분한 은혜는 잘 알고 있고, 또 폐하에 대한 저의 충성에는 변함이 없습니다. 갑자기 이런 말씀을 드리게 되어 대단히 죄송합니다만, 저의 개인적인 사정으로 이제는 그만 쉬었으면 합니다."

왕의 얼굴에서 미소가 사라졌다.

"지금 뭐라고 하셨소? 쉬고 싶다고 하셨소?"

그는 믿기 어렵다는 표정으로 반문했다.

"그렇습니다. 허락해 주셨으면 합니다."

"…이유가 무엇이오? 혹시 키르베인의 이미리아 왕녀가 했다는 말 때문이오?"

많은 이들이 지켜보는 앞에서 있었던 일인만큼 이미 왕의 귀에까지 소문이 들어와 있었다.

"그것도 전혀 없지는 않습니다만, 다른 이유가 있습니다."

"다른 이유라면?"

"실은 개인적으로 오랫동안 미루어두었던 일이 있습니다. 시간이 없다는 핑계로 그동안 다른 사람에게 맡겨두었었는데, 아무래도 제가 직접 해야 할 것 같습니다.”

“그 일이 어떤 일이기에?”

“죄송합니다. 개인적인 일이라…….”

왕은 뭔가 읽어내려는 듯이, 말끝을 흐리는 크로드의 얼굴을 찬찬히 살펴보았다. 그러나 언제나처럼 고요하게 가라앉은 회색 눈동자의 냉담한 무표정으로부터는 아무런 정보도 얻을 수 없었다.

“지금 당장 대답할 순 없소.”

베른히너는 떨떠름하게 대답했다.

“그대는 우리 바르트에 있어 중요한 사람이오. 지금과 같은 시기에 그대 같은 사람을 그냥 보낼 수는 없는 노릇이오. 만일 이미리아 왕녀의 저주가 문제라면 내가 대책을 마련해 주겠소. 마도사들을 여럿 동원하면 분명 막을 방법이 있을 것이오.”

크로드의 얼굴에 희미한 미소가 스쳐 갔다.

“말씀드렸듯이 그 외에 제가 꼭 해야 할 일이 있습니다.”

왕은 고집을 부리는 크로드를 보고 한숨을 쉬었다.

“알았소. 이런 문제에 바로 답할 수는 없으니 조금 더 생각할 시간을 주시오. 피곤할 터인데 오늘은 왕궁에서 우선 쉬도록 하오. 그 문제는 내일 다시 이야기합시다.”

크로드를 내보낸 후 베른히너 왕은 시종장을 불렀다.

“긴히 의논할 일이 있으니 하노프 백작께 당장 오시도록 전하시오.”

“알겠습니다.”

시종장이 그의 명을 시행하기 위해 나가자 왕은 자리에서 일어나 창가로 가 바깥을 내다보며 골똘히 생각에 잠겼다.

한참 동안 그렇게 있는데 문을 두드리는 소리가 나더니 시종장을 따라 하노프 백작이 들어섰다. 시종장은 백작을 안으로 안내하고 자신은 방을 나갔다.

"부르셨습니까, 폐하."

베른히너는 창문 앞에서 돌아서서 자리에 앉으며 백작에게 자리를 권했다.

"앉으시오."

그가 앉고 나자 백작도 가볍게 고개를 숙이고 앉았다.

"오늘은 왕과 신하로서가 아니라 개인적으로 의논할 일이 있어 자네를 오라고 했네."

베른히너와 비슷한 연배인 하노프 백작은 개인적으로는 어린 시절부터 왕의 친구로서 좋은 의논 상대이자 조언자의 역할을 하고 있었다.

"얼굴을 보아하니 심각한 문제인가 보군."

백작은 엷은 미소를 머금고는 편한 말투로 대답했다.

"조금 전에 네크로스 경이 다녀갔네."

"그 소식은 들었네. 생각보다 빨리 돌아왔군. 그곳을 정돈하고 오려면 시간이 꽤 걸리려나 했더니."

"나도 왜 그가 먼저 돌아왔나 했더니, 오자마자 하는 말이 내게서 떠나야겠다는 거야."

"뭐라고?"

백작의 표정이 심각해졌다.

"아니, 어째서? 그 어렵다던 키르베인 왕성까지 성공적으로 공략하지 않았나? 한창 승승장구하며 기세를 올리던 차에 그게 무슨 소리인가?"

"내가 하고 싶은 말도 그거야."

“설마 그 이미리아 왕녀의 저주 때문은 아닐 테고…….”

“그런 것에 휘둘릴 사람이 아니야. 자네도 그 정도는 알지 않나?”

베른히너는 단호하게 잘라 말했다.

“저주가 아니라 그보다 더한 상황에도 굴복한 적이 없는 사람이다. 분명 다른 이유가 있어. 혹시 그에 대한 나의 처우에 부족한 점이 있었던 걸까?”

“그렇지는 않을 거야. 네크로스 경은 특별히 재물을 밝히는 성격도 아니고, 그에게는 충분히 해주었다고 보네.”

“그렇다면 과연 이유가 뭘까?”

손에 각지를 끼고 고민스러운 표정을 보이는 왕을 가만히 바라보던 하노프 백작이 조심스럽게 말했다.

“이미리아 왕녀의 저주가 어쩌면 네크로스 경에게 자신의 앞날에 대해 진지하게 생각하게 한 것은 아닐까?”

“무슨 말인가?”

자신에게 꽂히는 왕의 시선을 느끼며 백작은 미리 당부했다.

“지금부터 내가 하는 말에 화내지 않길 바라네.”

“그렇게 단서를 다는 것을 보니 뭔가 껄끄러운 내용인가 보군. 필요한 약이라면 쓰다 해도 기꺼이 마실 용의가 있네. 어서 말해 보게.”

“그럼 말하지. …조슈아 전하께서 네크로스 경을 어떻게 대하는지 생각해 보게. 이런 난세에, 막말로 자네에게 어느 날 어떤 변고라도 생기지 말라는 법도 없지 않나? 그런데 왕자인 조슈아님께서 네크로스 경을 그렇듯 껄끄럽게 대하시니 네크로스 경이 장래에 대해 불안을 느끼는 것도 어찌 보면 당연한 일 아닌가?”

백작의 말을 들은 베른히너 왕은 의자에 등을 기대고 앉아 생각에 잠겼다. 확실히 백작의 지적이 일리가 있다는 생각이 들었다.

올해 14살인 왕자 조슈아는 어릴 때부터 몸이 약한 탓인지 내성적이고 얌전한 성격이었다. 검이나 승마에도 별로 취미가 없는 그는 자연 궁내의 기사들은 물론이고 군의 지휘관들과 소원한 관계였고, 특히 크로드에 대해서는 두려워하는 기색이 완연해서 어쩌다 복도에서 그를 마주치거나 하면 우물쭈물거려 어색하기 그지없었다.

"14살이면 이제 어리지 않네. 네크로스 경이 바르트에 있어서 가지는 의미를 생각할 때 그에게 그리 대하서서는 안 되지. 그 나이가 되도록 그런 식견이 서지 않는다면 곤란해. 네크로스 경이 바르트를 떠났다고 하면 다른 나라에서 옳다구나 하고 그를 끌어가려고 할 것이 뻔해. 네크로스 경 같은 이를 뻔히 눈뜨고 남에게 내어줘서야 될 말인가?"

"하필이면 왜 네크로스 경을 두려워하는 거지?"

답답해하며 중얼거리는 베른히녀에게 백작은 더욱 신랄하게 지적했다.

"왕후께서 너무 감싸 기르셨어. 기사들은 멀리 하시고 하루 종일 왕후 전하와 시녀들하고만 시간을 보내시니 무엇으로 도량을 키우시겠는가? 일리시아 왕녀께서 그런 면에서는 훨씬 낫지. 일리시아님은 기사로서도 퍽 훌륭하시고, 무엇보다 네크로스 경을 잘 따르지 않나? 이런 시대엔 대국적인 견지에서 판단할 줄 아는 현명한 군주가 아니면 헤쳐 나가기 어려워."

백작의 말이 계속되는 동안 베른히녀 왕은 미간을 찌푸리고 입을 굳게 다물고 있었다. 침묵을 지키는 왕에게 백작은 물었다.

"그래, 네크로스 경에게는 무엇이라고 대답했나?"

"…무조건 안 된다고만 할 수는 없어서 내일 다시 이야기하자 하였

네. 어찌 답하는 것이 좋을까?"

"절대로 그대로 보내서는 안 되지. 일단은 그에게 의리를 만들어주는 것이 좋을 것 같네. 네크로스 경은 그런 점에 약하지 않은가? 지금까지도 그에게 서운하지 않을 만큼 해주었지만 이번에는 과할 정도로 주시게. 그에게 지금까지의 여러 가지 공을 들어 귀족의 작위를 수여하고 큰 저택과 영지를 늘여주는 것이 어떨까 하네만."

"그가 받을까?"

왕의 걱정에 백작은 싱긋 웃었다.

"네크로스 경에게 직접 줄 것이 아니라 그의 부모에게 내리면 되지 않나? 그의 출신 지역을 포함해서 내리면 기꺼이 받을 걸세. 그것으로 일단 묶어둔 후 좀 더 확실한 방법을 쓰는 것이 좋겠지. 네크로스 경이 올해 몇 살인가?"

"26살인 것으로 아네."

"그런데 아직 미혼이지. 진작에 결혼을 했어야 하는 나이인데 말이야."

"그가 내게 온 이래 줄곧 바빴으니까."

"일리시아 왕녀께서는 18살이신가?"

베른히녀는 백작의 말을 바로 알아들었다. 그가 곧장 이렇다 저렇다 답하지 않자 백작은 진지한 얼굴로 계속 말해 갔다.

"그 이상 확실한 방법은 없어. 남자가 왕위를 잇는 것이 통례이기는 하지만 예외도 있을 수 있는 법. 평화로운 시기라면 조슈아 전하께서도 좋은 군주가 될 수 있겠지. 하지만 지금은 아까도 말했듯이 난세야. 바르트를 위한 길을 택해야 할 것일세."

"말뜻은 알겠네. 그 문제도 검토해 보세. 분명히 괜찮은 방법이겠지……."

"단, 거기에는 전제 조건이 있네. 자이즈 후작을 잘 견제해야 할 걸세. 왕후 전하의 친정인 점을 빼고라도, 자이즈 후작가는 만만치 않은 세력가지. 자이즈 후작 자신도 상당한 야심가이고. 조슈아님보다 일리시아님이 왕으로서 적임자라는 것은 거기에도 이유가 있네."

"조슈아가 왕이 되면 외척이 득세할 거라는 얘기로군."

"그 가능성은 이미 자네도 알고 있으리라 보네만."

베른히너는 부인하지 않았다. 새삼스러운 문제도 아니었다. 하노프 백작이 말하기 이전부터 그도 신경 쓰고 있는 부분이기도 했다.

"자네 말이 옳네. 그 문제도 앞으로 더 논의해 보세. 우선 급한 일부터 당장 실행에 옮기도록 하지."

필요하다고 판단한 사안에 대해서는 주저하거나 미루는 법이 없는 베른히너는 그 말을 끝으로 당장 의자에서 일어섰다.

다음날 크로드를 자신의 집무실로 부른 왕은 그가 인사를 마치고 자리에 앉자마자 그에게 말할 틈을 주지 않고 말했다.

"오늘은 경에게 알릴 것이 있소. 그동안의 공도 있고 이번 키르베인의 병합에 끼친 공로가 지극히 크니, 경의 가문에 백작의 작위와 테리아 지방과 테리아 성, 그리고 레시어 숲 일대를 영지로 내리기로 했소. 경의 집으로는 이미 연락을 보냈소. 아마 지금쯤 경의 부친에게 사람이 가고 있을 것이오."

크로드는 무슨 말인가 하려다 입을 다물었다. 작위와 영지를 자신이 아닌 아버지에게 내린다는 것은 그에게 거절의 기회를 주지 않겠다는 이야기다. 고향 집에 있는 부모가 이런 영예를 기꺼이 받아들일 것은 자명한 사실이었다. 게다가 레시어 숲은 그의 고향이며 아버지가 평생을 보낸 곳이기도 했다.

여전히 속내를 짐작할 수 없는 그의 얼굴을 찬찬히 바라보며 베른히녀는 부드러운 말투로 덧붙였다.

"쉬고 싶다는 경의 마음 이해하오. 6년 간을 쉬지 않고 전장으로만 다녔으니 지칠 만도 할 것이오. 휴가라고 생각하고 1년 정도 쉬었다가 돌아오시오. 기다리고 있겠소."

왕이 이렇게까지 말하는데 차마 끝까지 그만두겠노라고 말할 수는 없었다. 크로드는 결국 다른 말은 하지 못하고 집무실을 나갔다.

크로드가 나가고 나자 베른히녀는 안도의 한숨을 내쉬었다.

"우선 잡아두는 데는 성공한 것 같군."

잠시 후 왕후 마리안이 들어왔다.

"드릴 말씀이 있습니다."

왕후는 무슨 이유에서인지 안색이 상기되고 흥분한 모습이었다.

"무슨 일이시오?"

"듣자하니 네크로스 경에게 백작의 작위와 테리아 성과 레시어 숲을 내리신다면서요?"

"그렇소."

"테리아 성과 그 지방은 소출이 많고 아름답기로 유명한 곳이 아닙니까? 레시어 숲도 그렇구요."

왕은 대수롭지 않게 대꾸했다.

"네크로스 경은 키르베인 전체를 내게 안겨주었소. 그런데 테리아와 레시어가 어쨌다는 말씀이오?"

"그에게 백작 작위를 내리신 것은요? 갑작스럽게 그만한 작위를 하사하시는 데는 분명 이유가 있으실 테지요? 혹시 일리시아를 그와 결혼이라도 시키시려는 전 단계가 아닙니까?"

왕후의 날카로운 질문에 베른히너는 감탄을 담아 대답했다.

"호오, 벌써 거기까지 생각이 미치셨소? 여자의 직감이란 어떨 때는 참으로 예리하군."

"세상에!"

마리안은 기막혀 하며 입을 벌렸다.

"그것을 지금 말씀이라고 하십니까? 네크로스, 그자의 비천한 출신을 생각하십시오. 그의 아비는 폐하의 숲에서 나무나 하던 하찮은 자입니다. 네크로스라는 성부터가 자신의 마검에서 따온 것 아닙니까? 그런 자의 아들에게 딸을 주신다구요?"

"중요한 것은 그 자신이오. 네크로스 경은 바르트가 자랑하는 수일의 맹장이오. 그리고 잊으셨나 본데, 5년 전 마츠 국의 침공 때 그가 측면의 적을 격파하고 본대를 위기에서 구해주지 않았더라면 오늘의 나도 그대도 없을 것이오. 저 키르베인 왕녀들의 운명이 그대로 그대의 것이 되었을 것이오. 그 사실을 기억한다면 지금의 말씀이 얼마나 은혜를 모르는 것인지 모르시겠소?"

왕후도 그 말에는 어느 정도 기세가 누그러들었다.

"그를 부하로서 아끼시는 것은 저도 압니다. 하지만 그것과 딸의 혼사 문제는 별개입니다. 그와 일리시아의 나이 차이도 생각하셔야지요. 일리시아의 마음도 그렇구요."

그러나 왕은 차갑게 왕후의 말을 잘랐다.

"왕족의 결혼에서 가장 중요한 것은 국가의 필요성이오. 그것을 잘 아시는 분이 그런 말씀을 하시오? 그리고… 대체 언제부터 내가 하는 일에 그대가 일일이 간섭하게 되었소? 왕은 나요. 왕후로서 본분을 지키시오!"

그의 냉랭한 말투와 싸늘한 눈빛에 마리안은 움찔해서 물러섰다.

"…죄송합니다."

"그대가 할 일과 내가 할 일은 따로 있소. 그 점을 잊지 마시오."

차갑게 단언하는 그에게 더 이상 말도 붙이지 못하고 베른히너의 집무실을 나온 마리안은 즉시 일리시아를 자신의 방으로 불렀다.

방에 들어서는 일리시아는 왕녀다운 우아한 드레스 대신 여성용 갑옷을 입고 허리에는 검을 찬 모습이었다. 그녀는 기사 서임을 받은 기사로서 평소에도 갑옷을 즐겨 입었다.

"부르셨습니까, 어머님."

"또 갑옷이냐? 드레스는 도통 입질 않는구나."

마리안은 마뜩찮은 시선으로 일리시아의 갑옷을 보았다.

"이쪽이 편합니다."

"네가 그렇게 해서 다니니 폐하께서 너를 그런 남자에게나 보내려고 하시지 않느냐."

일리시아는 왕후의 눈치를 살피며 조심스럽게 물었다.

"무슨 말씀이신지……?"

"너를 그 싸움만 아는 불한당 네크로스와 혼인시키겠다고 하시는구나."

일리시아의 반대를 기대하고 그녀를 지켜보던 왕후는 일리시아가 뜻밖에도 얼굴을 살짝 붉히는 것에 놀랐다.

"일리시아, 설마… 폐하의 말씀에 따르기라도 하겠다는 것이냐?"

"네크로스 경은 훌륭한 분입니다, 어머님."

일리시아는 분명한 어조로 대답했다. 마리안은 어이가 없어 멍해지고 말았다.

"그가 어떤 출신인지 알면서 그렇게 말할 수 있느냐?"

"분명 어머님께서 보시기에 그분의 출신은 못마땅하실지도 모르지만, 네크로스 경은 누구보다 명예로운 기사이시고 바르트에는 꼭 필요한 분입니다."

확신을 담아 말하는 일리시아를 본 왕후는 그만 할 말을 잃고 말았다. 왕의 계산에 더해 일리시아 본인까지 이렇게 생각하는 이상, 자신이 아무리 반대해도 소용없으리라는 것을 그녀는 깨닫고 있었다.

베른히너 왕과 이야기를 끝낸 크로드는 즉시 고향 집으로 출발할 준비를 마치고 왕궁을 나왔다. 왕궁의 회랑을 걸어가던 크로드는 맞은편에서 오는 자이즈 후작과 마주쳤다. 그는 마리안 왕후의 동생으로 왕의 처남이 되는 사람이었다.

"누군가 했더니 네크로스 경이군. 키르베인에선 언제 돌아오셨소?"

"어제 도착했습니다."

"그런데 또 벌써 어딜 가시는 길이시오?"

"폐하께 인사를 드리고 고향으로 내려가려는 길입니다."

"그러시오? 이번에도 경의 공이 크다고 들었소. 푹 쉬었다 오도록 하시오."

별 생각 없이 크로드와 의례적인 인사를 나누고 누이 마리안의 방으로 간 자이즈 후작은 왕후로부터 일리시아의 혼사 이야기를 듣고 놀라움을 감추지 못했다.

"폐하께서 그런 말씀을 하셨단 말입니까?"

"내가 뭐라고 말씀을 드려도 소용없을 것 같다."

마리안은 이마를 짚으며 한탄했다.

"게다가 일리시아, 그 철없는 것은 싫어하기는커녕 기꺼이 받아들일 태세이니……."

"일리시아는 전부터 네크로스 경을 잘 따랐으니까요."

씁쓸하게 중얼거리는 동생에게 왕후는 하소연했다.

"그러니 이를 어쩌면 좋겠느냐? 아무래도 이 일이 일리시아의 혼사만으로 끝나진 않을 것 같구나."

"누님 말씀은 폐하께서 장차 왕위를 조슈아가 아닌 일리시아에게 물려줄 수도 있다는 것이로군요."

"너도 그분의 성격을 잘 알지 않느냐? 무섭도록 냉정한 사람이다. 자신의 야망을 위해서는 자식까지도 버릴 수 있는 분이야. 그렇게 되면 일리시아는 그렇다 쳐도, 그 잔인한 네크로스가 조슈아를 가만히 두겠느냐?"

"네크로스 경은 확실히 무서운 인물이지요."

자이즈 후작은 왕후의 말에 동감을 표했다.

"전장에서 그가 직접 죽인 사람만 해도 수를 다 헤아리지 못할 겁니다. 오죽하면 그가 전면에 나서면 적군의 전열이 반구형으로 패이면서 물러설 정도라고 하니까요. 자신에게 방해가 된다 싶으면 그냥 두지는 않을 겁니다. 무장으로서야 쓸 만하겠지만 그렇다고 그런 자를 대공으로 삼으시겠다니, 매형께서 너무 심하신 겁니다."

"내 말이 그 말이다. 그의 출신을 버젓이 아시면서 어떻게 그런 생각을 하실 수 있는지… 그런 천한 자와 내 딸을 맺어주시겠다니……."

그 일을 입에 담는 것만으로도 왕후는 수치심을 견딜 수 없는 듯 입술을 깨물었다.

"무슨 대책을 세워야 하지 않겠느냐? 이대로 앉아서 당할 수는 없는 노릇 아니냐?"

자이즈 후작은 심각한 태도로 이런저런 계산을 해보고 있었다. 이제까지 조슈아의 왕위 계승에 장애가 생기리라고는 생각한 적이 없었다. 일리시아는 적당한 곳에 혼인시키면 되는 것으로만 여겨왔다.

일리시아는 동생 조슈아와는 여러모로 대조적인 성격이었다. 내성적이고 얌전한 조슈아와는 달리 아버지인 왕의 성격을 많이 이어받은 그녀는 활동적이고 기사들과 어울리기를 즐겼다. 말하자면 전혀 고분고분하지 않은 타입이었다.

얌전한 조슈아가 왕위를 이으면 외가인 자이즈 후작가의 영향력은 당연히 크게 증대될 테지만 일리시아의 경우는 오히려 반대가 될 가능성이 컸다. 게다가 크로드 네크로스와 혼인이라도 한다면 더욱 그럴 것이다.

"이 일을 어찌하면 좋겠느냐?"

바짝 다가앉으며 다그치는 마리안의 얼굴을 가만히 바라보며 자이즈 후작이 말했다.

"누님의 뜻이 그러하시다면 방법은 하나밖에 없지 않겠습니까?"

마리안 왕후도 그의 말뜻을 이해했다.

"조심해야 한다. 폐하께서 그를 그토록 아끼시니 만일 이 일이 밝혀지기라도 하는 날이면 너라고 해도 무사하기 어려울 것이다."

"잘 알고 있습니다. 신중을 기해서 움직여야지요. 수하를 시키는 서툰 짓은 하지 않습니다. 네크로스가 워낙에 강하고 악명이 높으니 쉽지는 않겠지만 방법을 찾아보겠습니다."

"그럴 테지. 어쨌든 너만 믿겠다."

마리안은 간곡한 표정으로 동생의 손을 꼭 잡았다.

왕궁에서 물러난 자이즈 후작은 저택으로 돌아가 자신의 심복인 팔켄을 집무실로 불렀다. 팔켄은 보통 체격에, 단정하고 영민한 인상을 가진 30대 후반의 사내였다.

"찾으셨습니까?"

책상에 앉아 있던 후작은 손짓해서 팔켄을 가까이 오도록 했다. 팔켄은 문을 닫고 그의 옆으로 갔다. 팔켄이 그의 옆에 서자 자이즈 후작은 팔켄에게 몸을 숙이도록 손짓하고 낮게 말했다.

"지금부터 하는 이야기는 절대 외부에 알려져선 안 되네."

팔켄은 순간 긴장하며 고개를 살짝 끄덕였다.

"크로드 네크로스를 제거해야겠네."

"예?"

팔켄의 표정이 놀라움으로 굳어졌다.

"역시 놀라는군."

"그리 하셔야 할… 이유가 있습니까?"

"폐하께서 그와 일리시아를 혼인시키고, 일리시아에게 왕위를 물려주려 하시네. 네크로스는 그냥 대공으로 얌전히 물러나 있을 사람이 아니지. 듣자니 네크로스는 당분간 왕성을 떠나 있을 모양이야. 그때가 기회다. 바르트에 있어 쓸모있는 자긴 하지만, 어쩔 수 없지."

"하지만 네크로스 경에게 어떤 사고라도 생긴다면 폐하께서 가만히 계시지 않을 텐데요?"

"네크로스는 적이 많아. 6년을 전장에서 뒹굴면서 2개 나라를 멸망으로 몰고 갔지. 게다가 폐하께 특별한 총애를 입고 있으니 내부적으로 시기하는 자들도 많을 것이고. 은밀하게 잘 처리하기만 한다면 누가 한 일인지 어찌 알겠는가? 자네 생각에 그를 제거하려면 어떤 방법이 좋겠나?”

“죄송합니다만 그 결정, 신중하게 심사숙고하신 끝에 결정하신 것입니까?”

후작은 역정을 내며 팔켄을 노려보았다.

“신중하게 생각하고 말고 할 것도 없어! 당장 눈앞에 닥친 일이다. 지금 내 결정이 잘못되었다고 말하는 건가?”

“죄송합니다. 저는 다만… 이 일이 후작께 자칫 해가 되지나 않을지…….”

“그러니까 잘 처리하자는 말이네. 딴말은 하지 말고 어떻게 네크로스를 해치울 것인지나 생각해 보게.”

팔켄은 한동안 묵묵히 생각하다가 신중하게 대답했다.

“네크로스는 확실히 노리는 적이 많기는 하겠지만, 암살은 쉽지 않을 겁니다. 섣불리 시도하다가 실패하면 그 뒷감당이 만만치 않을 테니까요. 또 암살자를 고용하려고 해도 마검의 명성이 워낙 대단하니 맡으려는 자가 있을지도 문제입니다.”

“그러면 암살 이외에 방법이 있겠나?”

“다른 힘을 이용할 수 있다면 어떻겠습니까?”

“마법이나 저주를 말하는 건가? 네크로스 자체가 마검이라 마법이 거의 통하지 않는다고 하던데 도리어 더 힘들지 않겠나?”

“저주는 물론 그렇습니다. 그리고 상대가 네크로스가 아니라 해도 마도사들은 자신이 나서서 마법으로 직접 죽이는 일은 거의 하지 않습니다. 제가 말씀드리는 것은 소환입니다. 마물 같은 것을 불러내는 것이지요."

"소환사를 쓰자는 말이로군. 하지만 그만한 마도사를 어디서 찾겠나?"

"쿠델은 어떻겠습니까? 그가 소환술을 특기로 내세우는 것으로 압니다만."

쿠델이라는 이름에 후작은 잠깐 기억을 더듬어보다가 말했다.

"쿠델이라면, 전에 자네가 소개했던 그 마츠 출신의 마도사로군. 글쎄… 실력이야 대단하다고 하지만, 그를 믿을 수 있을까?"

"제 발로 후작을 찾아온 것을 보더라도 야심이 있는 남자입니다. 그리고 전에 얼핏 듣기로 네크로스에게 개인적으로 원한이 있는 것 같더군요. 그의 손에 가까운 사람이 죽은 모양입니다."

"그렇다면 적임자일 수도 있겠군. 좋아, 이 일은 자네에게 맡기겠네."

자이즈 후작은 책상 가장 아래 서랍을 열어 가죽으로 만든 작은 자루를 꺼내 팔켄에게 건넸다.

"받아두게. 자금이네. 비밀이 새어 나가지 않도록 각별히 유의하고, 만일의 경우에도 내 이름이 나오게 해서는 안 되네."

"알겠습니다."

팔켄은 자루를 받아 품에 넣고, 후작에게 깍듯이 인사한 다음 방을 나갔다.

*　　　*　　　*

자신을 두고 그런 음모가 진행되는 것도 모른 채 크로드는 고향으로의 길을 서둘렀다. 고향 집에서는 크로드의 부모가 그를 기다리고 있었다.

울창한 숲을 뒤에 두른 낮은 언덕 위에 자리한 그의 집은 지은 지 그리 오래되지 않은 회색 화강암 저택이었다. 4년 전 마츠와의 전쟁이 끝난 직후, 베른히너 왕이 그에게 상으로 지어준 것이었다.

"세상에! 폐하께서 우리에게 백작의 작위와 레시어 숲 전체를 준다고 하셨단다. 레시어 숲의 그 많은 나무와 이 부근이 전부 우리 거라는구나. 이런 고마운 일이 또 어디 있느냐?"

크로드가 현관에 들어서자마자 그의 아버지는 흥분을 감추지 못하고 왕이 내린 상을 두고 입에 침이 마르도록 감탄했다. 그의 이런 반응을 크로드도 짐작하고 있던 터라 내심 쓴웃음이 났다. 베른히너 왕도 아마 이리 될 것을 알고 선수를 친 것이리라.

"우리에게 작위를 받으러 수도에 오라고 하셨는데, 네가 오면 같이 가려고 기다리고 있었다."

"저는 이대로 여행을 떠날 생각입니다. 두 분이 가셔서 받도록 하십시오. 페임 백작가의 에이츠 경에게 부탁해 놓았으니, 그가 마중 나와서 도와줄 겁니다. 그리고 예법은 그동안 연습하신 대로만 하시면 되니까 염려하실 필요 없습니다."

"여행이라니?"

"1년 휴가를 얻었습니다. 휴식도 취할 겸 밖으로 나갔다 오겠습니다."

그의 부모는 어리둥절해서 크로드의 안색을 살폈다. 그가 전혀 기뻐하지도 않고 너무도 담담하게 받아들이는 것도 그렇지만, 갑작스럽게 여행을 간다고 하니 이상한 생각이 들었던 것이다. 그러나 크로드의 변화없는 표정은 평소와 다름없이 냉랭한 분위기를 풍길 뿐, 그의 속마음을 짐작하기란 불가능했다.

"혹시… 그 키르베인의 왕녀가 했다는 말 때문이냐?"

어머니가 걱정스레 물었다.

"여기까지 소문이 났습니까?"

"사람들이 그러더구나. 하지만 다들 너한테야 무슨 일 있겠냐고들 하더라."

"그런 것 때문이 아닙니다. 키르베인 병합도 끝나고 해서 쉬려는 것뿐입니다. 그리고 시간이 생긴 김에 누님을 찾아올까 합니다."

"엘렌을?"

"예, 다른 사람을 시켜서 찾는 것은 아무래도 한계가 있는 것 같습니다. 그래서 제가 직접 찾아볼 생각입니다."

누님이라는 말에 어머니는 어느새 눈물을 닦아내고 아버지는 긴 한숨을 쉬었다.

"그래, 그 불쌍한 것… 어디서 어떻게 지낼지……. 찾을 수만 있다면 그간 고생한 것 죄다 갚아줄 수 있을 텐데……."

"너무 걱정 마십시오. 꼭 건강하게 잘 있을 겁니다."

"언제 가려고?"

"내일이라도 출발하겠습니다."

"위험하지 않겠니?"

"제가 가려는 서쪽은 이곳과는 달리 평화로운 곳이니 괜찮을 겁니다."

어머니는 고개를 끄덕였다.

"그래, 어떻게든 찾아봐라. 그렇지 않아도 내가 그것이 마음에 걸려서 편할 때가 없단다. 어디서 어떻게 지내는지도 모르면서 우리만 이렇게 큰 집에, 좋은 음식에, 호강하는 것이 죄스러워서…….”

크로드는 어머니를 가볍게 안고 위로했다.

“꼭 찾아서 함께 오도록 하겠습니다.”

＊　　　＊　　　＊

그 무렵 자이즈 후작의 명령을 받은 팔켄은 그가 후작에게 추천했던 마도사 쿠델을 찾아갔다.

쿠델은 암흑을 상징하는 검은색 로브를 입은 초로의 남자였다. 그가 입고 있는 로브처럼 본래 새까맸을 머리칼에는 이제 제법 희끗희끗한 빛이 돌았지만, 눈빛만은 젊은 사람 못지 않게 힘이 담겨 있었다. 짙은 눈썹과 그 아래 자리한 깊은 눈동자는 그에게 일종의 품격을 느끼게 했다.

“제게 뭔가 하실 말씀이 있어 오신 것 같은데… 아닙니까?”

쿠델은 내어놓은 찻잔을 입에도 대지 않고 심각한 표정으로 한참을 앉아 있기만 하는 팔켄에게 말을 건넸다.

“사실은 그렇소.”

팔켄은 고개를 끄덕였다.

“전에 당신은 마계 소환술이 특기라고 한 것 같은데, 맞소?”

“그렇다고 말할 수 있지요.”

“당신이 소환해 내는 존재는 당신의 명령에 절대적으로 따르는 거요?”

“소환해서 제압에 성공한다면 그렇지요. 술사의 우위를 인정하게 되면 술사의 명령에 따르게 됩니다.”

"필요하다면… 누군가를 죽일 수도 있소?"

쿠델의 얼굴이 약간 경직되었다.

"마도사는 암살자가 아닙니다. 가끔 그런 목적으로 마법을 쓰는 자도 있기는 하지만, 흔한 일은 아닙니다. 소환이든 직접적인 공격이든 마법으로 사람을 해치는 행위는 크나큰 영적 부담으로 작용하니까요."

"그래서 할 수 없다는 거요?"

팔켄이 짜증스럽게 물었다. 쿠델은 가볍게 한숨을 쉬었다.

"말씀드렸듯이 정도(正道)를 가는 마도사에게는 마땅히 피해야 할 일에 속합니다. 하지만 당신께 의탁하고 있는 몸이니 당신의 부탁을 무조건 거절할 수는 없겠지요. 글쎄요, 한 번 정도라면……."

"약속하오. 이번 한 번만이오."

팔켄은 재빨리 다짐했다.

"나도 그런 일은 좋아하지 않소. 부득이한 일이라 당신에게 말하는 거요. 이번 한 번만 해주겠소?"

"상대는 어떤 사람입니까?"

"크로드 네크로스요."

"네크로스?"

팔켄은 고개를 번쩍 들었다. 그의 눈에 짧은 순간 강렬한 빛이 스치고 지나갔다.

"그렇소. 당신도 그에게 어떤 원한이 있는 것 같던데……."

"개인적으로 약간 그럴 일이 있지요."

쿠델은 얼버무리고 화제를 돌렸다.

"네크로스는 바르트에서 중요한 사람으로 아는데, 왜 그를 해치려 하십니까?"

"내가 모시는 분께 중대한 장애가 되고 있소. 그에게 개인적인 감정은 없지만 어쩔 수가 없소."

"그것은 그분의 뜻인 겁니까?"

쿠델의 은근한 질문에 팔켄은 서둘러 부인했다.

"아니오. 이건 내 결정이오. 그분은 모르시는 일이오."

쿠델은 묘한 미소를 머금었다.

"그렇다면 일을 벌였다가 나중에 문제가 되지 않겠습니까?"

"그건 내가 보장하오. 그런 일은 없을 것이오."

"알겠습니다. 그럼 한번 준비해 보도록 하지요."

"내가 도울 일은?"

"몇 가지 있습니다. 우선 인적이 없고 조용한 장소를 찾아주십시오. 폐가나 버려진 신전 같은 곳이 최적의 장소지요. 가급적 넓은 곳이 좋습니다. 그리고 소환 의식에 사용할 도구를 마련해야 합니다. 소환 의식에 사용하는 물건은 한 번도 사용하지 않은 새것이어야 하니까요. 도구는 제가 직접 만들거나 구입해야 하니까 필요한 금액만 주시면 됩니다. 그 다음에 소환에 사용할 제물을 준비해 그곳으로 가져다 주십시오. 이번에는 검은 염소 두 마리 정도면 충분하지 않을까 싶습니다. 단, 젊고 건강하며 한 번도 교미한 적이 없는 것이어야 합니다. 살아 있는 상태로 데려다 주십시오."

"준비가 상당히 까다롭군."

팔켄은 씁쓸하게 말하고 일어났다.

"알겠소. 당신 말대로 준비해 보겠소. 제물은 그렇다 치고 장소를 찾아내는 데는 시간이 좀 걸릴 것 같소. 적당한 곳이 찾아지면 연락하겠소."

"기다리고 있겠습니다."

팔켄을 배웅하고 돌아온 쿠델은 작업실 겸 서재로 쓰고 있는 지하실로 내려갔다. 지하실의 한쪽 벽에는 책과 두루마리가 가득 꽂힌 책장이 있고, 다른 쪽에는 여러 가지 크기의 병과 상자가 들어 있는 벽장이 있었다. 벽장에서 상자를 하나 꺼낸 쿠델은 상자에서 납으로 만든 뚜껑으로 닫힌 검은색의 유리 병을 꺼냈다. 유리 병의 뚜껑에는 마법 문자와 그림이 그려져 있었다.

납 뚜껑을 열자 안에서 희뿌연 연기가 피어 오르더니 조그만 형체가 생겨났다. 참새만한 크기의 외눈박이 새였다. 좁은 병 안에서 바깥으로 나온 것이 못내 기쁜 듯 새는 하나밖에 없는 커다란 눈을 희번덕거리며 지하실을 한 바퀴 돌았다. 처음 병에서 나올 때 검은색을 띠고 있던 새는 날아다니면서 계속 주변의 색깔에 맞추어 색을 변화시키고 있었다. 자연스럽게 변화하는 색깔 때문에 주의 깊게 살피지 않으면 분별하기 어려울 정도였다.

쿠델이 손을 내밀자 새는 그의 손가락 끝에 올라앉았다.

"너는 '나의 눈' 이다."

쿠델의 말에 새는 작고 또렷한 인간의 말로 대답했다.

"예, 나는 '당신의 눈' 입니다."

"좋아. 가서 내가 원하는 자를 찾아내라. 그리고 그의 동태를 내게 낱낱이 보여주어라."

"예, 주인님."

새는 작은 머리를 끄덕이고는 연기를 남기고 사라져 버렸다.

히맨 엘프

(1)

　예정대로 여행을 떠난 크로드는 7일째를 맞이하는 날, 지금까지 한 번도 지나친 적 없는 낯선 숲에 와 있었다. 숲 지대에 들어선 뒤로 이틀째 인가를 찾지 못한 터라 노숙을 하는 중이었다. 어둑어둑해진 숲에서 모닥불을 피우고 저녁 식사를 위해 숲에서 잡은 토끼를 굽고 있는데, 갑자기 뒤쪽 수풀에서 이상한 기척이 느껴졌다. 크로드는 조심스럽게 허리 왼쪽에 찬 검으로 손을 옮겨 빠르게 뽑아 들고 일어나 인기척이 난 곳으로 움직였다. 네크로스의 살상력이 워낙에 강한 터라 전장이 아니면 다른 검을 사용하는 일이 많았다.

　"누구냐!"

　그곳에는 근육질의 남자가 눈을 동그랗게 뜨고 뻣뻣하게 서 있었다. 허리에 검을 차고 금속제 갑옷을 입고 있는 것으로 보아 기사 같기도 했다. 남자는 멍청한 얼굴로 눈을 껌뻑거리다가 머뭇머뭇 대답했다.

“그냥… 지나가는 중인데요…….”

“그런데 왜 숨어서 지켜보고 있었소?”

여전히 검을 거두지 않고 크로드는 남자를 쏘아보았다.

“그게… 저…….”

남자는 우물쭈물거렸다.

“제대로 말하시오.”

크로드의 재촉에 남자는 얼굴이 빨개져서 조그맣게 대답했다.

“그게요… 배가 고파서…….”

그 순간 남자의 배에서 울리는 우렁찬 꾸르륵 소리가 그의 말을 강력하게 뒷받침했다. 조금 긴장을 푼 크로드는 검을 치우고 모닥불을 손짓으로 가리켰다.

“갑시다. 두 사람 먹을 정도는 충분하니까.”

“정말요? 감사합니다.”

남자는 꾸벅 인사하고 순순히 크로드를 따라 모닥불가로 갔다. 그는 키가 크로드보다 약간 크거나 비슷한 정도였고, 얼른 보기에도 전신의 근육이 잘 발달해 있었다. 크로드가 짐에서 여분의 그릇과 빵을 더 내오는 동안 그는 얌전하게 불가에 앉아 있었다.

익은 토끼 고기를 작은 칼로 절반으로 나누어 납작한 빵과 내어주자 남자는 고개를 숙여 답례하고 게걸스럽게 먹기 시작했다. 배가 정말 고팠던지 순식간에 먹어치우는 그를 보고 크로드는 자신의 몫을 더 덜어주었다. 남자는 그것조차 사양하지 않고 죄다 먹었다. 나와 있는 음식을 전부 먹고 물을 마시고 나자 그제야 여유가 생겼던지 그는 크로드에게 정식으로 인사를 했다.

"고맙습니다. 덕분에 살았어요. 저는 '세 갈래 숲'의 헤르쿨레스라
고 합니다."

어딘지 이상한 소개라고 생각하며 크로드는 대답했다.

"레시어의 크로드 네크로스요."

"이렇게 친절하게 식사를 베풀어주신 답례를 하고 싶은데……."

"아니, 괜찮소. 그런 일로 신경 쓰지 마시오."

"아니에요, 그럴 순 없죠. 친절에 대한 답례로, 좀 과분하긴 하지만
함께 다녀드리죠."

무슨 소린가 싶어 크로드는 상대방의 얼굴을 가만히 쳐다보았다.
헤르쿨레스는 대단히 진지한 태도였다.

"지금 농담하는 거요?"

헤르쿨레스는 눈을 말똥하게 뜨고 고개를 흔들었다.

"농담이라뇨? 진담인데요. 너무 부담 갖지 않으셔도 돼요. 그냥 함
께 다녀드린다니까요."

헤르쿨레스의 진지한 반응에 크로드는 일순 부드럽게 미소 짓는 듯
이 보였다.

"단호히 거절하겠소."

"예?"

크로드의 온화한 표정과 싸늘한 말투 사이의 괴리에 헤르쿨레스는
어리둥절해했다.

"지금까지 그랬던 것처럼 앞으로도 서로 모르는 채로 삽시다."

냉랭한 크로드의 말에 사태를 파악한 헤르쿨레스는 이내 얼굴이 벌
게지더니 화를 냈다.

"뭐예요?! 엘프의 호의를 그런 식으로 짓밟다니! 그래도 되는 거예

요?!"

"엘프라니? 무슨 말이지… 엘프가 어디 있다는 거요?"

크로드는 주위를 둘러보았다. 그러나 그곳에는 그와 크로드 둘밖에 없었다.

"여기 있잖아요."

헤르쿨레스는 자신을 가리키며 가슴을 쫙 폈다. 크로드는 어이가 없어 이 근육질 남자를 진지하게(실은 대단히 황당하게) 바라보았다.

처음부터 어딘가 이상하다 싶더니, 머리가 돈 녀석임에 틀림없다고 생각한 크로드는 꼬챙이를 놓고 일어났다.

"어? 안 믿는 거예요? 나 진짜 엘프 맞아요!"

정색을 하고 주장하던 헤르쿨레스는 크로드가 아예 대꾸도 하지 않자 벌떡 일어났다.

"좋아요. 내가 엘프라는 걸 증명해 보이겠어요."

헤르쿨레스는 갑자기 우렁찬 목소리로 노래하면서 폴짝폴짝 뛰어다니기 시작했다.

나비야, 나비야, 이리 날아오너라.
노랑나비, 흰나비, 춤을 추며 오너라…….

그 체격에서는 도저히 연상하기 어려운 가볍고 경쾌한 동작이었다. 초록색 쫄바지를 입은 알알이 알통이 배인 굵은 다리가 공중으로 쭉쭉 찢어지며 뛰는 모습은 무척이나 괴이했다.

'속이…….'

나름대로 비위가 강하다고 자부해 온 크로드였지만 이것은 너무 심한 광경이었다. 온갖 귀여운 동작을 취하고 있는 헤르쿨레스의 노래와 춤에 느끼한 기분이 들면서 뱃속까지 울렁거리기 시작했다. 속이 느물거리는 것을 더 이상 참지 못한 크로드는 큰 소리로 웃고 말았다.

크로드의 유쾌한 웃음소리에 헤르쿨레스는 무척 기뻐했다.

"봐요. 이제 내 말을 믿는 거죠?"

그는 빙그레 천진스런 미소를 머금고 신이 나서 아예 크로드의 옆으로 와서 그의 주위를 빙글빙글 돌면서 큰 소리로 노래를 불러댔다. 크로드의 얼굴은 점점 밝아지고 매우 즐거운 표정이 되어갔지만 그의 손은 부들부들 떨리고 있었다. 어지간한 일에는 절대 무너지지 않는 그였으나 비위가 극도로 상해 도저히 무표정을 유지할 수가 없었다. 인내심에 한계를 느낀 크로드는 싱글싱글 웃으며 내뱉었다.

"제기랄! 귀가 썩는군! 그만두지 못하겠소!"

헤르쿨레스는 크로드의 표정과 말투 사이에서 갈피를 잡지 못하고 고개를 갸웃거렸다.

"왜 그러죠? 내 노래를 좋아하는 게 아닌가요?"

"좋아한다고? 그 덩치를 해가지고선 그런 춤에 노래라니… 덩칫값이나 좀 하시오."

헤르쿨레스는 발끈했다.

"이봐요, 당장 사과해요! 난 정말 엘프란 말이에요. 숲의 엘프가 노래하고 춤추기로, 그게 어쨌단 말이에요!"

너무나도 진지한 헤르쿨레스의 태도에 크로드는 혹시나 싶어 한참 동안 그의 모습을 아래위로 주욱 훑어보았다. 털이 부숭부숭한 굵은 팔다리에, 얼굴이나 예쁘면 믿어준다지만 어디를 뜯어봐도 엘프를 연상시키는 구석이라곤 눈을 비비고 찾아봐도 없었다. 귀끝이 조금 길고 뾰족해서 보통 사람과 달라보이기는 했지만, 그것만으로는 도저히 엘프라 인정해 줄 수 없었다.

기가 막힌 크로드는 그만 실소가 터져나왔다. 물론 상대방의 눈에는 크로드가 갑자기 무시무시한 얼굴이 되어 야비한 미소를 흘리는 것으로 보였다.

"아까부터 자신이 엘프라고 우기는데, 거짓말을 하려거든 좀 그럴 듯한 거짓말을 하시오. 내가 아무리 엘프를 본 적이 없기로서니 당신 같은 엘프가 어디 있소? 진짜 엘프가 그 말을 들었다간 화낼 거요."

"난 정말 엘프란 말예요! 사과해요!"

가뜩이나 크로드의 표정에 기분이 상해 있던 헤르쿨레스는 흥분해서 소리쳤다.

"감히 엘프 나이트를 모욕하다니… 아무리 밥을 얻어먹은 처지라 해도 용서할 수 없어! 어서 칼을 뽑아요!"

그러면서 그는 허리에서 검을 빼 들었다. 그의 덩치에 어울리지 않는 날렵하고 예술적인 생김새의 검이었다. 검신의 길이가 1m, 검날의 폭이 3~4cm인 검은 아름다운 은빛을 띠고 있고, 검자루에는 커다란 에메랄드가 여러 개 박혀 있으며, 검날에는 의미를 알 수 없는 문자가 새겨져 있었다.

"그런 문제를 가지고 싸울 것까지는 없지 않소?"

크로드는 냉정을 되찾고 싸움을 피하려 했지만, 헤르쿨레스는 물러서지 않았다.

"그럼, 내가 엘프라는 거 믿어줄 건가요?"

크로드는 잠시 그의 얼굴을 빤히 쳐다보다가 잠자코 왼쪽 허리에 차고 있는 검을 뽑았다. 거짓말을 해주기에는 이미 크로드도 기분이

상해 있었고, 더 이상 상대방의 페이스를 따라가기 싫었다. 그나마 네크로스를 뽑지 않은 것은 해치고 싶지 않다는 생각 때문이었다.

"내가 이기면 내 말을 믿어줘야 해요. 알았죠?"

"좋소. 대신 내가 이기면 다시는 자신이 엘프라느니 하는 말을 내 앞에서 하지 마시오."

"좋아요."

자신의 실력에 꽤 자신이 있는지 헤르쿨레스는 선뜻 대답했다.

헤르쿨레스가 먼저 움직였다.

'빠르군.'

순식간에 날카롭게 찌르고 들어오는 그의 검을 받아내며 크로드는 일순 긴장했다. 굉장한 스피드였다. 덩치에서 드러나듯 파워도 대단했다. 가볍게 생각할 상대가 아니라는 것을 깨달은 크로드는 공격적으로 반격해 나갔다.

대결이 길어지면서 크로드의 왼손에서 네크로스가 나오려 하는 것이 느껴졌다. 크로드는 왼손을 꽉 쥐고 그것을 억제했다. 분명히 만만치 않은 상대였지만, 그렇다고 네크로스를 뽑으면 피를 보게 될 가능성이 컸기 때문이다.

어떻게든 지금의 검으로 승부를 지어야 한다고 생각한 크로드는 어느 순간 헤르쿨레스의 검을 크게 튕겨냈다. 그리고 헤르쿨레스가 미처 그것을 집으러 가기 전에 그의 목덜미에 검을 들이댔다. 헤르쿨레스는 흠칫해서 멈춰 섰다.

그때였다.

"당장 그 검을 치워! 그렇지 않으면 당신이 먼저 죽게 될 거야!"

등 뒤 쪽에서 들려오는 젊은 여자의 음성에 크로드는 천천히 몸을 돌려 그쪽을 보았다. 어둑한 숲 속이 환하게 느껴질 정도의 미인이 그를 향해 활을 겨누고 있었다. 허리 아래까지 내려오는 긴 금빛 머리칼에 하얀 피부의 아름다운 젊은 여자였다.

헤르쿨레스를 해칠 생각은 애초부터 없었던 터라 크로드는 순순히 검을 치우고 비켜섰다.

"이 사람과는 어떤 관계십니까?"

그러나 크로드의 질문은 뒤이어 터져 나온 헤르쿨레스의 우레 같은 목소리에 묻히고 말았다.

"엄마아~"

헤르쿨레스는 두 팔을 벌리고 달려가 그녀를 끌어안았다.

"오~ 가여운 우리 아기, 다치지는 않았니?"

여자는 헤르쿨레스를 다정하게 안고 다독거렸다. 크로드는 귀를 의심하며 그들을 보았다.

"대체 왜 싸우게 된 거니?"

"내가 엘프라는 걸 안 믿어주잖아요."

그녀의 표정이 미묘하게 변하고 잠시 침묵이 흘렀다. 그녀는 조금은 어색한 미소를 지으며 크로드에게 말했다.

"오해가 있었던 것 같군요. 이 아이는 내가 낳은 아이로서 엘프가 확실해요."

크로드는 자신의 놀란 마음이 얼굴에 드러나지 않도록 조심하면서 물었다.

"…하프 엘프라는 말입니까?"

"아니오."

그녀는 단호하게 고개를 저었다.

"나도 이 아이의 아버지도 엘프예요."

그렇다면 자신이 엘프라는 헤르쿨레스의 주장이 거짓말은 아닌 셈이다. 그러나 아무리 좋게 봐줘도 돌연변이 엘프가 틀림없다고 생각하며 크로드는 이 대조적인 모자를 경이롭게 지켜보았다.

"그러게 왜 숲에서 나와 이런 고생을 하는 거니? 어서 돌아가자."

"싫어요. 지금은 안 돌아갈 거예요."

헤르쿨레스는 어머니의 손을 뿌리치고 고집스럽게 말했다.

"안 돌아가다니? 왜?"

"난 꼭 이 근육을 다 빼고 엄마 아빠처럼 예쁜 엘프가 될 거라구요."

"그건 안 돼. 너의 힘은 하늘의 축복이란다."

"어쨌든 싫어요. 안 가요! 난 힘센 것보다 예쁜 게 더 좋다구요!"

다 자란 곰만한 체격을 하고서 어리광을 부리는 헤르쿨레스나 그런 그를 너무나도 사랑스럽다는 듯이 달래고 어르는 엘프의 모습을 바라보던 크로드는 더는 견딜 수가 없어 그들에게서 돌아섰다. 자신이 어떤 표정을 하고 있을지 스스로도 알 수가 없어서였다. 말로만 듣던 엘프를 보게 되었다는 신기함보다 차마 못 볼 광경을 보고 있다는 괴로움이 앞서고 있었다.

'이건 혹시 저주의 시작이 아닐까?'

크로드는 모닥불가로 가서 흙을 끼얹어 불을 끄고, 짐을 챙겨 짐말에 실었다. 밤눈이 어두운 말을 끌고 낯선 숲을 다니는 것이 위험한 일인 것을 알지만 저들, 특히 헤르쿨레스에게서 얼른 떨어져야겠다는 생각이 들었던 것이다. 크로드가 손에 횃불을 들고 자신의 말과 짐말을 끌고 그 자리를 떠나려 하자, 헤르쿨레스는 급히 소리쳤다.

"어? 어디 가요? 같이 가기로 했잖아요!"

크로드는 밝은 표정(무척 불쾌하다)으로 헤르쿨레스를 돌아보고 말했다.

"그런 약속은 한 적 없소. 어머님과 집으로 돌아가시오."

"싫다니까요. 같이 가요."

크로드를 따라나서려는 헤르쿨레스를 어머니가 붙잡았다.

"헤르쿨레스, 자꾸 어딜 간다고 그러니? 집에 가자니까."

"집엔 안 가요. 난 모험을 할 거라구요. 같이 가요오~"

크로드는 행여 헤르쿨레스가 지금이라도 따라올까 봐 몸서리를 치며 걸음을 서둘렀다. 차라리 과묵한 덩치만 되었어도 나았을 테지만, 헤르쿨레스의 언행은 크로드가 지금껏 쌓아온 평정을 일시에 무너뜨릴 정도로 강력했다.

"재수가 없군."

크로드는 혼자 투덜거리고 밤길에 말이 다치지 않게 앞을 비춰 가며 조심조심 걸었다.

*　　　　*　　　　*

비슷한 시각. 쿠델은 인가에서 멀리 떨어져 있는 버려진 집의 빈방에서 소환 의식을 준비하고 있었다. 제물로 사용할 염소를 가져다 준 팔켄은 바깥을 감시하기 위해 나가 있었고, 방 안에는 쿠델 혼자 있었다.

방 안에는 사방의 벽에 검은 천을 걸고 바닥에도 검은 카펫을 깔아 놓았다. 쿠델 자신도 검은 아마포로 만든, 전신을 덮는 로브를 입고 있었다. 로브에는 두 개의 꼭지가 위를 향하고 있는 펜타크램이 그려져 있었다. 쿠델은 방문과 창문이 단단히 잠긴 것을 확인하고 의식에 들어갔다.

그는 우선 동쪽에서 시작해 북쪽, 남쪽, 서쪽 방향으로 돌면서 수은과 유황으로 만든 붉은 안료로 바닥에 크게 원형을 그렸다. 그 안에 같은 요령으로 그보다 약간 작은 원형을 그리고 두 개의 원 사이에 생긴 테두리 면에 마법 문자를 써서 마법진을 완성했다. 그리고 그 일부를 터서 그곳으로 원 바깥으로 나간 다음, 마법진에서 70cm 가량 떨어진 곳의 바닥에 삼각형을 그리고, 그 안에 원을 그린 다음 삼각형의 바깥 세 면에 마법 문자를 썼다. 그리고 미리 준비해 둔 작은 화로와 검, 개암나무로 만든 마법 지팡이, 제물이 될 검은 염소 두 마리를 마법진 안에 가져다 놓았다. 검은 염소는 재갈을 물리고 함부로 날뛰지 못하도록 잘 묶어놓은 상태였다.

준비가 끝나자 마법진에 들어간 쿠델은 자신이 출입하기 위해 터놓았던 부분을 붉은 안료로 빈틈없이 메우고 화로에 불을 붙였다. 화로에는 여러 가지 향료와 독초가 들어 있었다. 화로에서 피어 오르는 연기 속에서 쿠델은 검을 들어 제물의 목을 따고 커다란 청동 그릇에 그 피를 받아 손에 담고 그것을 마법진에 뿌렸다. 그리고 주문을 암송하기 시작했다.

나는 너희를 불러내 너희에게 명한다. 어둠의 존재 그람과 아브리여, 세계의 어떤 장소로부터이든 신속하게 나타나 나의 명령에 따르라. 신속하게 나타나라. 눈에 보이는 형태로 주저하지 말고, 그리고 내가 바라는 것을 어떠한 일이든 행하라. 너는 영원의 생명을 가진 진정한 신 테트라그람마톤(Tetragrammaton, 4문자로 구성된 신의 이름. 히브리어의 Yod(요드), He(헤), Vau(바부), He의 영자 표현인 IHVH. 일반적으로 「에호바」라 발음되지만 정확한 발음은 알려져 있지 않다. 마츠다 유키오(松田幸雄) 역, 『오컬트 사전』(프레드 게팅 저)에서 인용)의 이름으로 불러내어졌으므로. 나는 네가 따르지 않으면 안 될 너의 진정한 신의 이름으로, 또한 너를 지배하는 왕자의 이름으로 너를 부른다.

오너라, 나의 의지를 만족시켜라. 그리고 내 의지에 따라 마지막까지 실행하라. 나는 모든 창조물이 따르는 신의 이름으로, 불멸의 이름, 그것에 의해 4대 원소가 교란되고, 대기가 소란스럽게 돌고, 바다가 되돌려지고, 불이 소란스럽게 흐트러지고, 대지가 흔들리고, 천상의 것, 지상의 것, 지옥의 것 모든 무리가 뒤흔들려 혼란에 빠지는 이름 테트라그람마톤에 의해, 나는 너를 불러낸다(토가 마사유키(栂正行) 역, 『흑마법』(리처드 카벤디시 저)에 실린 『레메게톤(Lemegeton)』의 주문을 약간 수정한 것).

한 번의 암송에도 아무런 변화가 없자, 쿠델은 같은 주문을 반복했다. 쿠델의 어조는 처음에는 조용하고 부드러웠으나, 서서히 격렬하고 긍지 높으며 위압적인 말투로 변했다. 그가 세 번째로 주문을 끝내자 마법진의 앞에 그려진 삼각형 속에 두 개의 시커먼 형체가 모습을 드러냈다. 둘 다 사람과 비슷한 형상이었으나 하나는 3미터가 족히 넘을 정도로 크고 이마에 커다란 눈이 하나밖에 없는 거인이었고, 나머지 하나는 보통 사람과 비슷한 크기였으나 머리칼을 포함해 전신이 칠흑처럼 검었다.

"우리를 불러낸 것이 당신인가?"

거인이 으르렁대는 소리로 물었다. 쿠델은 침착하게 대답했다.

"그렇다. 나는 너희들의 상위자 마계의 마룡(魔龍) 그리이즐의 계약자로서, 그의 이름으로 너희들에게 명령을 내린다. 나의 명령을 받아들여 나의 적을 제거하라."

"그리이즐님의 계약자인가?"

이번에는 검은 남자가 물었다.

"그렇다. 나의 명령을 거역할 시에는 마룡 그리이즐이 날카로운 이빨과 죽음의 숨결로 너희를 벌할 것이다."

쿠델은 마법 지팡이를 들어 그것으로 공중에 어떤 표시를 그려 보였다. 그것을 본 둘은 금세 공손해져서 고개를 숙였다.

"나의 명령에 따르겠는가?"

"분부에 따르겠습니다."

둘의 대답에 만족한 쿠델은 지팡이를 내리고 입속으로 주문의 말을 중얼거렸다. 그러자 방 한쪽에서 벽을 통과해 일전에 그가 풀어놓았던 외눈박이 새가 날아 들어왔다. 검은 천을 두른 방 안에 들어온 외눈박이 새의 몸뚱이는 온통 검은빛으로 변해 버려 그 존재를 알아보기 어려웠다.

"이것은 '나의 눈'이다. 그리이즐의 이름으로 명한다. '나의 눈'을 따라가라. 그곳에 나의 적이 있을 것이다. 그를 죽이고 나면 너희들은 본래의 영역으로 돌아갈 수 있을 것이다. 가라."

쿠델의 말이 끝나자 거인과 검은 남자는 고개를 들고 외눈박이 새를 따라 방에서 모습을 감추었다.

*   *   *

헤르쿨레스에게서 떨어져 밤을 지낸 크로드는 새벽에 일어나 간단히 아침을 먹고 출발할 준비를 했다. 헤르쿨레스가 나타나지 않을까 걱정했지만, 어머니를 따라 가버린 것인지 조용히 밤을 보낼 수 있었다. 그러나 우려는 현실로 나타나고 말았다. 모닥불을 끄려고 하는 그의 앞에 헤르쿨레스가 불쑥 나타난 것이다.

"야호! 놀랐죠?"

헤르쿨레스는 갑자기 나무들 사이에서 튀어나오며 명랑하게 소리쳤다. 뜨악해서 자신도 모르게 담담한 시선으로 쳐다보는 크로드에게 헤르쿨레스는 손까지 흔들며 인사를 했다.

"벌써 출발하려구요? 조금만 늦었으면 큰일 날 뻔했네."

헤르쿨레스는 짐을 챙기는 크로드를 따라다니며 묻지도 않은 자신의 사정을 열심히 설명했다.

"엄마에게 잘 이야기해서 허락을 받았어요. 밤새 설득하느라 정말 힘들었어요. 여전히 불안해하시기는 했지만, 그래도 크로드가 강해서 조금은 안심이 되나 봐요."

"잠깐."

내버려 두면 언제까지라도 떠들어댈 기세라 크로드는 그의 말을 가로막았다. 무표정을 되찾은 그는 냉랭하게 말했다.

"난 함께 다니겠다고 말한 기억이 없는데."

"내가 진짜 엘프라는 걸 알았잖아요."

"그것과 이 문제는 별개야."

"같이 다니면 어때서 그래요?"

"난 지금 그렇게 한가하지 못해. 하릴없이 놀러 다니는 게 아니야. 또 누굴 데리고 다니는 걸 좋아하지도 않고. 성가신 건 딱 질색이야."

“일도 잘 거들고 귀찮게 굴지도 않을게요. 노숙할 때도 혼자 하는 것보단 둘이 낫잖아요. 난 별로 잠잘 필요도 없으니까 밤에 불침번도 다 서고, 말도 돌보고, 설거지도 할게요.”

“거절하겠어.”

“아잉~ 그러지 말고 데리고 가줘요잉~”

헤르쿨레스의 애교 띤 음성에 크로드의 얼굴은 평정을 잃고 저절로 즐거워지려 하고 있었다. 쓸데없이 일행을 만들 생각도 없었지만, 무엇보다 헤르쿨레스의 애교는 크로드의 비위를 강하게 자극하고 있었다. 크로드는 즐거운 표정이 드러나지 않도록 두 손으로 얼굴을 문질러 무표정을 유지하고 자신의 말에 올라탔다.

“엉뚱한 일 벌이지 말고, 그냥 생긴 대로 살아.”

무뚝뚝하게 말한 크로드는 말을 달리기 시작했다. 크로드의 말에 밧줄로 연결된 짐말도 따라 달렸다. 멍하니 보고 있던 헤르쿨레스는 품에서 작은 피리를 꺼내어 힘껏 불었다. 그러자 숲 어디선가 하얀 말이 나타났다. 그는 얼른 그 말을 타고 크로드를 뒤쫓기 시작했다.

“크로드으~ 그러지 말고 데리고 가줘요~”

아무리 불러도 크로드가 대답없이 내달리자, 헤르쿨레스는 열심히 그 뒤를 따르며 소리쳤다.

“크로드가 뭐래도 난 따라갈 거라구요!”

(2)

저녁 무렵 숲을 벗어난 크로드는 인가가 드문드문 보이는 곳에 접어들었다. 그때까지도 헤르쿨레스의 추격은 계속되었다. 저러다 지치면 그만둘 것이라고 생각한 크로드는 그를 무시하고 해가 저물자 조그만 여관을 찾아 들어갔다.

여관 집의 하인이 떠다 주는 물로 손과 얼굴을 씻고, 저녁을 먹기 위해 식당에 가서 앉아 있는 크로드에게 여관 주인이 다가왔다. 뭔가 곤란한 일이 있는 듯 매우 난처한 표정이었다.

"무슨 일이 있소?"

주인은 손바닥을 비비적거리며 공손하게 말했다.

"아, 예. 아까부터 여관 바깥에 웬 험상궂은 인상의 키가 큰 사내가 떡 버티고 서 있지 뭡니까? 벌써 몇 사람이나 들어오려다가 그냥 가버렸습니다. 저렇게 있어서는 장사에 지장이 커서 말입니다. 죄송합니다만, 기사님께서 좀 어떻게 말이라도……."

"알겠소."

문밖에서 버티고 있을 험상궂은 사내가 누구일지 대충 짐작이 갔다. 여관 문을 열고 나가 보니 예상대로 헤르쿨레스가 인상을 잔뜩 쓰고 서 있었다.

"여기서 뭐 하는 거야?"

"뭐 하긴요. 크로드 기다려요."

"기다리려면 다른 데 가서 기다리던지 하지 왜 문 앞에서 이러고 있는 거야?"

"그래야 날 떼놓고 가지 못할 거 아녜요."

"인상은 또 왜 그래?"

헤르쿨레스는 입을 삐죽였다.

"사람 기다리는 게 뭐 재밌다고 밝은 표정이 되겠어요? 이래서 불만이면 웃고 노래하고 있을까요?"

웃고 노래라니. 숲에서 경험했던 그의 가무를 떠올린 크로드는 재빨리 그를 제지했다.

"제발 그만둬."

어쨌든 헤르쿨레스를 내버려 둘 수는 없다고 생각한 크로드는 여관을 가리켰다.

"여기서 이럴 게 아니라 들어가지."

"나 돈 없어요."

"…내가 낼 테니 들어와."

"정말요?"

헤르쿨레스는 냉큼 크로드를 따라 여관에 들어왔다. 마침 크로드가 앉았던 테이블에는 따뜻한 김이 오르는 음식이 차려져 있었다.

"내가 계산할 테니 이 친구에게도 방 하나 주시오."

"두 분이 아는 사이셨군요. 그런데 방을 따로 하라구요?"

"그렇소."

크로드가 테이블에 앉자 헤르쿨레스는 옆에 와서 멀뚱멀뚱 서 있었다.

"앉아서 먹지 그래."

음식을 물끄러미 바라보고 있기에 예의상 해본 말이었으나 사양을 모르는 헤르쿨레스는 그 말이 떨어지기가 무섭게 의자를 당겨서 앉았다.

"고마워요. 그럼 잘 먹을게요."

그리고 한 입 가득 음식을 쑤셔 넣었다.

'입이 커서 많이도 들어가는군. 이 녀석 진짜로 엘프 맞는 거야?'

크로드는 그 모습을 어이없이 바라보다 주인에게 말했다.

"같은 걸로 2인분 더 주시오."

그러자 헤르쿨레스는 음식을 씹다 말고 감사의 눈빛으로 쳐다보았다.

"크로드, 정말은 친절한 사람이군요……."

"음식이나 삼키고 말해."

아무래도 이 엘프 녀석을 떼어놓기가 쉽지 않을 것 같은 예감을 느끼며 크로드는 일부러 더욱 싸늘하게 말했다.

크로드의 예감대로 헤르쿨레스는 다음날도 크로드보다 더 일찍 나와서 그를 기다리고 있었다. 같은 테이블에서 식사를 하고 여관을 떠날 때까지 크로드는 아무 말도 하지 않았다. 헤르쿨레스는 그의 눈치를 살피면서도 끝까지 따라나섰다.

여관을 나와 마을을 지나면서도 크로드는 줄곧 입을 다문 채였다. 답답해서 더 이상 견딜 수 없게 된 헤르쿨레스는 크로드에게 말을 붙였다.

"왜 그래요? 화났어요?"

크로드가 대답을 하지 않자 헤르쿨레스는 목소리를 좀 더 크게 했다.

"진짜 화났어요? 혹시 나 때문에 돈 들어서 그래요?"

"목소리 낮춰. 귀 안 먹었어. 그리고 사람 치사하게 만들지 마."

"그럼 뭐예요?"

"언제까지 그러고 따라올 거야? 이제 그만 하고 집으로 돌아가."

"싫다고 했잖아요. 안 가요! 난 꼭 예뻐져서 돌아갈 거라구요!"

"무리야. 그대로 살아."

"그걸 크로드가 어떻게 알아요? 방법이 있을 수도 있지. 노력하지 않으면 아무것도 얻을 수 없다구요."

더 이상 말해도 소용이 없음을 깨달은 크로드는 말하기를 그만두었다. 한 대 패서 떼놓을 수 있다면 그렇게라도 하겠지만, 어제의 일을 보아 그런다고 말을 들을 것 같지는 않았다. 그렇다고 죽일 수는 더더욱 없는 노릇이었다.

'저러다 싫증나면 그만두겠지.'

크로드는 그냥 무시하기로 결정했다. 한적한 마을을 지나고 반나절 가량 더 가자 또다시 숲이 나왔다.

                    *   *   *

　그 무렵, 쿠델이 의식을 집행한 폐가의 다른 방에서는 팔켄과 쿠델이 수정구를 통해 크로드의 모습을 지켜보고 있었다. 바깥에서 안이 보이지 않도록 두꺼운 나무로 창문을 막아 밀폐시킨 방 안에는 가구 하나 없었고, 가운데에 투박한 나무 테이블만 덩그러니 놓여 있었다.
　수정구는 팔켄과 쿠델이 마주 앉은 테이블 위에 얹혀 있었다. 그들은 테이블 양쪽에 켜놓은 두 개의 굵은 양초가 발산하는 빛에 의지해 수정 구슬을 들여다보고 있었다. 수정구 안에 비치는 크로드는 말을 타고 나무가 우거진 지역을 지나는 중이었다. 그리고 약간 떨어진 거리에서는 하얀 요정 말을 탄 헤르쿨레스가 그를 따르고 있었다.
　"신기하군. 이렇게 선명하게 보이다니. 수정구를 가진 마도사는 종종 본 적이 있지만 이런 건 처음 보는데!"
　팔켄은 눈을 크게 뜨고 감탄했다.
　"수정구가 있다고 모두 이렇게 비쳐 볼 수 있는 것은 아닙니다. 저곳에 '저의 눈'이 가 있으니 가능한 일이지요."
　쿠델은 조용히 미소 지었다.
　"네크로스 혼자서 여행을 떠난 것으로 알고 있었는데, 저 남자는 대체 누구지?"
　팔켄은 의아하게 헤르쿨레스를 보았다.
　"여행 중에 만났겠지요. 하지만 아직 일행은 아닌 모양이군요."
　쿠델의 말처럼 헤르쿨레스는 조용히 있다가 한 번씩 생각난 것처럼 크로드에게 조르면서 따라가고 있었다.

"크로드, 그러지 말고 그냥 같이 가요~"

크로드는 아예 대꾸도 하지 않고 묵묵히 앞만 보고 있었다. 둘 다 멀지 않은 곳에서 자신들을 지켜보는 눈동자가 있다는 것은 전혀 눈치 채지 못하고 있었다. 외눈박이 새는 머리에 박힌 큰 눈을 깜빡이지도 않고 가지에서 가지로 옮겨 다니며 크로드와 헤르쿨레스를 지켜보았다.

한편 두 사람의 진행 방향 앞쪽에 있는 커다란 나무 뒤에서는 커다란 형체가 그들이 다가오기를 기다리고 있었다. 크로드가 탄 말이 나무 앞으로 다가올 때를 노려 그 형체는 기괴한 고함 소리를 지르며 뛰어 나갔다.

"우워억~"

휘잉—

공기를 가르는 소리가 나면서 거대한 양날의 도끼가 크로드의 머리를 정면으로 내려쳤다. 크로드는 재빨리 말머리를 돌려 그것을 피했다. 방패만큼이나 큰 도끼 머리가 사방에 흙덩어리를 튀기며 지면에 박혀들었다. 그 틈에 말에서 뛰어내린 크로드는 네크로스를 뽑아 들었다. 도끼를 들고 있는 자는 키가 3미터나 되고 눈이 하나밖에 없는 외눈박이 거인이었다.

"웬 놈이냐?"

크로드의 질문에 거인은 대꾸도 하지 않고 전투 도끼를 지면에서 뽑아내 크로드를 다시 공격했다. 옆으로 크게 휘두르는 도끼를 피해 크로드는 뒤로 물러섰다. 도끼에 맞은 나무의 줄기는 간단하게 동강 나 버렸다.

'엄청난 힘이군. 정면으로 받아서는 힘에 눌려서라도 안 되겠는

데…….’

크로드는 상대의 도끼를 피하면서 안쪽으로 파고들 기회를 노렸다.

“기다려요, 크로드. 내가 도와줄게요.”

헤르쿨레스도 말에서 내려 크로드에게 합류했다.

“뒤로 돌아가서 공격해.”

“알았어요.”

헤르쿨레스는 멀찍이 돌아 거인의 옆으로 갔다. 거인은 헤르쿨레스를 의식하고 엉거주춤한 자세가 되었다. 크로드와 헤르쿨레스는 거인을 가운데에 두고 대치했다. 거인은 둘의 기세를 살피면서 조금씩 뒤로 물러서기 시작했다.

어슷하게 베어 들어오는 네크로스를 도끼로 막아낸 거인은 힘을 실어 몸으로 크로드를 강하게 밀었다. 크로드가 밀려난 순간 헤르쿨레스가 거인의 옆구리로 검을 휘둘렀다. 거인은 재빠르게 피하면서 도끼로 그의 검을 힘껏 내리찍었다. 헤르쿨레스의 검날이 부러지는 찰나 몸을 일으킨 크로드가 거인에게 달려들었다. 거인은 몸을 돌리면서 엉겁결에 도끼를 들어 막았지만 네크로스에 의해 도끼 자루가 동강나면서 도끼 머리가 떨어져 나가고 말았다. 도끼 자루만 남은 거인은 주춤주춤 밀려났다.

“뭐요? 밀리지 않소?”

팔켄의 질문에 쿠델은 엷게 미소 지었다.

“좀 더 지켜보십시오.”

끝장을 보기 위해 거인을 밀어붙이는데 갑자기 머리 위에서 무엇인가가 대단히 빠른 속도로 낙하해 왔다. 사람의 눈에 보이지 않게 나뭇가지 사이에 몸을 숨기고 있던 검은 남자였다. 그의 중검은 정확하게 크로드의 목을 겨냥하고 있었다. 그것을 먼저 알아챈 헤르쿨레스가 크게 소리쳤다.

"크로드, 조심해요! 다크 엘프예요!"

카앙—

크로드는 경동맥을 노리고 똑바로 들어오는 중검을 간발의 차이로 막아내고, 뒤로 공중제비를 돌아 바닥으로 내려앉는 남자에게 달려가 검으로 내려쳤다. 다크 엘프는 바닥에 몸을 굴려 피하면서 거인에게 소리쳤다.

"기사는 내가 맡을 테니 넌 저 엘프를 처리해!"

"엘프가 어디 있다는 거야?"

외눈박이 거인은 멀뚱멀뚱 사방을 둘러보았다.

"저 히맨 엘프 말이야!"

다크 엘프는 짜증스럽게 헤르쿨레스를 가리켰다.

"저게 엘프였다구?"

거인은 믿어지지 않는지 하나밖에 없는 눈을 희번덕거리면서 헤르쿨레스에게 다가갔다.

"킁킁, 어째 아까부터 엘프 냄새가 난다 했지. 하지만 놀랐는걸, 엘프 중에 이런 놈이 있다니……. 너, 정말 엘프냐? 하프 엘프라고 보기에도 과분하겠다."

기분이 상한 헤르쿨레스는 쏘아붙였다.

"하프 엘프라니, 실례야! 난 엘프 나이트라구!"

"어쨌든 좋아."

거인은 씨익 징그럽게 웃으면서 입맛을 다셨다.

"오랜만에 엘프 고기를 먹어보겠는걸? 덩치가 커서 살도 많겠어."

그러면서 헤르쿨레스에게 다가섰다. 거인의 입에서 쩍쩍 튀는 침을 본 헤르쿨레스는 얼굴을 찡그리고 뒷걸음질쳤다. 거인의 도끼도 부러졌지만, 헤르쿨레스 자신의 검도 동강난 상태라 품에 소지한 단검을 빼고는 마땅한 무기가 없었다.

헤르쿨레스는 단검을 쥐고 있다가 기회를 노려 거인의 가슴팍으로 던졌다. 그러나 거인은 잽싸게 나무 뒤로 돌아가 단검을 피했다. 그리고 그 나무에서 굵은 나뭇가지를 뚝 부러뜨리더니 나뭇잎이 달린 채로 그것을 몽둥이처럼 휘두르기 시작했다.

"으왓!"

헤르쿨레스는 그것을 피했다. 하지만 무성한 나뭇잎 때문에 시야가 가려져서 대응하기가 어려웠다. 그는 나무들 사이로 이리저리 움직이면서 거인의 공격을 피했다.

"헤르쿨레스, 어딜 가는 거야!"

거인과 헤르쿨레스가 점점 멀어지는 것을 깨닫고 크로드가 그를 불렀다.

"몰라요. 자꾸 밀어붙이는데 그럼 어떡해요?"

헤르쿨레스는 거인의 나뭇가지를 피하면서 다급하게 대답했다. 그들의 모습은 더욱 멀어지고 마침내 크로드와 다크 엘프만이 남아 대치하게 되었다.

다크 엘프는 네크로스와 직접 검끼리 부딪치는 것을 피하면서 크로드의 주변을 빠르게 돌았다.

"으아아~ 크로드, 도와줘요~"

저쪽에서 헤르쿨레스의 비명 소리와 동시에 거인의 고함 소리가 고막을 찢었다.

"크워어어~"

크로드의 마음이 급해졌다. 멋대로 따라오다가 말려든 셈이지만 죽게 둘 수는 없었다. 그는 큰 소리로 헤르쿨레스를 격려했다.

"조금만 더 버텨! 곧 도와줄 테니."

"그게 마음대로 될까?"

다크 엘프는 교활한 웃음을 흘리면서 가슴께로 찌르고 들어오는 네크로스를 피하고 점프해서 나무 위로 뛰어 올라갔다.

"어딜 갔지?"

크로드는 왼쪽 허리에 차고 있던 다른 검도 뽑아 들며 조심스럽게 주변의 나무를 둘러보았다. 그러나 다크 엘프의 모습은 보이지 않았다. 그때 네크로스가 불그스름한 빛을 발했다. 그에 맞추어 나뭇가지 위에 올라선 다크 엘프의 형체가 비교적 선명하게 보이기 시작했다. 그러나 검이 닿지 않는 높은 곳에 있어서 지금은 어쩔 수 없었다.

크로드는 자신이 상대를 볼 수 있다는 사실을 숨기고 계속 다크 엘프를 찾는 척했다. 다크 엘프의 움직임에 주의하면서 크로드가 짐짓 다른 쪽으로 몸을 돌리자 다크 엘프는 그의 등을 향해 낙하했다. 크로드는 재빨리 돌아서며 네크로스로 상대의 검을 막고 오른손의 검으로 그의 몸을 찔렀다.

"헉!"

옆구리를 찔린 다크 엘프는 상처를 움켜쥐고 뒤로 물러났다. 크로드는 그가 몸을 추스를 여유를 주지 않으려고 달려갔다. 다크 엘프는 점프해서 근처의 나뭇가지로 뛰어올랐다. 크로드는 네크로스로 그 나

무를 베어버리고, 쓰러지는 나무에서 다른 나무로 그가 점프하는 순
간 그 나무도 베어버렸다. 그런 식으로 여러 그루의 나무가 네크로스
의 검기에 족족 쓰러져 갔다.

"젠장, 뭐 저런 인간이 다 있지……?"

다크 엘프는 어렵사리 나무를 옮겨 다니며 초조하게 내뱉었다. 부
상 때문에 평소처럼 멀리 점프하기는 어려운 상태라 지금의 공격은
위협적이었다.

발 밑의 나무가 쓰러져 다른 곳으로 점프하는데, 그보다 앞서 크로
드는 그가 목적으로 하는 나무를 베었다. 그리고 발을 디딜 곳을 잃고
어쩔 수 없이 바닥에 내려서려는 다크 엘프에게 달려든 크로드가 그
의 복부를 네크로스로 베었다.

"으악!"

단말마의 비명을 지르며 바닥에 고꾸라지는 다크 엘프의 목을 쳐서
확실하게 숨통을 끊은 다음, 크로드는 헤르쿨레스에게 갔다.

헤르쿨레스의 다급한 비명에 서둘러 달려간 크로드는 뜻밖의 광경
에 그 자리에 멈춰 서고 말았다.

"도와줘요, 크로드. 빨리요!"

"우워억!"

헤르쿨레스가 거인의 허리를 두 팔로 꽉 감아 안고서 뒤로 몸을 젖
힌 자세로 거인을 들어올리고 있었다. 그는 연신 비명을 지르며 팔뚝
에 힘을 줬다가 풀기를 반복하고 있었다. 헤르쿨레스의 팔에 힘이 들
어갈 때마다 둘의 몸이 밀착되면서 푸쉬푸쉬 소리까지 났다. 이미 탈
진해 버려 축 늘어진 거인은 헤르쿨레스의 굵은 팔뚝이 있는 힘을 다
해 허리를 조일 때마다 고통스럽게 고함을 질렀다.

“힘들어서 더는 안 되겠어. 빨리 도와줘요오~”

울상이 되어 조이기 동작을 되풀이하던 헤르쿨레스는 크로드의 모습을 보고 애처롭게 구원을 청했다. 크로드는 어이없어하며 천천히 다가갔다.

“도울 필요도 없겠는데 뭘 그래?”

“무슨 소리예요? 어서 도와줘요!”

무섭다는 말이 거짓말은 아닌지 헤르쿨레스는 절박하게 공포에 질린 얼굴로 신경질을 냈다. 그러면서도 그의 푸시 공격은 계속되고 있었다. 거인은 이제 완전히 늘어져서 비명도 지르지 못했다.

“허리가 부러진 모양인데, 그만 놓지.”

“그랬다가 덤비면 어떡해요! 부서워서 못 놓겠어!”

“덤벼들면 내가 처리할 테니 놔.”

크로드가 바로 옆에까지 오자 그제야 헤르쿨레스는 팔을 풀고는 후닥닥 뒤로 물러섰다. 크로드의 말처럼 거인은 털퍼덕 쓰러진 채 미동도 하지 않았다. 크로드는 쓰러진 거인의 팔을 네크로스로 살짝 찔러 보았지만 반응이 없었다.

“어때요? 죽었어요?”

“그런 것 같아.”

“후우~ 죽는 줄 알았네.”

“갑자기 왜 레슬링을 한 거야?”

“하고 싶어서 했나요? 검이 부러지고 없는데 그럼 어떡해요.”

헤르쿨레스는 가쁘게 숨을 몰아쉬며 다른 곳에 떨어져 있는 자신의 검을 주워 들었다. 허리를 조일 때 거인에게 얻어맞은 모양으로 그의 얼굴은 퍼렇게 멍이 들어 있었다.

“아무튼 힘 하나는 대단하군. 이런 일이 가능하다니… 과연 히맨 엘프라 불릴 만하군.”

크로드는 거인을 살펴보면서 헤르쿨레스에게 들리지 않도록 조그맣게 중얼거렸다. 헤르쿨레스는 부러진 검을 검집에 넣어 허리에 차고 나머지 조각도 찾아서 짐 속에 넣었다. 그리고 지친 듯이 어깨를 주무르면서 크로드의 손에 있는 네크로스를 흘끔 쳐다보았다.

“팔이 다 아프네. …왼손의 그거, 마검이죠? 어디 있던 거예요?”

크로드는 대답 대신 네크로스를 치웠다. 네크로스가 사라지고 그의 왼손에 금속 덮개가 생기는 것을 본 헤르쿨레스는 감탄했다.

“굉장하다. 진짜 마검이군요. 게다가 양손을 다 쓰기까지 하는군요. 그런데 왜 전에 나랑 싸울 때는 그걸 안 썼어요?”

“마검답게 피를 좋아하는 놈이니까.”

“날 해치게 될까 봐 그랬군요. 역시 크로드는 좋은 사람이었어.”

혼자서 감격하던 헤르쿨레스는 문득 거인에게 눈길을 돌렸다.

“그런데 왜 다크 엘프와 외눈박이 거인이 크로드를 공격한 거예요?”

“다크 엘프도, 외눈 거인도 이야기로만 들었지, 오늘 처음 봐. 자넬 공격한 거 아냐?”

“아니에요. 거인 녀석은 엘프가 있는 줄도 몰랐잖아요. 날 노렸으면 몰랐을 리가 없지.”

“그건 그렇군.”

헤르쿨레스의 말을 듣고 보니 그런 것도 같았다. 자신을 노리고 나타난 것이라면, 이미리아의 저주와 관련이 있는 것일까? 크로드는 찜찜한 기분으로 거인의 시체를 내려다보았다.

"왜 공격받았는지 알겠어요?"

"모르겠어……."

"그네들하고 직접 원한이 있는 게 아니라면 누가 불러냈다는 이야 긴데, 어떤 마도사랑 원수가 졌나 보죠?"

크로드는 고개를 저었다.

"마도사와 직접 싸운 적은 없어. 하지만 내게 원한이 있는 사람은 있을 수도 있겠지. 누군가에게 사주를 받았을 수도 있고……."

"누군지는 모르겠어요?"

"그걸 어떻게 알겠어."

"죄가 많은 사람이군요."

크로드는 헤크쿨레스의 논평을 무시하고 휘파람으로 자신의 말을 불러서 올라탔다.

"그만 숲으로 돌아가. 나와 다니면 계속 이런 꼴을 당할지도 몰라."

"싫어요."

야무지게 대답한 헤르쿨레스도 냉큼 요정 말을 탔다.

"이 정도의 일로 그만둘 것 같으면 나오지도 않았어요. 그리고 내가 있어서 도움이 되었잖아요."

"과연……."

자신도 모르게 피식 웃음이 터지려 하는 것을 참으며 크로드는 사나운 표정이 될 것 같아 다른 곳으로 고개를 돌렸다.

"거인을 레슬링으로 때려잡을 정도니 도움이 되기는 하지."

"말도 꼭 밉살맞게 한다니까."

헤르쿨레스는 크로드를 흘겨보기는 했지만 악착같이 따라붙었다.

"어쨌든 난 같이 갈 거니까 뗄 생각 말라구요."

"역시 저들로는 무리군요."

쿠델은 담담하게 말하고 수정구를 가볍게 쓰다듬어 영상을 꺼뜨렸다.

"처음부터 무리라는 것을 알고 있었소?"

"네크로스가 마검이라 불리는 데는 그만한 이유가 있을 테니까요. 지금의 공격은 테스트라고 해두지요."

"여유가 있군. 그럼, 다음 대책도 세워두었겠군."

팔켄은 의자 등받이에 기대어 허리를 펴면서 물었다.

"이번에는 제물을 어느 정도 준비하면 되오?"

"저들보다 훨씬 강한 존재가 아니고는 불가능할 겁니다. 그러니 제물도 더 많이 필요하지요. 젊고, 건강하고, 교미한 적이 없는 황소로 3마리를 준비해 주십시오."

"젊은 숫소 3마리라… 전보다 훨씬 커지는군. 어떤 존재를 불러낼 생각이오?"

"마룡을 소환할까 합니다. 제가 계약을 맺은 소환수 중에서 가장 강력한 존재지요. 까다로운 상대이기는 하지만 그만큼 위력은 확실합니다."

"드래곤을 불러낸단 말이오?"

팔켄은 깜짝 놀랐다.

"그러면 너무 눈에 띄지 않겠소? 사람들의 피해도 클 테고. 마룡 말고 그보다 조금 약한 다른 놈으로 하면 어떻겠소?"

"시도하는 거야 가능하지만 별로 소용이 없을 가능성이 큽니다. 네크로스의 힘이 생각보다 커서 어지간한 것은 소환해 봤자일 겁니다."

"…마룡이라면 네크로스를 해치울 수 있다는 말이오?"

"말씀드렸듯이 제가 가진 소환 주문 중 가장 강력한 주문입니다."

팔켄은 곤란한 기색으로 자리에서 일어나며 한동안 방 안을 서성거렸다. 이윽고 결심을 굳힌 그는 테이블로 돌아와 말했다.

"알았소. 곧 제물을 마련하도록 하겠소. 언제까지 준비하면 되겠소?"

"보름달이 뜨는 밤이 좋겠습니다. 달의 힘이 가장 강할 때이기도 하고, 그동안 저도 준비를 해둘 것이 여러 가지 있으니까요."

"그럼 다음에 약속된 시간에 여기서 봅시다."

"기다리고 있겠습니다."

팔켄이 나가고 나자 쿠델은 테이블 아래에서 큼직한 자루를 집어 테이블에 올려놓았다. 두꺼운 검은 천으로 수정구를 싸서 상자에 담고, 그것을 자루에 넣은 그는 다음으로 두꺼운 서책을 꺼냈다.

검은 가죽으로 표지를 바르고 금가루로 제목이 쓰여진 책이었다. 양피지를 제본한 책은 3/4 가량까지 내용이 써져 있고 나머지는 비어 있었다. 쿠델은 잉크가 든 작은 병과 펜을 꺼내 책의 비어 있는 페이지에 뭔가를 쓰기 시작했다.

"히맨 엘프… 라이트 엘프의 일종인 듯. 체구가 크고 근육이 발달해 있으며 괴력을 지니고 있다. 외눈 거인을 힘으로 제압해 버릴 정도다……."

글을 써 나가던 쿠델은 고개를 갸웃거렸다.

"요정들을 수호한다는 스프리건과는 또 다른 종류겠지?"

제3장
천상의 노래

(1)

다크 엘프와 거인을 물리치고 며칠이 지났다. 도중에 들른 마을 대장간에서 헤르쿨레스의 부러진 검을 수리한 후에 집에 돌려보내려 했지만, 결국 그를 떼내는 데 실패한 크로드는 불만스러운 대로 그와 여행을 하고 있었다. 종달새처럼 철없이 명랑하기만 한 헤르쿨레스는 길을 가면서도 쉴 새 없이 종알거렸다.

"그런데 크로드는 어딜 가는 거예요? 계속 해가 지는 방향으로 가는 것 같은데……."

"사람을 찾으러 가는 거야."

"누구를 찾는데요? 사랑하는 레이디라든지 아름다운 약혼녀… 그런 건가요?"

헤르쿨레스의 눈이 호기심으로 반짝거렸다.

"누님이야."

“누님이요? 먼 곳으로 결혼해서 간 건가요?”

“어릴 때 헤어졌어.”

“왜 헤어졌는데요?”

헤르쿨레스의 질문은 아이들의 그것처럼 한번 대답하면 계속 다음 질문이 나와 끝이 없었다. 크로드는 차갑게 그의 질문을 잘랐다.

“너무 알려고 들지 마. 귀찮아.”

헤르쿨레스는 움찔해서 입을 다물었지만 그것도 잠시, 이내 다른 이야기를 꺼냈다.

“그나저나 우리 둘뿐인 건 좀 외롭지 않나요? 멀리 갈 거면 일행을 더 늘리는 게 좋지 않겠어요?”

“놀러 가는 게 아니라고 했잖아.”

“그래도 이건 너무 살벌하잖아요. 입담도 좋고 재미있는 사람이 있으면 좋겠어.”

그런 이야기를 주고받으며 어느 마을에 들어선 두 사람은 불현듯 이상한 기분을 느끼고 동시에 멈춰 섰다. 주변을 휘감고 있는 수상한 적막을 깨달은 것이다.

“이 마을… 뭔가 이상해요. 그렇죠?”

크로드도 동의했다.

“그렇군. 사람이 전혀 보이지 않는 걸 보니 수상하군.”

그의 말처럼 이 마을에 들어선 이래 아직까지 사람이라곤 한 명도 만나지 못했다. 유령 마을처럼 스산한 바람이 거리를 휩쓸고 있을 뿐 인기척은 전혀 없었다.

“저걸 봐요, 크로드.”

마을 곳곳에 개, 고양이, 소, 말 등의 가축이 쓰러져 나뒹굴고 있었

다. 다가가서 살펴보니 죽은 지 오래지 않는 모양으로 아직 나긋나긋
했고 피를 흘린 흔적은 전혀 없었다.

"뭘까요? 되게 기분 나쁘네……."

헤르쿨레스는 얼굴을 찡그렸다.

"설마 전염병은 아닐 테고… 병이 돈다는 이야긴 듣지 못했는
데……."

두 사람은 불길한 기운을 느끼며 앞으로 가보았다.

마을 중앙에 있는 넓은 공터에 도착한 두 사람은 뜻밖의 참상을 접
하고 멈춰 섰다. 광장 가득히 사람들이 뒤엉켜서 쓰러져 있었다. 입가
에 하얀 거품을 물고 있는 사람들이 많았는데, 오는 길에 거리에서 보
았던 짐승들과 마찬가지로 눈에 뜨이는 외상이나 피를 흘린 자국은
없었다.

공터의 중앙에는 1미터쯤 되는 높이의 나무 단상이 놓여 있었는데,
그 위에는 자락이 긴 하얀 옷을 입은 사람이 류트를 들고 서 있었다.
이 마을에서 깨어 있는 사람은 그 혼자였다. 허리까지 늘어뜨린 긴 금
발에 호리호리한 몸매, 유백색 피부의 아름다운 얼굴은 여성을 연상
케 했으나 체형으로 보아 남자였다. 그의 곁에는 사제복을 입은 남자
가 몸을 꽈배기처럼 꼰 비참한 몰골로 쓰러져 있었다.

"이 사람들, 다 죽었나 봐요, 크로드……."

헤르쿨레스는 몸서리를 치며 크로드를 보았다. 크로드는 남자에게
큰 소리로 물었다.

"당신이 마을 사람들을 이렇게 만들었소?"

"어쩔 수 없는 일이었습니다. 그들이 자처한 일이니까요."

남자는 외모처럼 차분하고 고운 중성적인 음성으로 대답했다.

"무슨 까닭인지는 모르지만 신을 모시는 사제까지 그 지경으로 만들다니……."

"따지자면 이 사람이 모든 일의 원인을 만든 셈입니다."

"그냥 지나칠 수는 없겠군."

한 마을의 주민이 몰살된 것은 보통 일이 아니었다. 크로드의 왼손에서 네크로스가 뻗어 나왔다.

그것을 본 남자의 눈빛이 바뀌었다.

"저것은 분명 '오랜 드래곤'의……! 언제 다시 나왔지?"

혼잣말로 중얼거린 그는 크로드에게 물었다.

"마의 신봉자인가?"

크로드는 무뚝뚝하게 대답했다.

"그런 건 모른다. 나는 다만 기사일 뿐이다. 한 마을 전체를 이렇게 만들다니, 용서할 수 없다."

크로드가 말하는 도중 네크로스가 갑자기 굉장한 암흑기를 방출해 냈다. 크로드는 의아해하며 네크로스를 보았다. 검이 이렇게 크게 반응하는 것은 처음 있는 일이었다.

크로드는 말에서 내려 남자를 향해 걸어갔다. 그러자 남자의 손에 있던 류트가 사라지고 은빛의 긴 창이 생겨났다. 남자는 단상에서 떠올라 낮게 몸을 띄우고 크로드에게 날아왔다. 그의 창끝이 크로드의 가슴팍을 똑바로 찔러 들어왔다. 크로드는 몸을 옆으로 틀면서 검날을 눕혀 오른손을 대어 창을 막았다.

"웃……."

엄청난 힘이었다. 두 무기가 부딪치는 순간, 네크로스가 암흑기를 방출해 내는데도 강하게 몸이 밀려나면서 크로드는 뒤로 넘어질 뻔했다.

크로드는 이를 악물고 버티면서 전력을 다해 창을 밀어내고 네크로스를 바로잡아 정면으로 휘둘렀다. 남자는 크게 물러나 그것을 피했다.

가까이에서 본 남자는 놀랄 만큼 아름다웠다. 에메랄드 그린의 깊은 눈동자에 섬세한 얼굴은 제아무리 미인이라 해도 감히 대적할 수 없을 정도였다. 그 아름다운 얼굴이 지금은 대리석 조각처럼 차갑게 굳어 있었다.

'거리를 좁혀야겠는데……'

크로드는 상대방을 노려보면서 생각했다. 검으로 창을 상대하려면 거리를 좁혀 파고들어야 했다. 그러나 발이 지면에 닿는 법 없이 떠서 이동하는 그를 쫓기란 쉽지가 않았다.

'마법 전사인가?'

그런 예상을 뒷받침하듯이 남자의 왼손에 하얀빛의 구체가 생겨났다.

"위험해요, 크로드!"

지켜보던 헤르쿨레스가 소리쳤다. 크로드를 도와야 한다는 생각은 들었지만 어쩐지 나서서는 안 될 것 같은 직감이 그를 붙잡아 이러지도 저러지도 못하고 안절부절못하는 중이었다.

성인 남자의 머리 정도의 크기를 가진 빛의 구체가 크로드를 향해 날아왔다. 크로드는 몸을 굴려 피했지만 빛의 구체는 그 자체가 의지를 지니기라도 한 것처럼 커브를 그리며 그를 따라왔다. 남자는 계속해서 두세 차례 빛의 구체를 더 내보냈다. 4개의 빛의 구체가 각기 다른 방향에서 크로드의 뒤를 쫓았다.

'제기랄! 하는 수 없군.'

언제까지나 피할 순 없다고 판단한 크로드는 네크로스를 빠르게 휘둘러 거의 몸에 근접해 오는 빛의 구체를 전부 베어냈다. 네크로스에 베인 빛의 구체는 엄청난 빛을 방출하며 폭발하여 시야를 하얗게 메웠다. 크로드는 자신도 모르게 눈을 질끈 감고 말았다.

그 순간 남자가 크로드에게 바짝 접근했다. 크로드는 눈이 잘 보이지 않는 상황에서도 몸을 돌려 네크로스로 그의 창을 막아서 아래쪽으로 흘리고 오히려 역공했다. 남자는 서둘러 몸을 뒤로 뺐으나 옷자락이 일부 베이면서 떨어져 나갔다. 멀리 물러난 그는 자신의 옷자락을 보고는 중얼거렸다.

"과연! 위력은 여전하군."

크로드는 겨우 눈을 뜨고 상대를 보았다.

"보통 상대가 아니군. 대체 어떤 자지?"

거리를 두고 물러서서 서로를 노려보던 두 사람이 다시 움직이기 시작했다. 그때 단상 위에서 사제가 꿈틀거리며 일어났다. 어지러운 표정으로 고개를 드는 그의 눈에 이 광경이 들어왔다.

"오~ 맙소사! 안 돼!"

사제는 허겁지겁 단상을 내려와 두 사람 사이에 끼어들었다.

"안 됩니다. 그만들 하십시오!"

두 팔을 펼쳐 들고 가로막은 그였으나, 이미 두 사람이 서로를 공격하기 시작한 뒤였다. 다행히 크로드의 마검과 남자의 창은 간발의 차이로 멈춰 사제를 찌르는 것을 면했다.

사제는 얼른 남자에게 두 손을 모아 공손하게 절하고 크로드에게 몸을 돌렸다.

"어떻게 된 일입니까?"

크로드는 영문을 몰라 사제에게 물었다.

"갑자기 끼어들어 죄송합니다. 뭔가 서로 오해가 있으신 것 같아서 말려야겠다는 생각에 그만⋯⋯."

사제는 가까이에 쓰러져 있는 마을 남자를 뒤집어 보였다.

"저도 그렇고 마을 사람들도 잠시 기절했을 뿐이지 아무도 다친 사람은 없습니다. 보십시오."

그의 말처럼 얼굴을 툭툭 두드리자 남자는 가느다란 신음 소리를 내며 눈을 흐릿하게 떴다.

"정말이네. 그럼 왜 다들 이렇게 기절해 있는 거죠?"

헤르쿨레스는 사람들을 둘러보며 궁금해했다. 사제는 고개를 숙였다.

"모두 저의 불찰입니다. 제가 엔젤님께 무리한 부탁을 했기 때문에⋯⋯."

사제의 말에 헤르쿨레스는 눈을 크게 뜨고 휘휘 둘러보았다.

"엔젤이요? 어디 계신데요?"

사제는 두 손으로 공손하게 크로드와 겨루었던 남자를 가리켰다.

"바로 이분이 천상의 유익족(有翼族)이십니다."

"예? 하지만 날개가 없잖아요."

"물론 지금은 날개를 감추신 상태입니다. 우연히 저희 마을을 지나시는데, 제가 어쩌다 알아보고 기쁜 나머지 천상의 노래를 부탁드렸던 것입니다."

남자는 겸연쩍은 태도로 고개를 옆으로 돌렸다.

"처음에 거절하시는 것을 무리하게 부탁드린 것인데, 아무래도 천상의 노래다 보니 저희들 보통 인간의 귀로는 제대로 들을 수 없는 것이었나 봅니다. 만일 그 때문에 이런 오해가 발생한 것이라면 제가 사과드릴 터이니 더 이상 무의미한 충돌은 그만둬 주십시오."

사제의 설명을 들은 크로드는 납득하고 물러섰다.

"당신의 말이 사실이라면 내 쪽의 잘못이 큰 것 같소."

그리고 유익족 남자에게 사과했다.

"용서하십시오. 악의는 없었습니다."

그러자 그는 상냥하게 웃었다.

"저야말로 미안합니다. 마검에 지나치게 민감하게 반응하고 말았군요."

헤르쿨레스는 그의 아름다운 미소에 푹 빠져서 황홀해했다.

"정말 영광이에요. 천상의 유익족을 이렇게 직접 뵙게 되다니……! 전 헤르쿨레스라고 합니다."

"트렌입니다. 만나서 반갑습니다, 숲의 엘프님."

"어떻게 그걸… 아무도 절 엘프로 안 봐주는데……."

트렌이 자신을 알아봐 준 것에 감격한 헤르쿨레스는 눈물까지 글썽였다. 사제는 안심하고 미소를 지었다.

"오해가 풀리신 모양이니 다행입니다. 그나저나 여기서 이럴 것이 아니라 차라도 대접해야 할 텐데……."

크로드는 아직도 일어나지 못하고 엉켜 있는 사람들을 보았다.

"그런 것보다 우선 이 사람들을 집 안으로 옮겨야 하지 않겠소?"

사제는 한숨을 쉬었다.

"기사님의 말씀이 옳은 것 같군요."

"걱정 마세요. 나랑 크로드가 하면 되니까. 어디 들것이나 손수레 같은 것 없나요?"

헤르쿨레스는 팔을 걷어붙이고 돕겠다고 나섰다.

"저쪽에 있을 겁니다. 같이 가시죠. 오늘은 부디 제 집에서 쉬고 가십시오. 사과의 의미로 꼭 대접하고 싶습니다."

사제가 앞장서고 나머지 셋은 그의 뒤를 따라갔다.

마을의 사제관에서 하룻밤을 묵은 그들은 다음날 아침 사제와 사람들의 배웅을 받으며 함께 마을을 나왔다. 트렌은 짐이라고 할 만한 것도 없이 류트만 지니고 있었다. 유익족인 그를 걷게 두고 말을 타기는 어딘지 어색해서 헤르쿨레스와 크로드는 말을 타지 않고 이끌면서 트렌과 나란히 길을 걸었다.

"트렌은 어디로 가요?"

마을을 벗어나서 헤르쿨레스가 트렌에게 물었다. 트렌은 다소 막막하게 대답했다.

"특별히 정해진 곳은 없습니다. 그냥 발길 닿는 대로 가는 거죠."

"그건 좀 이상하네."

헤르쿨레스는 고개를 갸웃거렸다.

"유익족이 아무 일 없이 중간계에 나오는 일은 거의 없다던데, 누군가가 당신을 불러낸 것이 아닌가요?"

"그런 건 아닙니다. 그냥 나 혼자 나왔습니다."

"그래도 무슨 목적이 있을 거 아녜요?"

"목적이 없는 건 아니지만… 목적지가 정해진 것은 아니라서……."

트렌은 말끝을 흐렸다.

"무슨 일인지는 몰라도 급한 일은 아닌가 보죠?"

"지금 당장 뚜렷이 어떻게 해야겠다는 예정은 없어요."

"그래요? 그럼 우리랑 같이 가요. 어차피 우리도 둘뿐이라 쓸쓸하거든요. 크로드도 비교적 사납기는 해도 그렇게 나쁜 사람은 아니니까."

헤르쿨레스는 크로드에게 묻지도 않고 멋대로 트렌에게 일행이 될 것을 권유했다.

"그건 안 돼."

트렌이 대답하기 전에 크로드가 먼저 차갑게 잘라 버렸다.

"왜요?"

헤르쿨레스는 볼이 부어 크로드를 쳐다보았다.

"전에도 말했지만 난 지금 놀러 가는 게 아니라 사람을 찾으러 가는 중이야. 그리고 지난번에 혼이 나고도 모르겠어? 나와 있으면 위험한 일에 휘말릴지도 모른다고 했잖아."

"위험한 일이라구요?"

트렌이 관심을 보였다. 크로드는 그에게 예의를 차려 설명했다.

"죄송합니다. 당신이 싫어서가 아닙니다. 사실은 얼마 전에 미래를 보는 능력이 있다고 알려진 사람에게서 불길한 저주를 들었습니다. 그 때문인지 얼마 전에는 누군가가 소환한 다크 엘프와 외눈 거인으로부터 습격을 받기도 했습니다. 그래서 다른 사람을 함부로 일행으로 들일 만한 입장이 아닙니다."

"그러니까 더욱 트렌이 필요하죠. 트렌은 엔젤이니까 저주 같은 걸 막거나 푸는 게 특기일 거잖아요."

헤르쿨레스는 힘주어 말하고 트렌에게 물었다.

"트렌은 저주를 푼다든지 막아낼 수 있죠?"

"제게 가능한 일이라면 당연히 도와드려야지요."

트렌은 주저없이 그렇게 말하고 크로드를 정면으로 응시했다. 그와 눈이 마주치자 어쩐지 부끄러운 느낌이 들었다. 그러나 구태여 피해야 할 정도로 불편하지는 않았다.

"저주는 아닙니다."

크로드의 회색 눈동자를 가만히 들여다보면서 트렌은 나지막하지만 자신있는 태도로 단언했다.

"당신에게서는 분명 짙은 피 냄새가 나지만 마법 등의 힘으로 저주를 받은 것은 아닙니다. 그리고 그 마검이 당신에게 있는 이상 저주 같은 것은 통하지 않습니다. 다만……."

트렌은 잠시 말을 멈추고 시선을 돌려 크로드의 왼손에 있는 네크로스를 보았다.

"앞으로 당신에게 어떤 큰일이 닥쳐올 것이라는 느낌이 드는군요."

"죽음을 각오해야 할 정도로 큰일입니까?"

"어쩌면……. 하지만 결과는 당신에게 달린 것이겠지요."

입을 다물고 생각에 잠긴 크로드의 옆에서 헤르쿨레스가 말했다.

"그렇다면 다크 엘프랑 외눈박이 거인이 우리를 습격한 것도 그 일이랑 관련이 있는 걸까요?"

"그럴 수도 있겠지요."

트렌이 특별히 네크로스에 관심을 두는 것을 눈치 챈 크로드는 자신의 왼손을 보며 물었다.

"앞으로 닥칠 일이 네크로스와 관련된 것입니까?"

"꼭 그런 의미로 드린 말씀은 아닙니다. 그것을 다루는 인간이 있다는 것이 좀 의외로 느껴졌을 뿐입니다."

"크로드는 진짜로 세요. 간도 얼마나 크다구요. 다크 엘프랑 거인이 덤볐을 때도 끄떡도 안 하더라니까요. 보통 인간이 아닌 건 분명해요."

헤르쿨레스는 거든답시고 칭찬인지 욕인지 애매한 말을 하고는 트렌에게 물었다.

"그런데 유익족인 트렌도 네크로스를 아는 걸 보니 유명한 검인가
보죠?"

"어떤 의미로든 유명하기는 하지요."

트렌은 뜻 모를 미소를 보이고 크로드에게 청했다.

"폐가 되지 않는다면 저도 동행할 수 없을까요?"

"위험할지도 모릅니다. 앞으로 큰일이 닥칠 것이라면서, 어째서 그
런 말씀을 하십니까?"

"당신과 네크로스에 흥미가 있으니까요. 중간계에 와서 이렇게 두
분을 만난 것도 어떤 인연이 아닌가 싶기도 하구요."

"하지만……."

트렌의 도움이 필요할지도 모른다는 생각은 들었지만 그를 위험한
일에 끌어들이는 것 같아 역시 망설여졌다. 헤르쿨레스는 자기 일처
럼 열심히 나섰다.

"괜찮잖아요? 일행이 늘어나면 여행도 훨씬 즐거워질 거고, 크로드
에게도 큰 도움이 될 거예요. 재수없고 운이 나쁘다면 하늘의 도움이
라도 받아야죠."

크로드가 잠자코 있자 헤르쿨레스는 혼자서 결정지어 버렸다.

"그렇게 하는 거죠? 그럼 결정난 거예요. 잘됐다, 좋은 일행이 생겨
서. 잘 부탁해요, 트렌."

헤르쿨레스는 정식으로 트렌에게 고개를 꾸벅 숙여 인사했다.

"저야말로 잘 부탁드립니다."

"참, 트렌, 부탁하고 싶은 일이 하나 있는데요. 우리에게도 천상의
노래를 들려주시지 않겠어요? 어젯밤부터 부탁하고 싶었는데 마을 사

람들이 타격이 커 보여서 말할 수가 없었어요."

트렌은 난처한 표정이 되었다. 그가 거절하기도 전에 헤르쿨레스는 계속 졸랐다.

"물론 무리일지 모른다는 건 알아요. 하지만 유익족은 주술적 힘이 담긴 노래로 유명한데 그걸 들어볼 기회를 놓칠 순 없잖아요. 크로드야 워낙 독한 사람이니까 괜찮을 거고, 나도 명색이 엘프니까 인간들처럼 타격받는 일은 없을 거예요. 그러니까 한 번만 들려줘요. 네?"

"후회할 텐데요."

"천상의 노래를 듣고 왜 후회해요?"

헤르쿨레스는 아예 매달려서 졸라댔다.

"그러지 말고 꼭 좀 들려줘요. 못난이 엘프가 청하는 거라고 거절하지 말구요. 제발요, 네에~?"

"그래도 그건……. 미안해요. 들려드릴 만한 것이 못 됩니다."

트렌은 안 되겠다며 머리를 흔들었다.

"역시… 저 같은 녀석의 부탁이라 그런가요?"

트렌의 거절에 낙담한 헤르쿨레스는 풀이 죽어서 고개를 떨구었다. 그의 그런 모습을 보고 마음이 약해진 트렌은 못내 망설이다가 마침내 응낙했다.

"알았어요… 그럼 조금만 하죠."

"와아!"

헤르쿨레스는 춤이라도 출 것처럼 뛰면서 환호했다.

"크로드, 멈춰봐요. 여기서 노래를 듣고 가요. 트렌의 마음이 변하기 전에 들어야 해요."

그는 부산을 떨면서 자신의 말과 크로드의 말을 끌고 길가의 풀밭으로 들어갔다. 들떠 있는 헤르쿨레스와는 달리 크로드는 왠지 모를 불안을 느끼고 있었다. 어제 마을에서 보았던 광경이 떠오른 것이다. 그러나 헤르쿨레스의 기대를 깰 수는 없어 잠자코 있었다. 크로드가 할 수 있는 일이란 그런 감정이 기대처럼 드러나지 않게 표정을 관리하는 정도였다.

하고 싶지 않은 기색이 역력해서 마지못해 바위에 걸터앉은 트렌은 그 자세로도 잠시 망설이고 있었다.

"역시 그만두는 게……."

일어서려는 트렌을 헤르쿨레스가 얼른 다시 앉혔다.

"왜 그러세요? 불러주기로 했으면 불러줘야죠."

손을 꼭 붙잡고 간곡하게 부탁하는 헤르쿨레스의 청을 더는 거절할 수가 없어 트렌은 류트를 잡고 노래하기 시작했다. 류트의 음률이 울리는가 싶더니 곧 엄청난 음파가 주위 공간을 메웠다. 그 소리를 듣자마자 양쪽의 귀가 멍해지며 머리가 터질 것처럼 울렁거렸다. 헤르쿨레스는 머리를 감싸 쥐고 처절한 비명을 지르며 쓰러졌다. 크로드도 양손으로 귀를 틀어막고 이를 악물었다. 상황을 깨달은 트렌은 노래를 멈추었다.

한참을 같은 자세로 견디고 있던 크로드는 소리가 멎은 것을 깨닫고 귀에서 손을 뗐다. 속이 괴롭다 보니 표정은 매우 평온했다. 헤르쿨레스는 어제의 그 마을 사람들처럼 부글부글 거품을 물고 엎어져 있었다. 트렌은 힘없이 한숨을 쉬었다.

"그래서 후회할 거라고 했는데……."

크로드는 헤르쿨레스의 볼을 가볍게 두드려 깨웠다.

"어이, 괜찮아?"

헤르쿨레스는 신음 소리를 내면서 눈썹을 꿈틀거리다가 눈을 떴다.

"으으~ 우리가 들은 그거… 노래 맞아요? 노래라기보다 마치 쇠로 된 손톱으로 철판을 긁는 것 같은 소리였어어…….."

트렌은 고개를 떨구었다.

"사실 그게 제 문제입니다. 노래가 생명인 엔젤이 노래를 못하다니… 그래서 되도록 노래를 안 하려고 했던 것인데…….."

그의 기운없는 모습에 헤르쿨레스는 미안해했다.

"미안해요. 전 그것도 모르고… 그럼 그것 때문에 중간계로 온 건가요?"

"그런 셈이에요."

헤르쿨레스는 트렌에게 다가가서 다정하게 위로했다.

"힘내요, 트렌. 나 같은 엘프도 이렇게 용감하게 살아 있잖아. 사실 나도 이 엘프답지 않은 외모를 고치러 여행을 나선 거예요. 반드시 어딘가에 우리의 문제를 해결할 방법이 있을 거야. 그러니까 우리, 희망을 갖고 살자구요."

트렌은 헤르쿨레스의 느끼한 포즈에도 아랑곳없이 기쁘게 그의 손을 맞잡았다.

"고마워요, 헤르쿨레스."

두 사람의 주위로 금빛 햇살이 찬란하게 부서졌다. 크로드는 돌아앉아서 손바닥으로 얼굴을 철썩철썩 두드리며 표정 관리에 애쓰고 있었다.

'속 뒤집히지만 참자. 무표정, 무표정…….'

제 4장

용의 눈물

(1)

　보름밤, 자정을 훨씬 넘긴 이슥한 시각에 쿠델은 폐가의 마당에서 소환 의식을 집행하고 있었다. 팔켄은 지난번처럼 그에게 방해가 들어가지 않도록 바깥에서 주변을 경계하고 있었다. 인가에서 멀리 떨어진 곳이라 밤에 사람이 지나다니는 일은 거의 없는 곳이지만 만일의 경우를 대비한 행동이었다.

　쿠델이 만든 원형 마법진의 바깥에는 커다란 삼각형이 있고, 그 안에는 소리를 내지 못하도록 입에 재갈을 물린 소들이 밧줄로 서로 연결된 채 단단하게 묶여 있었다.

　쿠델은 지난번처럼 화로에 불을 피우고 날카로운 검으로 제물들의 목을 베어 피를 흩뿌린 다음, 마법진의 중앙에 서서 동쪽을 향해 나직한 목소리로 주문을 암송했다. 주문은 상당한 시간에 걸쳐 몇 번이고 반복되면서 차차 흥분과 광기를 뿜어냈다. 주문에 모든 신경을 집중

한 쿠델의 얼굴에서 땀이 흘러내리고 있었다.

마침내 그의 주문이 발동된 것인지, 마법진의 주위로 냉기를 품은 축축하고 기분 나쁜 바람이 일면서 바닥에서 스멀스멀 검은 기운이 뿜어져 나오기 시작했다. 땅 밑에서 올라온 검은 기운은 제물의 피로 질펀한 삼각형 안에서 하나로 모이면서 거대한 형체를 형성했다. 네 개의 다리와 날개, 광택이 도는 청록색의 비늘로 뒤덮인 드래곤이었다.

"나의 휴식을 방해하는 자여, 나를 불러낸 이유가 무엇인가?"

드래곤은 무척 불쾌한 눈빛으로 뱀처럼 끝이 갈라진 검은 혓바닥을 날름거리며 쿠델에게 힐문했다.

"마계의 드래곤 그리이즐이여, 나는 당신의 계약자로서 이전에 당신과 내가 맺었던 계약에 따라, 나의 적을 소멸시킬 것을 당신에게 요구합니다."

"호오, 인간의 고기 맛을 보라는 말이지? 그거라면 나쁘지 않군."

쿠델의 청을 들은 그리이즐은 처음의 불쾌한 태도를 풀고 기쁜 듯이 입맛을 다시고 기분 좋게 물었다.

"그래, 어떤 놈들을 해치우면 되지?"

"나의 적은 하나입니다. 크로드 네크로스라는 이름의 기사로서 네크로스라는 마검을 사용하는 자입니다."

"마법의 기사라고? 그렇다면 만만히 볼 상대는 아니라는 얘기로군."

드래곤은 미간을 찡그렸다.

"마검뿐 아니라 네크로스는 바로 최근까지 전장에서 병사들을 지휘하던 자이기 때문에 많은 병력을 부리는 데 능합니다. 그 점을 유의하셔야 할 겁니다."

"다른 인간들을 동원해 나설 여유를 주어서는 안 된다는 뜻인가? 하지만 나도 이왕에 나온 김에 재미를 좀 보고 싶은데……. 놈은 한자리에 머물러 있는가?"

"현재는 여행 중이라 계속 이동하고 있습니다. 정확한 목적지는 알 수 없고, 다만 서쪽을 향하는 것으로 보입니다."

"그렇다면 놈의 진행 방향 앞쪽에서 인간들을 상대로 즐기며 끌어들여도 되겠군."

"나의 목적은 네크로스 하나입니다."

쿠델은 단호하게 말했다.

"많은 병력과 대치해 다수의 인명을 살상하는 것은 삼가하여 주십시오."

"주문이 많군."

드래곤은 짜증을 내기는 했으나 쿠델의 말을 받아들였다.

"좋다. 인간들이 떼로 몰려서 대드는 것도 귀찮은 노릇이니 대규모 병력이 모이기 전에 적절한 지형에서 놈을 상대하도록 하지."

그러나 쿠델은 그것에 만족하지 않고 드래곤에게 맹세를 요구했다.

"대신(大神) 오랜 드래곤 루시퍼의 이름으로 나의 요구에 따를 것을 맹세해 주십시오. 네크로스를 죽이되, 병사들이 아닌 그 자신과 싸워야 합니다."

드래곤은 내키지 않는 표정으로 쿠델을 노려보다가 그의 말에 따랐다.

"알았다. 오랜 드래곤 루시퍼의 이름으로 너의 요구를 수용한다. 네크로스를 죽이되, 병사들이 아닌 그 자신과 싸우겠다."

맹세를 하고 드래곤이 사라진 것을 확인한 쿠델은 지친 표정으로 눈을 감고 길게 숨을 내쉬었다. 긴 시간, 극도로 집중해 있었던 탓에 온몸이 땀으로 축축해져 있었다. 쿠델이 마법진을 나와 화로와 촛대 등 소환에 사용했던 물건들을 정리하는데, 바깥에 나가 있던 팔켄이 마당으로 들어왔다.

"조금 전의 그게 당신이 말한 마룡이오?"

"예, 저의 계약자입니다. 이번에는 그가 네크로스를 상대할 겁니다."

팔켄은 질려 하며 고개를 설레설레 흔들었다.

"그런 괴물까지 불러내다니. 마도사란 정말 무서운 존재로군."

"이제 이곳을 떠나야 합니다. 혹시 멀리서라도 드래곤을 본 자가 있을지도 모르니까요."

"알았소."

쿠델을 도와 물건을 정리하던 팔켄은 바닥에 쓰러져 있는 소들을 보고 한숨을 쉬었다.

"이걸 묻는 것도 큰일이군."

"구덩이는 파놓으셨습니까?"

"일단 이 근처에 파놓았소."

"깊이 묻어야 할 겁니다. 개나 들짐승들이 파헤칠 수도 있으니까요. 멀쩡한 소를 묻은 것을 누군가가 보게 되면 이상하게 여길 겁니다."

"알고 있소."

팔켄은 바깥에서 두 명의 부하를 불러와 작은 달구지에 소를 실어 옮겼다. 쿠델을 제외한 세 남자는 낑낑거리며 소들을 치웠다. 그동안 마법 도구를 정돈한 쿠델은 마무리가 끝나자 말이 끄는 작은 짐마차에 물건들을 모두 싣고 남자들과 서둘러 그곳을 떠났다.

　　　　　　*　　　　　　*　　　　　　*

　크로드 일행이 드래곤에 대한 소문을 들은 것은 그로부터 며칠 뒤의 일이었다. 러튼이라는 작은 마을 근처에 커다란 드래곤이 나타나서 마을을 습격해 가축과 사람들을 잡아갔다는 것이었다. 일행이 묵고 있는 여관도 온통 그 이야기로 들끓고 있었다.

　"드래곤이 나타났대요. 어떡해요, 크로드?"

　음식을 앞에 두고도 먹을 생각을 않고 사람들의 이야기에 귀를 기울이고 있던 헤르쿨레스는 이마에 주름을 짓고 심각하게 크로드에게 물었다. 크로드가 대답하지 않자 헤르쿨레스는 트렌에게 말했다.

　"트렌은 어떻게 생각해요? 사람도 잡아가고 그런대잖아요."

　트렌은 조심스럽게 대답했다.

　"그야… 도울 수 있다면 도와야겠죠. 하지만 크로드는 지금 다른 볼일이 있으니까……."

　"그래도 사람들이 피해를 입는데 모른 척할 수는 없는 거 아녜요?"

　"이 부근의 성에서 병사들을 보내지 않을까요?"

　"그렇겠지만 상대가 드래곤이면 피해가 클 거예요. 옛부터 용과 싸우는 건 용사가 할 일이라구요."

　크로드는 묵묵히 식사를 하고 있었다.

　"크로드, 모른 척할 수는 없는 거 아녜요?"

　헤르쿨레스는 얼굴을 바싹 들이밀고 대답을 다그쳤다. 크로드는 떨떠름하게 대답했다.

　"바르트 내에서 일어난 일이라는 점에서는 그렇다고 볼 수 있겠지.”

솔직히 드래곤 같은 거대한 상대와는 싸운 적도 없고, 또 그런 식의 무훈을 쌓고 싶다는 생각도 없었지만, 적어도 왕의 기사이자 바르트의 무장인 이상 알면서도 그대로 지나칠 수는 없다는 일종의 책임감은 들었다.

“역시 갈 거군요. 그럴 줄 알았어요.”

헤르쿨레스는 크로드의 대답에 만족해했다.

“그럼 언제 가죠? 군대가 오기를 기다려서 함께 가나요?”

“상대가 상대이니만큼 숫자가 많다고 무조건 유리하다고는 볼 수 없겠지. 병사들이 어느 길로 갈지도 모르는 일이고… 먼저 러튼에 가 보는 것이 어떨까 하는데.”

“그게 좋을 것 같네요. 내일 아침에 출발하는 걸로 하죠.”

상대가 드래곤이라고 하는데도 헤르쿨레스는 겁먹기는커녕 오히려 신이 나 있었다. 멍청한 것인지, 용감한 것인지 모를 녀석이라 생각하며 크로드는 식사를 계속했다.

다음날 사람들에게 길을 물어 러튼으로 출발한 크로드 일행은 해질 녘쯤 되어 마을 어귀에 도착했다.

“이 마을인가?”

크로드는 고즈넉한 분위기의 작은 마을을 보고 중얼거렸다. 드래곤이 출몰하는 곳치고는 너무 조용했다. 헤르쿨레스는 마을 어귀에 서 있는 몇 명의 사람들을 가리켰다.

“저기 저 사람들에게 물어보면 되겠네요. 내가 물어보고 올게요.”

헤르쿨레스가 말한 사람들은 작별 인사를 나누는 중이었다.

밝은 갈색 로브를 입고 서 있는 여자 마도사의 앞에 다섯 사람이 말을 타거나 작은 짐마차에 타고 있었다. 여자 마도사를 제외하고는 모두 심하게 부상을 입은 상태였다. 말에 탄 세 명 중 둘은 기사였는데, 얼굴부터 시작해서 거의 온몸에 붕대를 친친 감고 있었다. 나머지 한 명도 붕대를 감기는 마찬가지였으나 붕대 위로 이마에 종교적 표시를 한 것으로 보아 사제인 것 같았다. 그들 옆의 짐마차에는 그들보다 더욱 심하게 부상을 입은 두 사람이 시체처럼 누워 있었다. 역시 붕대를 친친 감은 상태였는데 몸매로 보아 여성이었다.

한 기사가 비장한 음성으로 말했다.

"이제 더 이상 당신과 함께 있을 수가 없소. 여기서 헤어지는 것이 당신을 위한 길이오. 비록 길지 않은 기간이었지만 정말 대단한 경험이었소. 앞으로도 절대 당신을 잊지 못할 것이오."

그의 눈빛이 너무나 강렬해서 그들에게 다가간 헤르쿨레스는 감히 방해하지 못하고 그들의 이별 장면을 지켜보게 되었다.

"그치만……."

20살이나 되었을까? 아직 앳된 음성의 마도사는 거의 울먹이고 있었다. 그러자 말을 탄 성직자가 눈물이 가득 고인 핏발 선 눈으로 손을 휘저었다. 말을 할 수 없는 모양이나 그의 손은 마도사에게 어서 마을로 돌아가라는 뜻을 전달하고 있었다. 나머지 기사는 간신히 말을 타고 있기는 했지만 부상이 심한 모양으로 손짓을 할 기운도 없이 말 등에 엎드려 있었다.

"뭔가 굉장한 사연이 있어 뵈는 애틋한 이별이야."

헤르쿨레스는 자기 혼자 감동해서 로맨틱한 상상에 빠져들었다.

마침내 말들이 움직이고 그들은 마도사만을 남겨둔 채 서둘러 떠나갔다. 지평선에 반쯤 걸려 하늘 끝을 붉게 물들이는 석양을 받으며 떠나가는 그들을 지켜보는 마도사의 모습은 참으로 처연했다. 그녀의 처진 어깨를 안쓰럽게 바라보던 헤르쿨레스는 말에서 내려 그녀에게 다가가 말을 걸었다.

"무슨 일인지 모르지만 힘내세요."

마도사는 말없이 마을로 돌아섰다. 그녀는 얼른 보기에도 상당한 미모였다. 부드러운 느낌을 주는 엷은 갈색 머리칼에 커다란 청보랏빛 눈동자는 지나가다가도 남자들이 뒤돌아볼 만큼 매력적이었다.

"죄송해요. 지금은 별로 말할 기분이 아니네요."

그녀는 기운없이 고개를 저었다.

"그럴 때도 있죠. 하지만 다른 사람에게 하소연이라도 하고 나면 시원해질 때도 있어요."

헤르쿨레스는 애초의 목적도 잊고 그녀를 위로하는 데 열심이었다.

"실례입니다만, 이곳이 러튼이라는 마을이 맞습니까?"

트렌이 마도사에게 질문했다. 그녀는 얼굴도 들지 않고 말했다.

"네, 맞아요. 한데 이 마을은 요즘 드래곤이 출몰해서 위험하니까 다른 곳으로 가세요."

"우리가 바로 왔군요."

트렌은 크로드에게 말하고 마을 쪽으로 말머리를 향했다. 헤르쿨레스는 말을 끌면서 여자 마도사의 옆을 걸었고, 트렌과 크로드는 그들의 뒤를 따라 마을로 들어갔다.

러튼은 조그만 마을이었다. 크로드 일행이 마을에 하나 있는 여관 겸 주점에 들어섰을 때, 식당에는 마을 사람들인 듯싶은 여럿이 모여 앉아 심각한 분위기로 이야기를 나누고 있었다. 여자 마도사도 이 여관에 묵고 있었던지 함께 들어왔다.

"방 있어요?"

헤르쿨레스가 큰 소리로 묻자 마을 남자들과 테이블에 앉아 있던 머리가 벗겨진 주인이 일어나 응대했다.

"몇 개나 필요하십니까?"

"2개요."

크로드가 주인에게 방세를 치르는 동안 마을 사람들은 크로드 일행의 모습을 유심히 살펴보고 있었다.

"기사다."

"꽤 세 보이는데…….."

"저 은빛 머리칼은… 혹시 크로드 네크로스 경?"

누군가 속삭였다.

"네크로스 경이 왜 우리 마을에 오겠어? 지금쯤 키르베인에 있는 거 아냐?"

"아냐, 전에 멀리서 본 적 있는데, 맞는 것 같아…….."

사람들이 수군거리는 동안 선불을 치른 일행은 저녁 식사를 주문하고 테이블에 둘러앉았다.

"너무 상심하지 말고 우리랑 식사라도 하세요. 그래도 되죠, 크로드?"

"혼자 정해놓고 묻기는 왜 물어?"

무심하게 대꾸하는 크로드를 본 사람들의 눈빛이 의미심장하게 바뀌었다. 그들은 자기들끼리 또 뭔가 숙덕거리더니 그들 중 두 명이 슬그머니 일어나 빠른 동작으로 여관 바깥으로 나갔다.

"난 헤르쿨레스라고 해요. 이쪽은 우리 파티의 리더인 크로드 네크로스구요. 이쪽은 트렌……."

크로드의 이름을 듣자 마도사는 고개를 들어 새삼 그의 얼굴을 보았다.

"혹시 마검의 기사인 크로드 네크로스 경이세요?"

"그렇소만……."

"말씀은 많이 들었어요. 저는 마도사이고 아스윈 레베라고 합니다."

아스윈의 말문이 열리자 헤르쿨레스는 얼른 아까부터 마음에 걸리던 일을 물어보았다. 궁금한 것은 못 참는 성격이라 묻고 싶어서 입이 근질거리던 참이었다.

"이런 거 물어봐도 되는지 모르겠는데, 아까 그 사람들은 누구였어요?"

"…저와 잠시 동안 일행이었어요."

"그런데 왜 아스윈을 남겨두고 자기들끼리 갔어요?"

아스윈은 왠지 주저하다가 대답했다.

"아, 네… 신전 기사와 사제 분들인데, 부상을 심하게 입어서 당분간 여행은 어렵게 되어서 그렇게 하기로 했어요."

"혹시 이 부근에 나타났다는 드래곤과 싸운 것이오?"

크로드가 물었다.

"예, 일단 그렇기는 한데요……."

아스윈이 우물쭈물 대답하는데 여관의 문이 열리더니 일련의 사람들이 우르르 밀려 들어왔다. 그들의 선두에는 나이가 지긋해 보이는 영감이 있었다. 식당 안에 앉아 있던 사람들도 일어나서 합류했다. 사람들은 크로드 일행의 앞까지 와서도 선뜻 입을 열지 못하고 우물거렸다. 사람들이 자꾸 등을 쿡쿡 찌르며 재촉하자 앞장선 영감이 머뭇머뭇 입을 열었다.

"저어, 저는 이 마을의 촌장인 키시라고 합니다. …기사님께서는 혹시 크로드 네크로스 경 아니십니까?"

"그렇소만."

"저어… 저어……."

크로드의 긍정에 한층 얼어버린 촌장이 같은 말만 반복하며 우물거리자 사람들은 다시 그의 등이며 어깨를 손가락으로 마구 찔러댔다. 온몸을 찔리다시피 한 촌장은 눈물을 찔끔거리며 말했다.

"저어… 아실지 모르겠습니다만, 얼마 전부터 우리 마을에 드래곤이 나타나 피해를 끼치고 있습니다. 크고 하늘을 날아다니는 놈인데, 근처의 계곡에 자리를 잡고서 마음이 내키면 마을로 내려와 가축이든 사람이든 보이는 대로 잡아갑니다. 인근의 글라르 성에 사람을 보내 구원을 요청해 놓기는 했지만, 성의 병사들이 오기 전에 마을에 얼마나 더 피해를 끼칠지 모릅니다. 그저께도 염소를 치던 아이와 염소가 함께 잡혀가 버렸습니다. 그래서 마침 마을에 들르신 기사 일행께 부탁드려 보았습니다만 퇴치할 수가 없었습니다. …잔인하기 짝이 없고 극악무도한 네크로스 경께서 놈을 제발 해치워 주십시오."

이 대목에 이르러 촌장 뒤의 마을 사람들은 엄청나게 경악하며 합세해서 촌장의 입을 틀어막고는 필사적으로 변명했다.

"죄, 죄송합니다… 촌장님이 충격 때문에 그만 거짓말을 못하게 되어서……."

크로드는 순간적으로 온화한 표정으로 돌변했다. '극악무도해서 못

해주겠다’는 말이 목구멍까지 튀어 올랐지만 그는 가까스로 그 말을
눌렀다.

“그놈은 어디에서 나타났소?”

“그건 저희도 모릅니다. 그냥 어느 날 갑자기 나타났습니다.”

“상대는 하늘을 날면서 마법도 쓸 줄 아는 강력한 드래곤이었어
요.”

아스윈이 조그맣게 말했다.

“참, 아스윈도 그 드래곤이랑 싸웠다고 그랬죠? 같은 일행인데 다
른 사람들은 그렇게 심하게 다치고 아스윈은 무사한 걸 보니 아스윈
이 실력이 제일 좋았나 보네요.”

헤르쿨레스의 감탄에 아스윈은 애매하게 비틀린 미소를 흘렸다.

“드래곤이 계곡에 있소?”

크로드는 아스윈에게 물었다.

“네, 아이가 잡혀갔다는 말을 듣고 쫓아갔더니 계곡 안쪽에 자리
잡고 있었어요.”

“어떤 지형이오?”

“계곡으로 들어가는 입구는 좁고 안은 넓었어요. 계곡 안에 있는
분지 같은 곳이에요.”

“계곡 양편은 어떻소?”

“높고 험했어요.”

촌장은 아스윈의 말에 더했다.

“그 안은 바람도 적고 풀도 잘 자라서 가축을 치거나 밭을 일구던
곳이라 저희도 잘 압니다. 하지만 그 양쪽은 험하고 울퉁불퉁해서 사
람이 다니기는 힘듭니다.”

"제법 머리를 써서 자리를 잡았군."

크로드는 씁쓸하게 중얼거렸다. 아스윈과 촌장이 설명한 대로라면 많은 병력이 가더라도 효과적으로 공격하기가 어렵고, 무엇보다 투석기나 대형 쇠뇌 같은 무기도 사용할 수 없을 것이라 생각되었다.

"아무튼 제발 부탁드립니다. 그놈이 또 언제 내려와서 사람들을 잡아갈지 모릅니다. 다들 무서워서 농사일이고 뭐고 아무 일도 못하고 있습니다."

마을 사람들의 애타는 호소에 크로드는 고개를 끄덕였다.

"알았소. 내일 날이 밝으면 한번 가보겠소."

"감사합니다, 감사합니다."

사람들은 크게 기뻐하며 연신 고개를 숙였다.

"여관에서 이러실 것이 아니라 누추하지만 저희 집으로 오십시오. 얼른 방을 치우도록 하겠습니다."

촌장은 크로드 일행을 자신의 집으로 초대했다.

다음날, 크로드 일행 세 명과 아스윈은 드래곤이 있는 계곡으로 갔다. 아스윈은 몹시 긴장해 있었다. 결전장에 나가는 사람처럼 비장한 그녀의 얼굴을 보고 헤르쿨레스가 격려했다.

"너무 걱정하지 마세요. 이번에는 잘될 거예요."

"그래야죠."

그녀는 단단히 결심을 굳혔다.

'이번엔 긴장하면 안 되는데……'

아스윈은 속으로 중얼거리며 앞에서 가는 크로드의 뒤통수를 흘끔 보았다.

크로드 네크로스는 현재 이 일대에서 가장 이름있는 대기사 중 하나이다. 6년 전 홀연히 나타나 바르트의 영토를 단숨에 2배 이상 확장시키는 데 크게 기여한 카리스마의 남자. 그는 대기사일 뿐 아니라 불패의 용장으로 더 유명했다. 그런 그가 왜 이런 마을에 단 두 명의 일행만을 데리고 나타났는지는 몰라도 이건 굉장한 기회였다. 그와 더불어 드래곤을 퇴치하는 데 성공한다면 그것만으로도 빛나는 경력이 될 터였다.

'힘내자, 아스윈. 위기를 기회로 바꾸는 거야. 마법의 컨트롤만 제대로 되면 별 문제 없을 거야. 우선 두려움을 없애고… 으으~ 하지만 네크로스란 남자는 역시 무서워…….'

그녀는 갈팡질팡하는 마음을 다스리느라 필사적이었다.

"아스윈, 드래곤이 어딨어요?"

헤르쿨레스의 질문에 아스윈은 얼른 현실로 돌아왔다.

"어? 이 장벽은 또 뭐지?"

아스윈은 자신들의 정면에 버티고 있는 바위를 보고 어리둥절해서 중얼거렸다. 계곡이었던 곳이 지금은 거대한 바위 암벽으로 막혀 있었다.

"어제는 이런 거 없었는데……. 드래곤이 마법으로 막은 모양이네요."

중얼거리는 아스윈에게 헤르쿨레스가 재촉했다.

"그럼, 어서 열어봐요."

"알았어요. 이런 건 왜 또 만들었담?"

아스윈은 귀찮게 되었다고 생각하며 입구를 여는 주문을 준비했다. 이곳을 통과하면 드디어 드래곤과 결전이다. 모두들 긴장해서 그 앞에 대기하고 있었다.

'오늘은 두 번째니까 잘할 수 있어.'

마음속으로 다짐하는 아스윈이었으나 자꾸 뒤에서 지켜보고 있는 크로드를 의식하게 되었다.

'실패하면 안 되는데… 그랬다간 단칼에 날 죽일지도 몰라……. 아냐, 저 철부지 덩치를 데리고 다니는 걸 보면 그렇게까지는 안 할 거야. …하지만 역시 반쯤은 죽일지도 몰라…….'

그런 생각을 하다 보니 입 안이 바짝바짝 타 들어가는 것이 느껴졌다. 될 대로 되라고 생각한 아스윈은 주문을 암송하다가 마지막으로 크게 외쳤다.

"열려라, 내 앞을 가로막은 문이여!"

그런데 열리라는 문은 열리지 않고 뒤에 있는 크로드의 갑옷 이음새가 다 풀어지더니 툭 벗겨졌다. 크로드는 험상궂은 표정(실은 어이가 없어 실소가 나왔다)으로 바닥에 떨어진 갑옷을 주워 입었다.

"하하하… 제가 좀 긴장했나 봐요."

어색하게 웃으며 아스윈은 다시 주문을 외웠다. 그랬더니 이번에는 순간적으로 트렌이 입고 있던 옷이 멀리 날아가 버리고 트렌은 삽시간에 알몸이 되었다. 트렌은 귀밑까지 새빨개져서 얼른 날개를 펼쳐 몸을 가리고 옷을 집으러 갔다.

"어? 날개가?"

눈이 휘둥그레진 아스윈에게 헤르쿨레스가 설명했다.

"트렌은 유익족이거든요."

"유익족? 엔젤이라구요?!"

과연 마검의 기사 크로드 네크로스의 일행이라 생각하며 아스윈은 입가로 흐른 침을 스윽 닦고 다른 방법을 짜냈다.

"그렇다! 이 장벽이 워낙에 굳게 닫혀서 그래요. 헤르쿨레스, 당신 힘세죠? 내가 주문을 외울 테니 암벽을 힘껏 밀어줘요."

"내가?"

헤르쿨레스는 못내 불안한 표정을 하면서도 일단 시키는 대로 암벽을 밀기 시작했다. 아스윈은 주문을 외웠다.

"열려라, 공간의 문이여!"

주문이 끝남과 동시에 암벽에 검은 공간이 생기고 뒤이어 헤르쿨레스는 엄청난 압력에 떠밀려 그 안으로 쑤욱 밀려 들어갔다.

"으아아아~ 누가 좀 세워줘요!"

잠시 후 공간의 안쪽에서 헤르쿨레스의 비명과 용의 괴성이 울리고 헤르쿨레스가 새까맣게 타서 뭔가에 튕기듯 바깥으로 날아왔다.

"맙소사! 완전히 기절해 버렸군요."

바닥에 쓰러진 그를 살펴본 트렌이 고개를 설레설레 흔들었다. 체력이 완전히 떨어진 헤르쿨레스는 오그리고 누워 움직일 줄 몰랐다.

"아하하… 히, 힐링을 하면 곧 나을 거예요. 히일~ 링!"

아스윈은 크로드의 눈치를 살피면서 재빨리 회복 마법을 걸었다. 온몸으로 힘을 짜내다시피 힘겹게 쓴 힐링이었으나 헤르쿨레스는 여전히 꼼짝도 못했다. 하지만 입술이 달싹거리는 것이 뭔가 말하려는 것 같았다. 트렌이 허리를 굽혀 그의 입술에 귀를 갖다 댔다.

"뭐라고 하는 거요?"

크로드가 물었다. 트렌은 약간 어깨를 움츠리고 대답했다.

"으으~ 라는군요."

기가 막힌 크로드는 가까스로 무표정을 유지하며 아스윈을 쳐다보았다.

"잘하시는군, 아군부터 잡다니. 그 상태로 한 달만 더 힐링을 하면 꼼지락거릴 수는 있겠군."

아스윈은 아무런 말도 할 수가 없어 고개를 푹 떨구었다.

'하지만 아무리 그래도 저렇게까지 말하다니… 못됐어, 정말 못됐어.'

아스윈은 부루퉁해서 입술을 쭉 내밀고 속으로 되뇌었다.

"제가 회복시켜 볼게요."

보기에 딱했던지 트렌이 구원에 나섰다. 트렌이 조치를 취해주자 헤르쿨레스는 겨우 일어났다.

"어으~ 죽는 줄 알았네."

"그나마 회복이 되니 다행이군. 입구가 없어지기 전에 어서 들어갑시다."

크로드는 네크로스를 뽑아 들고 성큼성큼 안쪽으로 나아갔다.

드래곤 그리이즐은 계곡 입구를 바라보면서 머리를 누이고 엎드려 있었다. 묘한 광택이 이는 청록색 비늘에 사납게 번들거리는 붉은 눈은 악몽처럼 무시무시했다.

"이번엔 또 뭐야?"

처음에는 대수롭지 않게 일행의 모습을 쳐다보던 그리이즐은 갑자기 고개를 번쩍 들고 크로드를 뚫어지게 쳐다보았다.

"저것은 혹시 '오랜 드래곤의 팔'? 마법이란 설마 저것이었나?"

혼잣말로 중얼거린 드래곤은 크로드에게 물었다.

"그렇다면 네놈이 크로드 네크로스냐?"

"어떻게 내 이름을 알고 있지?"

크로드는 놀라면서 되물었다. 드래곤이 자신의 이름을 알고 있는 것이 이상했다. 그러나 그리이즐은 그에 대한 대답은 하지 않고 곤혹스러운 기색으로 네크로스에만 신경을 쓰고 있었다.

"마법의 기사라고는 들었지만, 설마 저런 것을 가지고 있는 줄은 몰랐는데……. 상대가 '오랜 드래곤의 팔'이라면, 마법 공격이나 어지간한 무기로는 소용이 없겠군."

곧 그리이즐의 앞발에 하얀빛이 생겨났다. 그 빛은 길게 늘어나 몽둥이 같은 형태를 이루더니 은빛이 도는 금속 봉이 되었다. 그리이즐은 금속 봉을 검처럼 앞발에 쥐고, 크로드 일행을 향해 대뜸 불꽃을 뿜어냈다.

크로드와 헤르클레스는 옆으로 몸을 날려 불꽃을 피하고, 트렌은 날개를 펼쳐서 하늘로 날아올랐다. 트렌의 손에는 평소 들고 있는 류트 대신 가늘고 긴 은빛 창이 들려 있었다. 아스윈은 후방에서 마법으로 다른 사람들을 지원하는 역할을 맡았다.

그리이즐의 거대한 금속 봉이 크로드를 노리고 내려쳤다. 어지간한 건물의 기둥만큼이나 굵은 것이었다. 크로드도 그것만큼은 막을 엄두를 내지 못하고 바닥으로 구르면서 피했다. 그리이즐은 헤르클레스에게 길게 불을 토해 멀찍이 물러서게 만들고, 금속 봉으로는 주로 크로드를 공격했다.

입구를 여는 마법에서 연이은 실수를 저지르는 바람에 체면을 구겨버린 아스윈은 여기서 만큼은 어떻게든 만회를 해야겠다고 결심했다. 그렇지 않았다가는 저 크로드 네크로스에게 두고두고 씹힐 것만 같았다.

이번만큼은 굳게 다짐하고 아스윈은 드래곤을 향해 공격 마법을 걸었다. 아스윈의 머리 위에 큰 불덩어리가 생겨나 드래곤을 향해 날아들었다. 그런데 그만 드래곤을 상대하느라 분주히 움직이던 트렌의 날개에 정통으로 맞고 말았다. 날개를 다친 트렌이 추락하고 남은 전력은 2명이 되었다.

"왜 이런다지?"

아스윈은 울상이 되어 중얼거렸다. 그러나 여기서 포기할 수는 없었다. 그녀는 크게 마음먹고 다음에는 벼락 마법을 썼다. 한두 개 정도의 벼락이 아니라 여러 개가 동시 다발로 쏟아지는, 마력 소모가 꽤 큰 마법이면서 아스윈의 비장의 일격이기도 했다.

아스윈의 의도대로 동시 다발적으로 쏟아진 벼락은 드래곤의 머리와 몸으로 가차없이 떨어졌다. 그런데 문제는 이 벼락이 적, 아군 구분을 못한다는 점이었다. 크로드를 비롯하여 헤르쿨레스와 다시 일어나서 싸울 채비를 하던 트렌까지 고스란히 벼락의 제물이 되고 말았다. 다행히 크로드는 네크로스가 충격을 흡수해 그다지 피해가 없었지만, 헤르쿨레스는 입에서 연기를 내뿜으며 쓰러지고, 트렌은 그만 주저앉고 말았다.

"정말 못 말리겠군. 아군을 다 잡았잖아. 이봐요, 마도사! 제발 부탁이니 가만히 있으시오. 당신은 가만히 있는 게 돕는 길이오!"

크로드가 마침내 활짝 웃으며 분통을 터뜨렸다. 아스윈으로서는 크로드가 화내는 것인지 웃는 것인지 분간이 가질 않았다. 어쨌든 이로써 전력은 둘이 된 셈이었으나 아스윈은 마도사다 보니 실질 전력은 크로드 혼자였다.

드래곤의 불꽃이 온전히 크로드만을 노리고 그의 몸으로 쏟아졌다. 바닥을 구르면서 정신없이 그것을 피하느라 다른 생각을 할 틈이 없

었다. 숨이 막히는 열기가 멎었나 싶더니 그의 몸 위로 커다란 그림자
가 생겼다. 금속 봉이 그의 위로 떨어지는 찰나였다. 크로드는 몸을
일으켜 옆으로 뛰었다. 그러자 기다렸다는 듯 드래곤이 토해낸 불꽃
이 그의 전신을 감쌌다. 크로드는 반사적으로 두 팔로 얼굴을 가렸다.
그 순간 네크로스가 검붉은 기운을 뿜어냈다. 불꽃은 네크로스의 암
흑기에 닿자 기세를 잃고 크로드의 몸 양쪽으로 갈라져서 흩어져 버
렸다.

"이런……."

자신의 불꽃이 크로드에게 통하지 않는다는 것을 알게 된 드래곤은
방법을 바꾸어 뒷발로 일어섰다. 금속 봉을 보다 자유롭게 휘두르기
위해서였다. 크로드 역시 그 사실을 깨달았다.

"불이 없다면 해볼 만하군."

크로드는 네크로스를 더욱 힘껏 잡고 드래곤을 노려보았다. 드래곤
에게 달려가기 전에 크로드는 아스윈에게 소리쳤다.

"그렇게 가만히 있지 말고 헤르쿨레스나 일으켜 보시오!"

크로드의 말대로 하려고 주춤주춤 움직이는데 마침 헤르쿨레스가
멍한 얼굴로 일어났다.

"다행이네요. 어서 가서 크로드를 도와줘요."

"으~ 아직도 온몸이 찌릿거리네……."

아프다면서도 남다른 체력과 회복력을 발휘해 곧장 뛰어가려는 그
를 무슨 생각에서인지 아스윈이 얼른 제지했다.

"잠깐만요. 크로드를 도울 수 있는 좋은 방법이 생각났어요."

"예? 그냥 가면 안 될까요?"

헤르쿨레스는 영 못 미더운 얼굴로 거절하려 했지만 포기를 모르는

여성, 아스윈은 이제까지의 실수에도 불구하고 또 다른 마법을 시도했다. 이번에는 발이 빨라지는 마법이었다. 마법은 즉시 효력을 발휘해 헤르쿨레스의 두 발이 모터라도 단 것처럼 정신없이 움직이기 시작했다.

"와아~ 굉장한데요? 내 발이 아닌 것 같애요. 그런데… 어어? 으아악~ 어떻게 좀 해봐요! 발이 자기 마음대로 가!"

제어력을 잃어버린 헤르쿨레스는 발이 멋대로 움직이는 바람에 본의 아니게 드래곤을 향해 똑바로 달려갔다. 그 모습은 두려움을 모르는 용감무쌍한 전사와도 같았다.

헤르쿨레스는 그리이즐과 상대하느라 바쁜 크로드의 옆을 지나 바람처럼 그리이즐을 향해 돌진해 온몸으로 콰앙— 부딪쳤다. 그리이슬도 이런 육탄 돌격에는 견딜 수 없었는지 비명을 지르며 몸을 벌떡 일으켰다.

"크워어어어억……!"

드래곤 그리이즐은 앞발에 쥐고 있던 금속 봉을 툭 떨어뜨리고 전신을 부르르 떨며 고통스러워했다.

"치, 치사하게… 어, 어딜 치는 거냐……!"

그리이즐의 눈에는 붉은 눈물이 맺혀 있었고, 전혀 힘을 쓰지 못하는 무방비 상태였다. 크로드는 그때를 놓치지 않았다. 마검 네크로스가 붉은 기운을 발하며 드래곤의 복부를 깊숙이 찔러 들어갔다.

"크허억—"

그리이즐은 고통스러운 비명을 질렀다. 크로드가 그리이즐의 몸에서 네크로스를 뽑아내려 하는데, 갑자기 이제까지 경험한 적 없는 어마어마한 인력이 느껴졌다. 마치 검 전체가 드래곤의 몸속으로 빨려

들어가려는 것 같았다. 크로드는 이를 악물고 네크로스를 온 힘을 다해 당겼다. 드래곤의 몸에서 조금씩 뽑아져 나오는 네크로스를 보고 크로드는 일순 숨을 삼켰다. 네크로스의 붉은 검신이 드래곤의 피를 엄청난 속도로 흡수하고 있었다. 억지로 네크로스를 완전히 뽑아내자 그리이즐의 거대한 몸은 맥없이 무너졌다. 그리이즐은 이미 희미하게 흐려져 보이지 않게 된 눈을 희번덕거리며 신음처럼 중얼거렸다.

"어, 어째서 인간이… 그것을 가지고 있지? …그것은 우리들의 위대한… 군주 루시퍼의…….'

순간 공중에서 강하해 온 트렌의 긴 창이 그리이즐의 눈을 꿰뚫어 버렸다.

"말이 많군."

드래곤의 머리에 올라선 트렌은 싸늘한 시선으로 창을 뽑아냈다. 그리이즐은 단말마의 비명을 내지르고 절명해 버렸다.

크로드는 가쁜 숨을 내쉬며 드래곤을 바라보고 있다가 네크로스를 넣어버리려 했지만 네크로스는 피에 주린 붉은빛을 발하며 그의 손에 머물렀다.

"아직 만족하지 못했다는 말인가?"

하는 수 없이 크로드는 드래곤에게 가서 그 목을 베어버렸다. 목을 베었음에도 불구하고 피는 솟구치지 않았다. 그 피까지도 모두 삼켜 버린 다음에야 네크로스는 만족한 듯 보통 때의 상태로 돌아갔다.

"크로드?"

뒤에서 들리는 트렌의 음성에 돌아보니 트렌이 미묘한 표정을 짓고 그를 바라보고 있었다.

"왜 그러십니까?"

평소와 다름없는 크로드의 태도에 트렌은 화사하게 웃으며 고개를 저었다.

"아무것도 아닙니다. 그저 다친 곳이 없나 해서요."

크로드는 계곡 바닥에 큰대 자로 뻗어 있는 헤르쿨레스에게 가서 그를 깨우고 손을 잡아 일으켜 주었다.

"잘했어. 덕택에 무사히 끝났어."

"드, 드래곤은요?"

"놈은 죽었어. 자네 덕분이야. 어떻게 놈의 급소를 공략할 생각을 다 했지?"

"급… 소라뇨?"

크로드가 의미심장한 눈빛으로 멀리 있는 아스윈을 흘깃 보더니 헤르쿨레스의 귀에 속삭였다.

"드래곤의 ××."

"예?"

헤르쿨레스의 눈이 퀭해졌다. 그제야 전신을 타고 흐르는 미적지근하고 찜찜한 감촉을 깨달은 그는 손가락으로 자신의 얼굴을 한 번 살짝 닦아서 혀에 대보았다. 찝찔한 맛이 혓바닥에 느껴졌다.

"으우엑! 구리구리해! 어쩐지 온몸이 척척하다 했어~!"

벌게졌던 헤르쿨레스의 얼굴은 이내 팥죽처럼 거무튀튀해졌다. 속이 뒤집혀 헛구역질을 해대는 그에게 멋모르는 트렌은 그의 용감함을 칭찬해 주었다.

"대단한데요? 다시 봤어요."

그러나 헤르쿨레스는 거기에 대한 대답도 않고 미친 사람처럼 흐느끼면서 집히는 대로 마구 풀을 뜯어 몸 여기저기를 닦아냈다.

"어흐흐흑~ 더러워, 더러워~ 아우우~"

처절하게 울부짖는 헤르쿨레스를 보고 있던 크로드는 아스윈에게 다가가서 물었다.

"마법은 대체 어디에서 배웠소?"

아스윈은 면목이 없어 고개를 떨구고 우물쭈물 대답했다.

"나딘에 있는 '지혜의 푸른 관'에서요… 자연 마법 쪽이 주 분야구요, 얼마 전에 졸업했어요……. 실전 때 실수를 해서 그렇지 시험 때는 정말 잘했거든요. …자꾸 긴장해서 실수를 하나 봐요."

"몇 번 실수를 저지르기는 했지만, 그래도 마지막에 헤르쿨레스와의 합체 공격은 성공했잖아요. 너그러이 이해해 주세요."

트렌은 천사 같은 미소로 아스윈을 옹호해 주었다.

헤르쿨레스가 어디에 박혔는지 안다면 그런 말을 못할 것이라고 생각하는 크로드였으나 트렌에게 차마 그 부위를 말해 줄 수는 없었다.

(2)

드래곤이 쓰러지자 계곡 입구를 가로막고 있던 암벽은 사라졌다. 크로드는 언제까지나 뒹굴거리면서 흐느끼는 헤르쿨레스를 재촉해 마을로 돌아갈 준비를 했다. 자신의 몸에서 풍기는 냄새를 의식해 일행에게서 멀찌감치 떨어져서 선 헤르쿨레스는 아스윈에게 툴툴거렸다.

"그 기사랑 성직자랑 그때 왜 그러나 했더니, 내 인제 그 이유를 알겠어."

"미안해요."

할 말이 없는 아스윈은 풀이 죽어서 사과했다.

"어쨌든 일이 끝난 것 같으니 마을로 돌아갑시다."

"드래곤의 심장은 안 드시구요?"

계곡을 나가려는 크로드에게 아스윈이 조심스레 물었다. 크로드가 처다보자 그녀는 변명하듯이 덧붙였다.

"왜, 보통 모험담에서는 그렇잖아요. 다들 먹나 보던데?"

"글쎄, 난 생각없소. 좋아하거든 꺼내 드시오."

크로드는 무심하게 대답했다.

"어차피 피가 빠져 버려 아무 효과도 없을 겁니다."

트렌의 말에 머쓱해진 아스윈은 손을 내저었다.

"그냥 해본 소리예요. 저도 그런 거 별로 좋아하지 않아요."

"그나저나 이건 어쩌죠, 크로드?"

드래곤이 가지고 있던 금속 봉을 가리키며 헤르쿨레스가 물었다.

"일종의 전리품이니 가져가면 되겠군. 자네가 들고 와."

"엣, 내가? 이 큰 걸?"

볼이 부어 묻는 헤르쿨레스였지만, 크로드는 그냥 돌아서 버렸다. 헤르쿨레스는 궁시렁거리면서도 어쩔 수 없이 그것을 어깨에 둘러메었다.

"생각보다는 가볍네. 이렇게 크니까 꽤 무거울 줄 알았는데……."

그는 고개를 갸웃거렸다.

"그거 은이 아닌가요?"

아스윈이 조심스럽게 물었다.

"그런가 했는데 이렇게 가벼운 걸 보니 아닌 것 같아요."

헤르쿨레스의 대답에 아스윈은 크게 실망하는 눈치였다.

"은도 아니라면 가져가서 뭐 해요?"

그런데 헤르쿨레스에게 다가가 잠시 그것을 살펴보던 트렌이 침착한 어조로 말했다.

"그렇군요. 은은 아닙니다. 이건 미스릴인데요."

그 말에 아스윈의 눈이 번쩍했다.

"은이 아니라 미스릴이라구요? 그럼 이게 신의 무기를 만들 수 있다는 그 전설의 금속이란 말이에요?"

"예, 이 정도면 굉장한 양이군요."

"뭐지, 그 미스릴이란 건?"

이런 이야기는 처음 듣는 크로드가 뒤돌아보자 아스윈의 눈이 휘둥그레지더니 장황하게 설명을 했다.

"세상에~ 미스릴을 모른단 말예요? 미스릴은 신의 무기를 만든다는 전설의 금속이잖아요. 이걸로 칼, 창, 방패, 갑옷 같은 무기는 물론이고 마법 봉도 만들 수 있어요. 가볍고, 무엇보다도 이 세상에 없는 강도를 가지고 있어서 어떤 금속에도 비할 바가 없지요. 하지만 이건 인공적으로 만들 수 있는 것도 아니고, 더군다나 철처럼 흔한 광석도 아니에요. 한마디로 엄청난 가치를 지닌 물건이죠. 같은 무게의 금을 몇백 배 주더라도 구할 수 없는 그런 물건이라구요. 우린 부자가 된 거예요."

아스윈의 긴 설명에 크로드도 겨우 물건의 가치에 대한 개념이 섰다.

"이제 이걸 어쩌죠?"

아스윈은 행복한 고민에 빠졌다. 이만한 양의 미스릴이라니… 이것으로 일확천금의 꿈이 이루어졌다는 생각에 입이 저절로 벌어졌다.

그러나 문제는 미스릴이 아무리 좋은 금속이라 해도 이대로는 아무 짝에도 쓸모가 없다는 사실이었다. 이것으로 무엇을 만들든 이 금속의 제련은 드워프 이외에는 해낼 존재가 없었다.

"제가 드워프 마을 한 군데를 알아요. 거기 가서 만들면 될 거예요."

헤르쿨레스가 제안했다.

"어머, 당신이 어떻게 드워프 마을을 다 알죠?"

아스윈은 뜻밖으로 받아들이며 헤르쿨레스를 보았다. 드워프들은 솜씨 좋은 대장장이들로 알려져 있지만 타산적이고 폐쇄적인 종족이라 인간과는 그리 접촉하지 않는 편이었다.

"응, 원래 우리 엘프와 드워프들은 그리 사이가 좋은 편이 아닌데, 이상하게도 나한테는 잘해주더라구요. 전혀 엘프답지 않다나요?"

헤르쿨레스의 대답에 아스윈은 괴상한 표정이 되어 웃기 시작했다.

"하하하, 농담이 너무 심해요. 그야 귀가 보통 사람이랑 조금 다르기는 하지만, 어떻게 그 외모로 그런 엽기적인 주장을 할 수 있어요?"

기분이 상한 헤르쿨레스는 크로드에게 응원을 청하듯 시선을 보냈다.

"사실이오. 내가 그의 어머니를 만난 적이 있소."

크로드의 한마디에 아스윈은 웃음을 그쳤다. 농담이라고는 모를 것 같은 크로드의 말이었기에 그만큼 무게가 있었던 것이다. 아스윈은 경이로운 시선으로 헤르쿨레스를 바라보았다. 한동안 말을 잇지 못하던 그녀는 머리를 설레설레 흔들면서 중얼거렸다.

"이런 엘프가 있었다니… 정말 엘프에 대한 환상이 깨지네."

"에이, 시끄러! 드워프 마을에 갈 거예요, 안 갈 거예요?"

헤르쿨레스는 그답지 않게 짜증을 내며 화제를 돌렸다. 사실 선택의 여지가 없었다. 미스릴로 무엇인가를 만들려면 드워프 마을로 갈 수밖에 없는 노릇이었다.

"하지만 드워프들은 공짜로 일해 주는 법이 없다는데 그들에게 뭘

쉬야 하죠? 지금은 다들 별로 가진 게 없는데.”

아스윈이 걱정스레 말했다.

“아무리 아는 사이라고 해도 드워프들에게 일을 의뢰하려면 어지간한 걸로는 어림도 없어요. 아마 미스릴을 얼마쯤 줘야 할걸요.”

헤르쿨레스도 드워프의 현실적이고 타산적인 면은 잘 알고 있었다.

“여기에서 먼가?”

크로드가 물었다.

“그냥 가면 말을 타고 가도 꽤 걸릴 거예요. 요정의 길을 타고 가는 방법도 있긴 하지만, 그건 크로드와 아스윈이 안 될 테고…….”

“시간이 걸리면 곤란한데…….”

“왜요? 드워프들에게 부탁하지 않으면 모처럼 얻은 미스릴도 제대로 쓸 수가 없게 되잖아요.”

아스윈이 이상하다는 듯 물었다.

“크로드는 사실 다른 볼일이 있어서 가는 길이거든요. 어릴 때 헤어진 누님을 찾으러 간대요.”

헤르쿨레스의 설명을 들은 아스윈은 잠시 생각하다가 제안했다.

“그렇다면 이동 마법으로 가도록 하죠.”

“이동 마법을 할 줄 알아요? 그 정도면 대단히 높은 레벨인데, 어째서 아까는 그랬던 거예요?”

“아까 말했잖아요. 실전 때 긴장을 해서 그렇지, 학교에서는 우등생이었다구요.”

“이동 마법으로 갈 수 있다면 가도 되겠다. 그렇죠?”

크로드는 걸음을 멈추고 헤르쿨레스와 트렌을 뒤돌아보았다.

“이왕 얻은 거니까 그렇게 해요.”

트렌도 헤르쿨레스에게 동조했다. 크로드는 잠시 생각해 보더니 고개를 끄덕였다.

"알겠소. 그렇게 합시다."

이들이 있는 계곡 위의 바위에서는 바위와 같은 색을 띤 외눈박이 새가 일행의 뒷모습을 바라보고 있었다.

*　　　*　　　*

"또 실패군."

새로 마련한 비밀 장소에서 수정구를 통해 크로드의 모습을 지켜보던 팔켄이 허탈하게 중얼거렸다. 쿠델도 믿어지지 않는 표정으로 수정구를 바라보다 손을 내밀어 영상을 꺼뜨렸다.

"저 마룡은 당신이 불러낼 수 있는 가장 강력한 존재라 하지 않았소? 저것이 당했으니 이제는 방법이 없는 거요?"

쿠델은 지그시 입술을 깨물고 있다가 대답했다.

"마룡 그리이즐은 결코 약한 존재가 아닙니다. 네크로스가 그만큼 강력하다는 뜻이지요. 마검을 가진 줄은 알았지만, 설마 저렇게 강하리라고는……."

"그래서, 더는 방법이 없겠소?"

"시간을 가지고 생각을 해봐야겠습니다. 그리이즐은 저와 계약을 맺었던 상대라 소환이 그리 어렵지 않았지만, 그 이상의 존재라면 저도 상당한 위험 부담을 각오해야 하니까요. 어떤 존재를 소환해 내야 할지도 문제고……."

"그렇다면 그 문제는 조금 더 생각해 봅시다."

"포기하시는 겁니까?"

"아직 그런 건 아니오만……."

팔켄은 망설이다가 말을 이었다.

"솔직히 마룡만 해도 충분히 위험한 존재였는데, 그 이상이면 너무 위험하지 않겠소? 애매한 사람들까지 희생시키는 식으로 문제가 지나치게 확대되면 곤란하오."

"꼭 그렇지만도 않습니다."

쿠델은 담담하게 말했다.

"더 높은 존재라고 해서 더 위험한 것은 아닙니다. 오히려 그 반대일 수도 있지요. 인간의 경우를 생각해 보십시오. 저급한 자일수록 자신의 본능을 다스리지 못하고 본능에 충실한 삶을 살아가지 않습니까."

"그렇게 되는 건가?"

팔켄은 여전히 내키지 않는 얼굴로 눈을 내리깔고 있다가 일어났다.

"어쨌든 좀 더 생각해 봅시다."

"알겠습니다. 저는 따로 말씀이 있으실 때까지 방법을 찾아보도록 하겠습니다. 시도하고 말고는 그 다음에 결정하면 될 테니까요."

팔켄이 방을 나간 뒤, 그를 배웅하고 돌아온 쿠델은 자리에 앉아 피곤한 듯 눈을 감았다.

"마룡이 그렇게 쉽게 쓰러지다니… 대체 어느 정도의 존재를 소환해야 하지?"

*　　　　*　　　　*

크로드 일행이 마을로 돌아가자 초조하게 기다리고 있던 마을 사람들은 혹시나 하는 기대를 품고 우르르 몰려나왔다.

"어, 어떻게 됐습니까?"

촌장이 긴장해서 물었다.

"해치웠소. 계곡에 가면 놈의 시체가 있을 거요."

"정말이십니까?"

실감이 나지 않는지 확인하는 촌장에게 헤르쿨레스가 입을 삐죽였다.

"해치웠으니까 해치웠다고 하지, 크로드가 거짓말을 하겠어요?"

"아, 그야 그렇죠."

그제야 마을 사람들의 얼굴에 화색이 돌았다.

"고맙습니다. 정말 고맙습니다."

촌장은 거푸 머리를 조아렸고, 사람들은 서로 얼싸안고 기뻐했다. 드래곤에게 아이를 잃었다던 아낙은 크로드에 대한 두려움도 잊은 채 그의 손을 붙잡고 울먹였다.

"원수를 갚아주셨군요. 고맙습니다."

"이럴 게 아니라 어서 가서 놈의 최후를 확인합시다!"

누군가가 이렇게 소리치자 사람들은 일제히 찬동하고 계곡으로 향했다.

일행은 촌장의 집으로 가서 땀과 먼지로 범벅이 된 몸을 씻고 쉬었다. 그리고 다음날 아침에는 말과 짐을 마을에 맡겨두고 헤르쿨레스를 따라 드워프 마을로 출발했다.

"우리가 가려는 곳을 구체적으로 머리에 떠올려 보세요."

아스윈의 말에 따라 헤르쿨레스는 눈을 감고 열심히 장소를 기억해 냈다. 아스윈은 헤르쿨레스의 이마에 한 손을 얹고 그의 머리 속에서 이미지를 읽어냈다.

"이번엔 괜찮을까요?"

드래곤과 싸우면서 아스윈에게 수차례 당한 터라 헤르쿨레스는 불안해했지만, 그렇다고 먼 거리를 일일이 걸어갈 수는 없으므로 다른 방법이 없었다.

"됐어요. 이제 가요."

네 사람은 될 수 있는 대로 바짝 모여 서서, 아스윈의 마법으로 이동했다.

일행이 나타난 곳은 수풀이 우거진 울창한 숲 속이었다.

"이 숲은 바로 온 건가?"

크로드가 묻자 헤르쿨레스는 부근을 둘러보고는 신기해하며 말했다.

"헤에, 이번엔 신통하게 바로 왔네요. 신기해라."

아스윈이 째려보는 것을 무시하고 헤르쿨레스는 일행을 숲 속의 커다란 바위 아래로 안내해 갔다.

일행은 헤르쿨레스가 연 비밀 문을 통과해 지하로 길게 뻗은 좁고 어두운 길을 따라 한참을 내려갔다. 드워프의 마을은 하나의 거대한 동굴 지대였다. 광산의 갱도를 연상시키는 통로가 여러 갈래로 끝없이 갈라져 있었고 수없이 많은 공간이 조성되어 있었다.

헤르쿨레스는 헤매는 기색 없이 미로 같은 길을 곧장 걸어갔다. 어느 순간 공간이 트이더니 상당히 넓은 지하 광장이 나타났다. 광장의

중앙에는 큰 우물이 있고, 주변에는 드워프들의 작업장이 빙 둘러서
있었다. 헤르쿨레스는 그중의 한 작업장으로 갔다. 그곳에서는 여러
명의 드워프들이 벌겋게 불을 지펴놓고 대장 일을 하고 있었다.

"잿빛 눈썹의 메임 아저씨~ 저예요, 헤르쿨레스. 기억하시죠?"

헤르쿨레스가 큰 소리로 인사를 하자 길게 늘어진 잿빛 눈썹을 가
진 드워프 하나가 일손을 놓고 응대해 주었다.

"어? 세 갈래 숲의 덩치 엘프로구만. 여긴 웬일이야?"

"부탁드릴 일이 있어서요. 제 일행을 소개할게요. 기사인 크로드 네
크로스이고, 이쪽은 마도사 아스윈 레베, 그리고……."

헤르쿨레스가 트렌을 소개하려는데 드워프 중 한 명이 버럭 소리를
질렀다.

"야아~ 이거 대단한데! 당신은 혹시 유익족이 아니십니까?"

마법에도 능한 드워프들인지라 날개를 감추고 있어도 알아보는 모
양이었다.

"안녕하십니까, 트렌이라고 합니다."

트렌의 인사를 받고 드워프들도 고개를 꾸벅 숙이며 소란스럽게 인
사를 했다.

"우리 마을에 유익족이 다 오다니."

"정말 듣던 대로 아름답다."

"뵙게 되어 영광입니다요."

메임 공방의 드워프들은 모두 일을 팽개치고 몰려나왔다. 그들뿐
아니라 다른 공방에서까지 드워프들이 죄다 모여들어 광장은 무척이
나 소란스러워졌다. 너도나도 트렌을 에워싸고 떠들어대는 통에 이쪽
이 용건을 말할 틈도 없었다. 그런 외중에 또 누군가가 큰 소리로 부

르짖었다.

"그렇다! 이 기회에 우리도 천상의 노래를 부탁드려 보자구!"

헤르쿨레스와 크로드의 낯빛이 해쓱해졌으나 멋모르는 드워프들은 흥분해서 다들 동의하고 나섰다.

"맞아, 두 번 다시 없을 기회 아닌가!"

"제발 부탁드립니다."

"부디 노래를……."

트렌은 곤란해하며 사양하려 했다. 그러나 드워프들은 막무가내였다. 그들의 고집에 마음이 약한 트렌은 끝까지 거절하지 못하고 자포자기의 심정으로 류트를 잡았다.

"잠깐!!"

트렌이 노래를 시작하려는 찰나 헤르쿨레스가 소리쳤다.

"저어 급한 볼일이 있어 그러는데요. 이 마을에서 가장 벽이 두꺼운 집이 어디죠?"

느닷없는 그의 엉뚱한 질문에 드워프들은 어리둥절해하면서도 누군가가 저쪽에 있는 곳을 가리켰다. 헤르쿨레스는 급히 크로드의 팔을 잡아끌고 달리기 시작했다. 영문을 모르는 아스윈은 헤르쿨레스의 신호를 이해하지 못하고 노래를 듣겠다고 자리에 남았다.

둘은 정신없이 뛰어 그 집으로 이유 불문하고 들어가서 방문을 꼭 닫고 귀를 틀어막았다. 조금 있다가 벽이 흔들리고 예의 찡한 충격파가 귓가에 울리기 시작했다. 머리를 감싸 안고 버티던 둘은 한참 후에 정신을 차리고 바깥으로 나왔다.

동굴 내부의 공기는 싸늘하게 가라앉아 있었고 죽은 자의 세계처럼 스산한 바람이 불고 있었다. 광장으로 가보니 그 튼튼한 드워프들이 모두 입가에 질펀하게 거품을 문 채 엎어지고 자빠져 있었다. 아스윈은 말할 나위도 없었다. 그리고 그들의 가운데에는 트렌이 울 듯한 표정으로 맥없이 서 있었다.

"…미안해."

누구에게랄 것도 없이 그가 고개를 떨구고 사과했다. 불쌍한 생각이 들어 헤르쿨레스는 트렌을 열심히 위로했다.

"사과할 것 없어요. 자기들이 우긴 건데 뭘. 게다가 워낙 튼튼한 종족이라 곧 일어날 거예요. 조금도 걱정할 것 없어요."

헤르쿨레스의 말처럼 과연 체력이 남다른 드워프들인지라 하나둘씩 비틀거리며 일어났다. 그러나 인간인 아스윈은 마지막까지 일어나지 못해 우선 메임의 집으로 옮겨졌다.

술 취한 사람처럼 갈지자걸음으로 걷는 그들 앞에 외출했다가 갓 돌아온 드워프 한 명이 나타났다. 그는 멀리서 트렌을 발견하고 후닥닥 달려왔다.

"와아~ 우리 마을에 유익족이……! 내게도 노래를 들려주십쇼."

트렌이 고개를 저어 거절의 뜻을 표했음에도 그는 재차 부탁했다.

"그러지 말고 불러주십쇼. 남들은 다 들었는데 저만 못 듣다니 불공평하잖습니까."

그가 떼를 쓰자 갑자기 주위의 공기가 험악해졌다.

"아니, 이놈이… 누구 죽는 꼴을 볼려구!"

"안 돼야~ 누가 저놈 좀 말려!"

드워프들은 비명에 가까운 고함을 지르며 우르르 덤벼들더니, 밟고 뭉개고 법석을 피워 그의 입을 원천 봉쇄해 버렸다.

　드워프들의 상태가 진정되고 나자 일행은 마을의 촌장 리발도의 집에 가서 구체적인 거래에 들어갔다. 리발도는 흰색과 검은색이 뒤섞인 머리칼과 가슴께까지 내려오는 긴 수염을 가진 건장한 드워프였다.

　“흐음, 상당한 양이로군. 이걸로 무기를 만들어달라는 말이지? 대가는 무엇으로 지불할 텐가?”

　리발도는 테이블 위에 놓인 미스릴을 집어 들어 살펴보고는 헤르쿨레스에게 물었다.

　“지금 다른 건 가진 게 없으니까 미스릴의 일부로 지급했으면 하는데요.”

　“금이나 그런 것보다 그게 더 좋지.”

　촌장은 그 조건을 흔쾌히 받아들였다.

　“저어, 얼마나 드려야 하죠?”

　아스윈은 리발도의 눈치를 살피며 조심스레 질문했다. 리발도는 미스릴을 가만히 들여다보다가 대뜸 말했다.

　“당신들 4명의 물건을 만들어야 하니까, 1/5을 받기로 하지. 이 정도면 많이 봐준 거야.”

　리발도는 큰 선심이라도 쓰는 양 말했지만 아스윈은 불만스러워했다.

　“1/5이라니… 그건 너무 많잖아요!”

　“무슨 소리야? 그나마 이 굳센 엘프 녀석과의 친분을 생각해서 그정도로 해준 건데, 그게 불만이라면 일 못 맡아.”

　팔짱을 끼고 단언하는 리발도의 강경한 태도에 아스윈도 누그러질 수밖에 없었다.

　“촌장님 말씀대로 하는 걸로 하죠.”

애교 띤 웃음을 머금고 제안하는 헤르쿨레스에게 크로드와 트렌도 고개를 끄덕여 동의했다.

"좋아. 그럼 계약 성립이야. 대신 각자가 원하는 대로 물건을 만들 어주지."

촌장은 그 자리에서 일을 맡을 사람들을 지명했다.

"리더인 기사는 내가 맡고, 메임이 덩치 엘프, 우트갈, 당신이 이 말 많은 마도사, 그리고 부디 씨가 유익족 트렌님을 맡기로 하지."

"알겠습니다."

지명받은 드워프들이 앞으로 나섰고, 크로드 일행은 각자를 맡은 드워프들의 공방으로 따라갔다.

일행이 흩어지고 촌장의 집에 남은 크로드에게 촌장 리발도는 필요한 것이 무엇이냐고 물었다. 아직 구체적으로 무엇을 만들겠다고 생각하지 않았던 터라 당장은 대답이 궁했다. 그러자 리발도 자신이 안을 내놓았다.

"갑옷과 방패는 어떻소? 그만한 마검을 가진 기사가 변변한 갑옷이 없다니 좀 그렇잖소?"

"네크로스를 아십니까?"

리발도는 곤혹스러운 미소를 지으며 머리를 흔들었다.

"우리들 일족이 만든 건 아닌 것 같소. 영 다른 느낌이 나거든. 어쩌면 우리도, 인간도 태어나기 전에 만들어진 태고의 무기인지도 모르지."

"그런 무기도 있습니까?"

"나도 말로만 들어서 잘은 모르오. 그냥 짐작일 뿐이지."

크로드는 조금 이상한 기분이 되어 자신의 왼손을 들여다보았다.

네크로스는 그 힘과 위력에 비해서는 이상할 정도로 아무런 소문도, 전설도 가지지 않은 마검이었다. 그래서 막연하게 드워프가 만든 물건이 아닐까 생각했었다. 자신의 손으로 건너오기 전, 네크로스는 어디서 무엇을 하고 있었을까? 그런 생각을 하고 있는데 리발도가 말했다.

"어쨌든 한 번 뽑아보시오. 그걸 잘 봐둬야 이미지가 통하는 갑옷을 만들지."

"한 번 뽑으면 피를 봐야 하는 검입니다만……."

"역시 그렇군. 잠깐 기다리시오. 염소라도 한 마리 가져오라 할 테니까."

방을 나가려던 리발도는 염려스러운 얼굴로 크로드에게 물었다.

"그런데 마검의 제어는 확실하오? 혹시 마구 폭주한다거나……."

"전장에서도 사용해 왔지만 제 의사에 반한 적은 없습니다."

"과연 굉장한 기사시군. 그렇다면 안심이오."

리발도는 씨익 웃고는 방을 나갔다. 그가 나간 다음 크로드는 자신의 갑옷을 내려다보았다. 바르트에서도 제법 이름을 날리는 대장장이가 만든 갑옷으로 키르베인전에서도 줄곧 그와 함께해 왔다. 이번에 드래곤과 싸우느라 군데군데 흠집이 가고 파손되기는 했지만, 아직은 쓸 만해 보였다. 그러나 드워프인 리발도의 눈에는 차지 않았던 모양이다.

'갑옷도 나쁘진 않겠지.'

크로드는 리발도의 제안에 따르기로 마음먹었다.

헤르쿨레스는 메임의 공방에서 잿빛 눈썹의 메임에게 주문하고 있었다.

"저는요, 이런 걸로 만들어주세요."

헤르쿨레스는 자신이 가지고 있는 검을 내보였다. 전에 외눈박이 거인과 싸우느라 부러진 것을 대장간에서 수리한 상태였다. 메임은 늘씬한 검신에 섬세하게 장식된 헤르쿨레스의 검을 불만스러운 눈초리로 내려다보았다. 그의 눈에 이 검은 헤르쿨레스의 체구에 비하면 꼭 가는 꼬챙이나 뜨개질바늘처럼 비춰졌다.

"전부터 느끼던 건데, 이건 자네 덩치에 전혀 어울리지가 않아. 이 기회에 크고 멋진 놈으로 바꾸지 그래? 바스타드 소드나 클레이모어 같은 것 있잖아."

"싫어요. 전 언젠가 엄마 아빠처럼 예쁜 엘프가 될 거란 말예요. 그런데 그런 큰 검을 가지면 어떡해요?"

"그게 되겠어? 그냥 타고난 덩치에 순응해서 살아."

메임은 헤르쿨레스를 설득하려 했지만 그는 막무가내였다.

"싫다니까요. 두고 봐요, 꼭 예쁜 엘프가 될 거니까. 그러니까 이대로 해줘요잉~"

두 손을 모아 쥐고 간절한 눈빛을 하고 귀여운 척 애교를 떠는 헤르쿨레스를 보고 속이 불편해진 메임은 거북한 표정으로 뒷걸음질쳤다.

"으웩— 알았어, 하라는 대로 할게. 그러니까 제발 그만 엉겨 붙어."

"내 말대로 해줄 거죠?"

"알았다니까. 제발 떨어져 줘!"

"그럼 부탁해요."

헤르쿨레스는 메임의 손에 자신의 검을 올려놓고는 서둘러 바깥으로 나갔다.

"이봐, 어딜 가?"

"아스윈한테요. 뭘 주문하는가 구경해야지."

트렌을 담당하게 된 드워프 부디는 트렌의 창을 들고 이리저리 살펴보다가 감탄의 탄성을 올렸다.

"이것도 미스릴이었군. 멋진걸! 더 말할 나위가 없군. 무기는 이것 이상 없겠고… 뭐가 필요하시죠?"

트렌은 빙긋 미소 지으며 뜻밖의 물건을 주문했다.

"저는 귀 마개나 몇 세트 만들어주세요. 귀에 끼워 쓰는 작은 걸루요."

"예? 귀 마개?"

"네. 재료도 별로 안 들 테니 여러 개로요."

부디는 생전 처음 받는 엉뚱한 주문에 이상한 표정이 되어 고개를 갸웃거렸지만, 어쨌든 주문에 따라 귀 마개를 만들기로 했다.

아스윈을 담당하는 우트갈은 곱슬거리는 짙은 갈색 머리칼과 수염으로 얼굴이 온통 뒤덮인 쾌활한 드워프였다. 그는 아스윈에게 무엇을 원하느냐고 물었다.

"아무래도 마도사니까 마법 봉 아니겠어요?"

아스윈은 미리 생각해 둔 것을 대답했다. 그러나 우트갈은 시큰둥하게 반응하며 반대했다.

"글쎄… 그건 별로 좋지 못한 생각 같은데? 내가 보기에 아가씨, 그리 대단한 마도사는 아닌 것 같은데. 안 그래?"

아스윈이 뭐라 대답하기도 전에 구경 와 있던 헤르쿨레스가 먼저 탄성을 질렀다.

"와~ 대단하시네요. 척 보고 아시다니. 사실요, 전 드래곤이 아니라 아스윈 때문에 죽을 뻔했다니까요. 하여간 우리 편 잡는 데는 뭐가 있어요. 제가 얼마나 더러운 꼴을 당했는데요. 진짜 죽는 줄 알았어요. 그게 뭔지는 말할 수 없지만요……."

순간적으로 열이 뻗친 아스윈은 떠들어대는 헤르쿨레스에게 힘껏 한 방 먹였다. 방심하고 있다가 눈가를 얻어맞은 헤르쿨레스가 눈물을 찔끔 흘리면서 잠잠해지는 것을 보고 우트갈의 눈이 짧은 순간 반짝 빛났다.

"흐음, 이제 보니 이 아가씨는 그쪽 계열이었군."

아스윈과 헤르쿨레스가 듣지 못하게 낮게 중얼거린 그는 아스윈에게 말했다.

"마법 봉을 만든다면 그걸 가질 사람의 기량에 맞추어야 하기 때문에 지금으로썬 그리 좋은 아이템은 만들지 못할 거요. 게다가 만든다고 해도 잘못하다간 다른 이에게 뺏기기 십상이지. 그러니 내게 그냥 맡겨봐요. 아가씨에게 딱 어울릴 만한 놈을 만들어드릴 테니."

"뭘 만드시려구요?"

"그냥 맡겨봐요. 나중에 보면 깜짝 놀라게 될걸."

우트갈은 재미있는 아이디어라도 떠올랐는지 장난기 어린 웃음을 머금었다. 아스윈은 왠지 모를 불안감을 느끼면서도 그의 자신있는 태도에 설득되고 말았다.

드워프들의 작업은 정말 빨랐다. 불과 며칠 사이에 모든 물건이 완성되었다.

리발도가 만든 크로드의 갑옷과 방패는 그의 이미지를 살려 은회색으로 만들어졌다. 마력 부여가 쉬워 마법 무기로는 최적격인 미스릴인만큼 금속을 벼리는 과정에서 마검을 금속 녹인 물에 꽂아 네크로스의 마력과 호응하게끔 배려했다. 그리고 크로드의 별명이기도 한 은빛 늑대의 머리를 문양으로 새겨 넣고 눈에는 붉은 루비를 박아 넣었다. 방패에도 같은 문양이 그려져 있었다. 참으로 멋진 만듦새여서 크로드로서도 더 바랄 것이 없을 정도였다.

"마검에 어울리게 하려고 노력은 해봤는데… 어떻소?"

리발도는 조심스레 그의 반응을 살폈다. 물론 크로드는 대단히 만족했으나, 이런 기분이 자칫 얼굴에 드러났다가는 사태가 매우 험악해질 우려가 있었다. 그는 가능한 한 표정을 억제하고 대답했다.

"아주 좋습니다. 최고로군요. 당신께 존경을 표합니다."

그런 사정을 모르는 리발도는 참으로 절제있는 기사라며 그에게 재차 감탄했다.

헤르쿨레스는 주문했던 대로 호리호리한 검신의 아름다운 중검을 받았다. 검은 몹시 날씬하고 예술적이어서 검만 본다면 누구나 아름다운 귀부인을 연상할 정도였다.

"아아~ 정말 예쁘네요."

헤르쿨레스는 당연히 기뻐했지만, 메임은 돼지 발의 진주라는 말을 떠올리고 있었다.

그리고 트렌은 귀에 끼워 사용하는 귀 마개를 넉넉잡아 10세트는 받았다.

한편 어울리는 물건을 만들어주겠다는 말을 들었던 아스윈은 기대에 차서 자신의 물건을 기다리고 있었다. 우트갈는 아스윈을 불러 자신의 작업실 안으로 데리고 들어갔다. 그곳에서 그는 뜻밖의 물건을 내밀었다.

"에엑! 이게 뭐예요!?"

"뭐긴 뭐야, 입는 거지. 이래야 남한테 뺏기지도 않을 거 아닌가. 이봐, 난 잠깐 나가 있을 테니까 당신이 입는 것 좀 도와줘요."

우트갈은 아내에게 아스윈을 맡기고 방을 나갔다.

"자, 어서 입어봅시다."

어깨가 떡 벌어지고 힘 좋게 생긴 우트갈의 아내는 아스윈이 그것을 갈아입는 것을 도와주었다. 분위기에 눌려 시키는 대로 입고 난 아스윈은 기가 막혀서 말도 잘 안 나왔다. 몸에 걸치는 이 물건은 처음 보는 괴상한 모양새였다. 가슴부터 골반까지 겨우 덮는 원피스 수영복 형태였다. 조금 있다가 들어온 우트갈은 아스윈의 모습을 보고 만족스러워했다.

"딱 맞는군. 어때? 멋있지? 이거면 당신의 빈약한 가슴도 크고 아름다워 보일 거야. 당신의 숨겨진 가능성을 개방시켜 줄 놈으로 만들었지. 그뿐 아니라 방어력도 무척 뛰어나서 당신의 모자란 마법 실력으로 초래되는 위험에서 당신을 충분히 지켜줄 거야. 기능성과 디자인을 동시에 갖춘 물건이지."

그는 자기만족에 빠져 아스윈의 반응은 보지도 않고 그녀를 바깥으로 떠밀었다. 바깥에서 기다리고 있던 일행은 이 파격적인 복장에 경악하고 말았다.

"너, 너무 전위적인 거 아닐까요?"

헤르쿨레스가 한참 만에 더듬거리며 말했다. 아스윈은 남자들의 뜨거운 시선에 부끄럽고 당황해서 얼른 집 안으로 뛰어 들어가 그 위에 로브를 걸쳐 입었다.

"으아앙~ 왜 나만 이래야 돼. 다른 사람은 모두 원하던 대로 좋은 물건을 손에 넣었는데."

분통을 터뜨려 봐야 이제는 소용없는 노릇이었다. 마음에 들지 않는다고 받지 않으면 손해일 테니 아스윈은 툴툴거리며 로브 안에 받쳐 입고 드워프 마을을 나왔다.

"좋은 쪽으로 생각해요. 덕택에 가슴이 예뻐 보이잖아. 그전에는 하도 납작해서 있는지 없는지 했었는데."

위로한답시고 이런 소리를 늘어놓던 헤르쿨레스는 아스윈의 일격에 저쪽으로 나가떨어졌다.

"야아~ 대단한데? 이렇게 주먹이 센 마도사가 있다니… 놀랄 일이야."

배웅하러 나온 드워프 메임은 그대로 진심으로 감탄하다가 역시 덤으로 얻어맞고 헤르쿨레스 옆에 사이좋게 드러눕는 신세가 되고 말았다. 단숨에 두 남자를 때려눕힌 아스윈은 흥분이 가라앉자 자신이 저지른 일을 깨닫고 깜짝 놀랐다. 옆에서는 크로드가 예의 무표정한 얼굴로 자신을 물끄러미 보고 있었고, 트렌은 질렸는지 눈이 동그래져서 아스윈과 쓰러진 둘을 번갈아가며 쳐다보았다.

'아니, 내가 어쩌다가 이렇게 된 거지?'

아스윈은 스스로도 황당해졌다. 자신은 마도사지 격투가는 아니었다. 격투기 같은 것은 배운 적도 없거니와 결코 힘이 센 편도 아니었다. 아스윈은 혹시 이 물건이 힘의 아이템이 아닌지 의심하기 시작했다.

"이제 아스윈은 어떡할 거예요?"

드워프 마을을 나온 뒤 헤르쿨레스가 물었다.

"모르겠어요. 딱히 갈 곳도 없구요… 무엇보다 돈이 없어요…….."

아스윈의 목소리는 점점 기어 들어갔다.

"갈 데가 왜 없어요?"

"부모님은 어릴 때 돌아가시고 안 계세요. 다른 형제도 없고."

"친척은요?"

"외삼촌은 한 분 계셔서 어릴 땐 거기서 자랐지만, 거긴 돌아가기가 좀 그래요. 숙모님과 사촌들이 절 싫어하시거든요. 그래서 어떻게든 독립해야 하는데…….."

"저런……."

헤르쿨레스는 자신의 일인 양 금세 눈물이 글썽해졌다.

"그럼, 그냥 우리랑 같이 가요. 크로드는 밥값 정도는 충분히 갖고 있는 것 같으니까 그냥 끼어서 먹으면 돼요. 그래도 되죠, 크로드?"

앞뒤 가리지 않고 동정심이 앞선 헤르쿨레스는 아스윈 때문에 당한 모든 고난도 잊고 그녀를 일행에 끌어넣고자 했다. 크로드는 참 속도 좋은 녀석이라 생각하면서 내심 쓴웃음을 흘렸다.

"지금 놀러 가는 게 아니라고 했잖아."

"그래두요. 이 험한 세상에 어떻게 혼자 내버려 둬요? 같이 다니다 보면 다른 방도가 생길 수도 있잖아요. 그리고 이동 마법도 할 줄 알고 하니까 분명히 도움이 될 거예요."

크로드는 고개를 숙이고 자신의 눈치를 살피고 있는 아스윈을 쳐다보았다. 당돌한 면모도 없지 않아 있지만, 그가 보기에 아스윈은 아직 세상물정 모르는 철부지 아가씨였다. 돈도 없이 젊은 여자 혼자 다니는 것은 확실히 위험한 일이었다.

"좋을 대로 해. 그 실력으로는 어딜 가도 죽기 십상일 테니 우리가 데리고 가는 게 나을 수도 있겠지."

지극히 냉정한 얼굴로 이런 말을 하는 크로드를 보고 아스윈은 자존심이 무진장 상했으나 따지고 들 계제가 아니었다.

'아무리 그래도 그렇지, 어떻게 저렇게 말을 해? 못됐어! 정말 못됐어!'

그저 속으로만 되뇌는 그녀였다.

러튼 마을로 돌아온 일행은 촌장의 집으로 가서 맡겨놓았던 짐과 말을 찾아 즉시 떠날 채비를 했다.

"벌써 떠나시려구요? 글라르 성에서 사람들이 곧 모시러 올 텐데요."

"괜찮소. 다른 볼일이 있어 지나던 길이니 그만 가봐야겠소. 글라르 성에서 누군가 오거든 그곳 성주께 인사나 전해주시오."

크로드는 만류하는 촌장과 마을 사람들에게 인사를 하고 말에 올랐다. 아스윈은 말이 없는 터라 크로드의 짐말에 작은 달구지를 매어 그 안에 올라앉았다. 아스윈을 포함해 이제 4명이 된 일행은 서쪽으로 길을 떠났다.

제5장
달리는 임산부

(1)

　늦은 시각, 저택의 집무실에서 팔켄에게 보고를 듣고 있던 자이즈 후작은 고민스러운 표정으로 귀를 만지작거렸다.

"네크로스가 그렇게나 강했단 말인가?"

"저도 쿠델과 함께 지켜보고 있었습니다만, 드래곤과 전투를 벌이면서도 상처 하나 입지 않았습니다."

　팔켄은 자이즈 후작의 심기에 주의하면서 조심스럽게 말을 이었다.

"네크로스 경은 확실히 보통 남자가 아닙니다. 이번에 폐하께서 그의 가문에 백작의 작위를 주신 것을 생각해도 그렇고, 그를 제거하기도 쉽지는 않지만 무엇보다 파장이 클 것입니다."

"아무래도 자네는 이 일에서 손 떼고 싶은가 보군."

　자이즈 후작의 차가운 말투에 팔켄은 긴장해서 그를 쳐다보았다. 후작은 날카로운 눈빛으로 팔켄의 얼굴을 가만히 바라보고 있었다.

팔켄이 얼른 대답하지 못하자 후작은 말했다.

"자네 말뜻을 나도 모르는 바는 아니야. 네크로스는 분명히 대단한 자지. 그것을 잘 알기에 더 더욱 그를 제거하려고 하는 거야."

"하지만 일이 확대되면 자칫 후작께 해가 미칠지도 모릅니다."

"그렇게 되지 않도록 잘 처리하는 것이 자네의 역할이 아니던가?"

"죄송합니다……."

"자네는 이미 이 일에 깊이 관여했어. 네크로스도 지금쯤은 누군가가 자신을 노린다는 사실을 눈치 챘겠지. 나중에 돌아오면 그가 이 사실을 묵인할 것 같나? 자네와 나의 안전을 위해서라도 이왕에 시작한 이상 끝을 봐야 하네."

"…알겠습니다."

팔켄은 어쩔 수 없이 그렇게 대답했다.

"그래, 쿠델은 뭐라 하던가? 이제는 방법이 없다 하던가?"

"…방법을 찾아보겠다고는 했습니다."

"드래곤 이상의 존재를 불러낼 수도 있다는 뜻인가?"

"불가능하다고 하지 않은 것으로 보아 그런 것 같습니다."

"자네가 말했던 대로 유능한 마도사인 것 같긴 하군. 그러나 드래곤처럼 눈에 너무 띄는 공격을 반복해서는 곤란해."

"저도 그렇게 말은 해두었습니다."

"한 번쯤은 마법이 아니라 일반적인 방법을 취해보는 것도 나쁘지는 않겠지. 어쨌든 방법은 자네에게 맡길 테니 잘 해내길 바라네."

자이즈 후작은 팔켄에게 금화가 든 작은 자루를 건넸다. 팔켄은 그것을 받아 품에 넣고, 후작에게 고개를 숙여 절하고 그곳에서 물러났다.

“일반적인 방법이라…….”

그는 문 앞에서 낮게 중얼거렸다.

＊　　　＊　　　＊

러튼 마을을 떠나서 사흘째 날.

해가 지고 차차 어두워지는 들판에서 일행은 숙소가 될 만한 곳을 찾고 있었다.

“아, 저기 농가가 있군요.”

일행 중에서 제일 눈이 좋은 트렌이 외따로 있는 농가를 발견했다. 그들은 말을 재촉해 그곳으로 서둘렀다. 크게 성사가 신 커나란 삼각 지붕을 이고 있는 평범한 2층 농가였다.

“제가 가서 말해 볼게요.”

아스윈이 집 앞에 가서 문을 두드리자 잠시 후 두꺼운 나무 문의 위쪽에 달린 작은 뚜껑이 젖혀지고 눈만 드러낸 상대가 보였다.

“실례합니다. 지나는 여행자인데 하룻밤 묵어갈 수 있을까요?”

“그, 글쎄요…….”

다 저녁때 나타난 불청객에 불안해진 것인지 대답이 석연치 않았다. 그래서 아스윈은 한마디 덧붙였다.

“우리 일행은 넷인데요. 리더는 혹시 아실지 모르겠는데 은빛 늑대 크로드 네크로스 경이에요.”

그 말을 하기가 무섭게 문이 벌컥 열리고 농부가 나와 허리를 굽혀 인사했다.

“아이고, 그러십니까? 어서들 들어오십시오.”

농부 부부는 긴장해서 허둥지둥 일행을 맞아들였다.

"갑자기 들이닥쳐 미안하오. 하룻밤만 신세 지겠소."

크로드는 부부에게 인사를 하고 집 안으로 들어갔다. 저녁 무렵이라 이 집에서도 저녁 준비를 하던 중이었다.

"모시게 돼서 영광입니다. 보시다시피 사는 게 이래서 대접할 게 변변치 않습니다만."

농부의 아내는 당황스러워했다.

"아니오. 우리에게도 먹을 게 약간 있을 거요."

크로드의 말에 따라 짐말에서 짐을 내렸지만 먹을 것이라곤 하나도 없었다.

"이상하다. 점심때만 해도 분명히 고기 남은 게 꽤 있었는데."

아스윈이 짐을 뒤지며 혼잣말로 중얼거렸다.

"죄송해요. 내가 다 먹어버렸어요."

헤르쿨레스가 고개를 숙이며 실토했다.

"그걸 다 먹다니… 자네, 정말 엘프 맞아?"

"고기 조금 먹은 걸 가지고, 거기서 종족 문제는 왜 나와요?"

볼이 부어서 항변하는 헤르쿨레스였으나 크로드는 끄떡도 하지 않았다.

"그럼 보충을 해야지."

크로드는 대뜸 그렇게 말하더니 짐에서 활과 화살을 꺼내 헤르쿨레스에게 던졌다.

"먹은 만큼 보충해 와. 저녁으로 먹게."

"에이~ 이 밤에 나가라구요?"

한번쯤 반항해 본 헤르쿨레스였으나 누구의 명이라고 어길 것인가.

그는 시무룩해서 집을 나섰다.

"저녁은 조금 있다 하겠소. 저 친구가 뭐라도 잡아오면 요리해서 먹도록 합시다."

크로드는 그렇게 말하고 말들을 돌보기 위해 나갔다.

헤르쿨레스는 밤의 들판으로 터덜터덜 걸어갔다.

"어쨌든 너무해. 이 밤에 나가라니… 뭘 어떻게 잡으란 말야!"

토끼를 발견하고 화살을 몇 발 쏘아보았지만, 실적을 올리지 못한 헤르쿨레스는 차라리 뛰어서 잡는 것이 낫겠다고 생각하고 그때부터 토끼를 쫓아 들판을 뛰어다녔다. 여기저기 열심히 쏘다니다 겨우 검을 집어던져서 토끼 한 마리 잡는 데 성공한 헤르쿨레스는 그것을 가지고 신이 나서 돌아가다가 도중에 뭔가에 걸려 넘어졌다.

"우~ 아프다……."

꿍꿍거리면서 일어난 그는 무엇에 걸렸는지 확인하려고 뒤를 돌아보았다. 흐린 달빛에 비치는 둥그스름한 물체가 눈에 들어왔다.

"뭐지, 이건?"

헤르쿨레스는 신기해서 옆에 쪼그리고 앉아 그 물체를 슬슬 어루만져 보았다.

"어? 사람이잖아?"

엄청나게 배가 부른 사람이 얼굴을 위로 하고 풀숲에 쓰러져 있었다.

"굉장한 배다. 배가 이렇게 부른 걸 보면 틀림없이 임산부란 말인데… 빨리 데려가야겠다. 가만, 그런데 이 사람이 살아 있기는 한 건가?"

　다행히 아직 숨은 붙어 있었다. 그를 일으키려던 헤르쿨레스는 무슨 생각을 했는지 그대로 앉아서 중얼거리기 시작했다.

　"내가 만일 바깥으로 나오지 않았다면 이 아주머니는 그냥 이러고 있다가 죽었을지도 몰라. 그러니까 나는 이 아주머니의 생명의 은인이 되는 거지. 사람의 목숨을 구하다니, 멋진 일이야. 가만, 임산부니까 두 명이 되는군. 그런데 이 아이는 남자 아이일까, 여자 아이일까? 어쨌든 내가 두 사람을 구했으니까 나와는 굉장한 인연이 있는 아이가 되는 거야. 그럼 내가 축복이라도 내려줘야겠다. …어쩌면 아이의 엄마는 생명의 은인인 내게 아이의 이름을 지어달라고 할지도 모르지. 그렇게 된다면 이름은 뭘로 짓는 게 좋을까? 사내아이면……."

　이런 식으로 끝도 없이 주절거리고 있는데 쓰러진 사람이 몸을 뒤척이며 신음 소리를 냈다. 무슨 말을 하려는 것 같았다. 헤르쿨레스는 귀를 기울여 들어보려 했다. 그런데 목소리가 작아서 잘 들리지 않았다.

　"말도 잘 못하는 걸 보니 정말 많이 아픈가 보네. 얼른 데려가야겠다."

　헤르쿨레스는 그만 떠들고 이쯤에서 임신부를 데리고 돌아가기로 했다. 그는 쓰러진 이를 들어 올려 어깨에 메어 들었다. 그런데 배가 불러 영 둘러메기가 거북했다. 그렇다고 안고 가려니 팔다리가 너무 길어 그것도 불편했다.

　"그냥은 안 되겠네."

　헤르쿨레스는 가까이 있는 나무 근처로 가서 길고 튼튼한 나뭇가지를 주워 왔다.

　"이거면 편안하게 모실 수 있을 거예요."

한편 농부의 집에서는 헤르쿨레스가 한참이 지나도록 돌아오지 않는 것에 트렌이 걱정하며 창밖을 내다보고 있었다. 그러다 트렌이 큰 소리로 일행을 불렀다.

"헤르쿨레스가 돌아와요! 큰 걸 잡았나 본데요. 나뭇가지에 묶어서 어깨에 메고 오는군요."

큰 사냥감이란 말에 아스윈은 기뻐하며 문을 활짝 열었다. 어깨에 뭔가를 둘러메고 걸어오는 헤르쿨레스의 형체가 보였다. 헤르쿨레스의 걸음에 따라 작대기에 걸쳐진 큰 형체가 리드미컬하게 대롱대롱 흔들렸다.

"굉장히 크네! 저 정도면 숫사슴이나 멧돼지쯤은 되겠다. 다리가 긴 걸 보니 역시 사슴이려나?"

아스윈은 기쁜 나머지 손뼉까지 탁 치면서 목소리를 높였다. 헤르쿨레스는 문 앞에 서 있는 아스윈을 발견하고 걸음을 서둘렀다. 희미하게 불빛에 비치는 그의 표정은 대단히 의기양양했다. 아스윈은 바깥으로 나가서 헤르쿨레스를 반가이 맞이했다.

"뭘 잡아왔어요? 사슴? 멧돼지?"

"멧돼지라니? 잡은 건 토끼밖에 없는데."

헤르쿨레스의 말에 등불을 비춰 작대기에 묶인 것을 살펴본 아스윈은 깜짝 놀라 몸을 숙였다. 정신을 잃고 축 늘어진 사람이 작대기에 풀 줄기로 손발이 묶여 있었다.

"이게 뭐야? 사람이잖아?"

"응, 내가 사람을 구해왔어요."

"맙소사, 이게 구해온 거야? 잡아온 거지. 어서 안으로 들어가요."

헤르쿨레스가 집 안으로 들어와 내려놓자 아스윈은 얼른 작대기에서 손발을 풀었다. 배가 제법 부른 것이 산달에 가까운 산모 같았다. 농부와 헤르쿨레스가 산모를 침대가 있는 2층 방에 데리고 갔다. 그런데 어찌나 키가 큰지 침대가 짧아 눕힐 수가 없었다. 할 수 없이 그들은 바닥에 이불을 깔고 그 위에 눕혔다.

"아휴, 이렇게 키 큰 여자는 처음 보네요. 배로 봐선 지금이라도 아기를 낳을 것 같은데, 산모가 이렇게 상태가 안 좋아서 괜찮을지 모르겠네."

여러 번 아기를 받아봤다는 농부 아내의 말이었다. 그래서 농부는 물을 데우고, 농부의 아내는 아이가 나올 건지 어떤지 상태를 본다며 다른 사람들을 내보내고 혼자 방에 남았다.

잠시 후 방 안에서 꺄악~ 하고 가는 비명 소리가 났다. 바깥의 사람들은 아이를 낳나 보다 하고 그대로 있었으나 아무리 기다려도 그 뒤로 기척이 없었다. 아스윈이 살짝 문을 열고 들여다 보니 농부의 아내가 눈을 커다랗게 홉뜨고 주저앉아 있었다.

"왜 그래요, 아주머니?"

아스윈이 붙잡고 흔들자 농부의 아내는 겨우 정신을 차리고 말했다.

"저… 저 사람, 나, 남자예요."

"에?"

반신반의하던 아스윈이었으나 옷을 슬쩍 들쳐 본 결과 그녀의 말은 사실이었다. 정말로 배가 불룩 튀어나온 남자였던 것이다. 농부 부부를 포함한 일행은 그를 둘러싸고 모여서 이런저런 의견을 개진했다.

"남자 배가 이렇게까지 부풀어 오른 걸 보면 죽을 때가 다된 게 틀림없어요.”

농부가 남자의 곁에 앉아 배를 꾹꾹 누르면서 말했다.

“그럼 어떡하죠?”

“어떡하긴요. 우리 중에 의사가 있는 것도 아닌데 죽으면 묻어나 줘야죠.”

“정말 엄청나게 부었네요.”

이러쿵저러쿵 떠들던 끝에 크로드가.

“걱정 마시오, 농부 양반. 날이 밝으면 어디 숲에라도 데리고 나가 처리할 테니까. 여기서 사람이 죽어 나가게는 하지 않겠소. 설마 오늘 밤은 괜찮겠지.”

하고 말하자 좌중은 조용해졌다. 물론 크로드는 이 집에 폐가 되지 않게 데리고 가다 죽으면 묻어주겠다는 뜻으로 한 말이었으나, 듣기에 따라서는 굉장히 살벌한 말이었다.

사실 배가 부은 이 사나이는 조금 전부터 정신이 든 상태였다. 사람들이 자신을 두고 하는 말을 전부 듣고 있었는데, 크로드의 말에 이르러 엄청나게 긴장하며 다시 눈을 꼭 감았다. 생각 같아서는 당장이라도 일어나서 달아나고 싶었지만, 그랬다간 이 무서운 기사의 손에 단칼에 죽을 것만 같았다. 밤중에 달아나야겠다, 그는 그렇게 결심했다.

그런데 뜻밖에도 이 무서운 기사가 같은 방의 침대에 누웠다. 기사들은 대개 밤에도 경계 태세를 늦추지 않는 법이라 들키지 않게 빠져나가기란 곤란했다. 그는 크로드가 깊이 잠들기를 기다리며 괴로운 시간을 보냈다.

한참을 지나 어느 정도 확신이 선 남자는 숨을 죽이고 몸을 일으켜 조금씩, 아주 조금씩 바닥을 기다시피 움직여 문으로 다가갔다. 크로드의 조그만 움직임에도 엄청나게 긴장해서 얼른 바닥에 납작 엎드려야 했다. 이제 조금이면 문에 손이 닿으려 하는 순간, 크로드의 기척이 들렸다. 그는 재빨리 엎드려서 자는 척했다.

"으응? 아픈 사람이 몸부림도 심하군."

문득 쓰러진 이에게 시선을 돌린 크로드는 야속하게도 그를 질질 끌어다 원래의 위치에 눕혀놓고 다시 잠들었다.

필사의 노력이 도로 아미타불이 된 사나이는 눈물을 찔끔거리며 누워 있다가 2차 시도를 시작했다. 아무리 힘들더라도 목숨이 달린 문제이니만큼 포기할 수는 없었다. 이번에는 창문 쪽을 노렸다. 그쪽이 거리가 가까웠던 것이다.

다행히 일이 순조롭게 진행되어 그는 창문까지 무사히 접근하는 데 성공했다. 그리고 손가락 끝으로 조심조심 창문을 밀어 열었다. 그런데 갑자기 창문이 활짝 열렸다.

"방 안이 더우면 진작에 말할 것이지."

어느새 크로드가 일어나서 그의 뒤에 서 있었다. 그러나 남자는 크로드의 말을 다 듣지도 못했다. 공포심에 더 생각할 겨를도 없이 창문으로 뛰어내린 까닭이었다.

"끼아웃~!"

그곳이 2층이라는 것을 깜빡 잊고 있던 남자는 손을 버둥거리다 밑으로 떨어졌다. 놀란 크로드가 아래를 보니 남자는 그 불룩한 배부터 지면에 떨어져 한 번 튕겨 나더니 아프지도 않은지 그대로 벌떡 일어나 달리기 시작했다.

달리면서 남자는 뒤를 돌아보았다. 물론 온몸의 뼈가 삐걱거릴 정도로 무지하게 아팠지만, 그 기사로 인한 공포에 비할 바가 아니었다.

이제는 살았다 하고 생각한 다음 순간, 크로드는 휘파람을 불었다. 그러자 외양간에 있던 그의 말이 창문 아래로 뛰어갔고, 크로드는 그대로 창문에서 뛰어내려 말을 타고 뒤쫓기 시작했다.

느닷없는 비명 소리에 깨어난 집 안 사람들은 1층 창가에 모여서 이 추격전을 지켜보았다.

"아아, 저 남자, 굉장히 빠른데요."

헤르쿨레스가 감탄했다.

헤르쿨레스의 말처럼 크로드는 태어나서 이날 이때까지 저렇게 빨리 달리는 사람은 본 일이 없었다. 크로드의 말은 일찍이 베른히너 왕이 그에게 하사한 이름난 명마였다. 그런데 남자는 말에 필적할 만한 속도로 달리고 있었다.

"엄청나게 빠르군. 그런데 왜 저렇게 필사적으로 달리는 거지? 저러다간 곧 죽을 텐데."

크로드는 저 사나이를 저대로 내버려 두었다간 죽을 것이라고 생각해 더 빨리 말을 달렸다. 그러나 거리가 조금 좁혀졌다 싶으면 남자는 다시 속도를 내서 멀찍이 달아나곤 하는 일이 수차례 반복됐다.

벌판을 가로질러 근처의 숲으로 들어간 사나이는 나무 사이를 그야말로 날듯이 뛰어갔다. 한참 달려가는데 눈앞에 둥치가 대단히 굵은 나무가 나타났다. 나무의 밑둥에는 커다란 구멍이 패여 있었다.

"돌아가려면 시간이 걸리겠는걸……."

남자는 초조하게 중얼거렸다.

"구멍으로 빠져나가는 게 낫겠어."

그렇게 마음먹은 그는 나무를 돌아가는 대신 더욱 속도를 내서 똑바로 달려갔다. 그리고 나무가 퍽 가까워진 시점에서 몸을 날렸다.

슈우욱—

남자의 마른 몸은 나무 구멍으로 주르륵 미끄러져 들어갔다.

"어라?"

한데 잘 빠져나가던 몸이 그만 배에서 걸리고 말았다. 배가 구멍에 꽉 끼어 꼼짝도 않는 것이었다.

"어? 이러면 안 되는데……."

손으로 바닥을 짚고 낑낑거리면서 몸부림을 치는데 어느덧 다가온 크로드가 말에서 내려섰다. 기사가 다가오는 것을 느끼고 남자는 더욱 마음이 급해졌다.

크로드는 이 상황 앞에서 실소를 금치 못했다. 물론 표정은 정반대로 엄청나게 험악해져 있었다. 처음에는 사나이의 뒤로 가서 다리를 잡고 빼내보려고 했지만 너무 꽉 끼어서 뜻대로 되지 않았다.

"아무래도 쳐내야겠군."

구멍을 조금 더 넓혀서 남자를 꺼내야겠다고 생각한 크로드가 중얼거렸다.

남자는 부들부들 떨며 고개를 들어 기사를 올려다보았다. 그러나 자비를 구해보려던 그의 생각은 크로드의 무시무시한 표정 앞에 그대로 입이 얼어붙고 말았다. 크로드는 저벅저벅 걸어가서 말 안장 뒤에 걸어놓았던 작은 손도끼를 집어 왔다.

'아… 여기서 이렇게 죽는구나!'

순간 머리 속이 하얗게 비어버린 사나이는 그야말로 젖 먹던 힘까지 다 짜내 나무 둥치에서 빠져나왔다. 그리고 사슴처럼 뛰어 숲 저편으로 뛰어가 버렸다. 크로드는 다시 말에 올라타고 쫓았으나 숲길이라 말이 달리기는 불편했다. 결국 남자를 놓쳐 버린 크로드는 혼자서 농가로 되돌아왔다.

"왜 그렇게 뛰는지는 모르겠지만, 달리는 걸로 봐선 곧 죽진 않겠던데. 아마 다른 곳으로 갔나 보지."

그 말만을 남기고 크로드는 잠자리에 들었다가 몇 시간 뒤에 일어나 아침을 먹고 농부의 집을 떠났다.

농부의 집을 나와 숲으로 들어선 일행은 그날 저녁 무렵에 그 배불뚝이 남자를 다시 발견했다. 그는 헤르쿨레스와 처음 만났을 때처럼 풀밭에 쓰러져 있었다. 아니, 쓰러졌다기보다는 정신없이 잠들어 있었다.

일행은 발소리가 나지 않게 조심조심 다가가 보았다. 굉장히 지쳤던지 그래도 모르는 눈치였다.

"그렇게 뛰더니만 결국은 이런 곳에 있었군."

크로드가 험악한 표정으로 그의 옆에 내려섰다.

"지금 보니까 더 대단한 배네요. 정말 임산부 같아."

아스윈이 그의 배를 신기한 듯 쳐다보았다.

"정말 굉장한 배죠? 근데 이 사람, 보통 사람하고는 느낌이 퍽 다른데… 어쩐지 하플링 같은 느낌이 들어요. 생긴 것도 그렇고, 곱슬머리에다 귀 끝이 뾰족한 거랑…….."

헤르쿨레스는 남자의 생김새를 자세히 살피면서 그렇게 말했다.

"하지만 하플링은 난쟁이 종족이라던데, 이 남자는 2미터도 넘어 보이는군."

크로드도 한마디 했다. 아닌 게 아니라 배가 볼록한 이 남자는 몹시 키가 커서 2미터 이상은 되어 보이는 데다 몸이 가늘고 팔다리도 가늘고 긴 것이 거미와도 흡사했다.

이야기를 하던 도중 아스윈이 손짓으로 헤르쿨레스를 불러 남자의 배를 가리키며 그 위에 앉으라고 신호했다.

헤르쿨레스는 어리둥절한 표정을 하면서도 순진하게 시키는 대로 했다. 그랬더니 남자는 캑캑거리며 벌떡 일어났다.

"깼으면 진작 말할 것이지 왜 자는 척을 해요?"

아스윈의 말이 끝나기가 무섭게 남자는 무릎을 꿇더니 파리처럼 손을 싹싹 비비며 애걸했다.

"제, 제발 살려만 주세요. 저요, 이 배는 병이 아니걸랑요. 제 배는 원래 이래요. 그러니까 죽을 때는 한~ 참 멀었구요. 어쨌든 살려주세요. 죽이지 마세요."

"누가 당신을 죽인다고 그래요?"

아스윈이 달래도 그는 막무가내였다.

"간밤에도 기사님이 쫓아오셨잖아요. 저는요, 가진 것도 별로 없구요, 나쁜 짓도 한 게 없어요."

"안심하세요. 누구도 당신을 해치진 않아요. 우리가 왜 그런 짓을 하겠어요?"

트렌이 다가가 그를 일으켜 주며 상냥하게 말을 건넸다. 트렌의 다정한 미소에 남자는 조금 안정을 되찾았다. 그래도 그는 여전히 크로드를 흘깃흘깃 쳐다보며 긴장을 풀지 못했다.

"하지만 저 기사님은……."

"괜찮아요. 그는 우리 파티의 리더예요. 결코 이유없이 사람을 해치진 않아요."

"맞아요. 크로드가 비교적 흉포하긴 해도 아무 때나 죽이는 건 아니니까."

헤르쿨레스도 한마디 거들었다. 흉포라는 용어에 크로드는 그를 가볍게(보는 이의 입장에선 무섭게) 흘겨보았다.

크로드가 자신을 죽일 것 같지는 않다고 확신하게 되자 남자의 입 운동은 꽤 활발해졌다. 그는 달변가였고 이야기하기를 즐기는 타입이었다.

"저는 유피라고 합니다. 달리는 게 특기고, 지도 제작이 취미죠. 얼마 전까지는 전령 노릇을 했습니다. 지금은 프리구요. 전령 일도 보수는 좋았지만 더 자유롭게 살고 싶어져서요."

"그런데 당신은 느낌이 참 특이하네요. 키만 아니면 하플링인 줄 알았을 거예요."

헤르쿨레스가 이런 말을 하자 그는 묘하게 웃으며 되받았다.

"그러는 댁도 체격에 걸맞지 않게 엘프 같은 냄새를 풍기는걸요."

"엘프 같은 게 아니라 진짜 엘프 맞아요."

헤르쿨레스의 당당한 대답에 유피는 놀란 표정으로 헤르쿨레스를 새삼 자세히 살펴보았다.

"농담이죠?"

"농담 아니에요!"

"정말?"

유피는 헤르쿨레스에게 얼굴을 바짝 대고 한참을 쳐다보더니 이내 그 동그란 배를 부여잡고 유쾌하게 웃어댔다.

"정말로 맞나 보네. 세상에 이런 엘프가 있다니… 여러 곳을 여행하고 많은 걸 봤지만 이런 건 처음 봤어."

자존심에 심각한 타격을 받은 헤르쿨레스는 얼굴이 벌게져서 식식

댔다. 그런데 유피는 문득 웃기를 멈추고 헤르쿨레스에게 아주 친근한 미소를 띠었다.

"뭐, 그렇게 화낼 건 없어, 친구. 우린 좀 통하는 데가 있겠는데? 왜냐면 말이야. 난 자네가 의심하는 대로 하플링이거든."

이번에는 헤르쿨레스가 웃을 차례였다.

"세상에 이런 하플링이 있다니… 보통 하플링의 두 배도 넘겠다. 이런 키다리 하플링이 어디 있어?"

기다렸다는 듯 헤르쿨레스는 사력을 다해 힘껏 웃어댔지만 유피는 별로 개의치 않는 기색이었다.

"뭐, 그럴 수도 있는 거 아냐? 난 내 키에 대해선 별로 불만없어. 커서 좋은 점도 얼마나 많은데. 게다가 사람들과 지내는 것도 그리 싫지는 않고."

헤르쿨레스는 웃기를 그만뒀다. 왠지 졌다는 기분에 분한 느낌이 들었으나 그렇다고 그와 싸울 생각은 없었다.

"그런데 어젯밤엔 어떻게 된 거야?"

헤르쿨레스는 슬쩍 화제를 바꿨다. 유피는 갑자기 심각한 표정이 되더니 목소리를 낮추어 말했다.

"아마 여러분도 믿기 어려우실 거예요. 제가요, 세계의 위기를 구했걸랑요."

이 무슨 과대망상적 발상인지. 일행이 쓴웃음을 짓는 것을 보고 유피는 정색을 하며 손발을 내저었다.

"어어, 안 믿는 거예요? 좋아요. 그럼, 제 얘기를 끝까지 한번 들어보시라구요."

그는 이야기를 계속했다.

"저는 원래 여기에서 퍽 먼 곳에 살았어요. 대륙 서남쪽 일대가 제 본무대였으니까요. 꽤 어려서부터 키가 너무 커져서 고향 마을에서는 살기가 불편해서 인간들이 사는 곳으로 나왔었죠. 아실지는 모르겠지만, 제 고향은 집이랑 모든 것이 하플링에 맞는 사이즈거든요. 인간 세상에 나와서는 주로 전령 일을 했어요. 그러다가 재작년에 그동안 계약을 맺었던 곳을 그만두고 모험을 찾아 내가 모르는 새로운 곳으로 떠나왔어요. 서남쪽에서 출발해 북쪽으로 올라가서 서북 일대를 주욱 둘러보고 나서 동쪽으로 방향을 돌려 이쪽으로 오게 되었지요. 그래서 이 일대는 아직 잘 몰라요. 그런데 한 일주일 전쯤에 아주 이상한 곳에 가게 되었어요. 그곳은 매우 황량한 곳이었는데 정말 아무리 가도 주위에 인가가 없더군요……."

잠자리를 걱정하며 헤매던 유피는 황야에 홀로 자리 잡은 저택을 발견했다. 한눈에도 음산한 기운이 흐르는 불길한 느낌의 성이었다. 작은 성을 연상시키는 큼직하고 견고한 만듦새의 저택 주변에는 물이 없는 해자가 둘러 파져 있고, 저택의 정면으로 통하는 돌로 만든 다리가 있었다. 목탄처럼 윤기없는 검은 돌로 만들어진 외벽은 아름다우면서도 기이하게 음침했다.

처음 보았을 때부터 좋지 않은 예감이 들어 다가서고 싶지 않았지만, 이미 며칠을 헤매 다닌 터라 달리 선택의 여지가 없었다. 내키지 않는 기분을 억지로 달래며 다리를 건너가서 저택의 문을 한참 두드리자 끼이익— 하는 요란한 소리와 함께 문이 열리고 검은색 로브를 입은 어두운 분위기의 중년 여인이 나왔다.

깡마르고 볼품없는 여인이었다. 말라비틀어지고 곰팡이가 슨 빵 조각을 연상케 하는 푸석푸석하고 거친 피부에다, 눈은 작았고 코는 매부리코이며 눈과 대조적으로 입은 컸다. 그녀는 마흔 줄은 족히 넘었음직해 보였다. 유피가 사정 이야기를 하자 중년 여인은 그를 잠시 기다리도록 하더니 잠시 후 안으로 들여주었다.

집 안에는 다른 사람이 두 사람 더 있었다. 한 사람은 중년 여인이 아버지라 부르는 늙은 남자로, 딸 못지 않게 괴상한 생김새였다. 군데군데 하얗게 센 긴 머리칼은 사방을 향해 곤두서 있고, 역시 사방으로 뻗친 긴 수염을 가슴 아래까지 늘어뜨리고, 커다란 눈이 유달리 이상하게 번득이고 있었다. 그런 데다가 왼쪽 어깨 위에는 불길하게 생긴 커다란 검은 까마귀까지 얹고 있어 아무리 좋게 보려고 해도 대악당 이하로는 보이지 않았다.

또 한 사람은 검은 갑옷을 입은 젊은 남자였는데, 죽은 사람처럼 핏기없이 하얀 얼굴에 초점없는 시선을 아래에 두고 조각상처럼 가만히 서 있기만 했다.

그들을 본 순간 그대로 돌아 나가고픈 생각이 드는 것을 꾹 참고 유피는 그 집에서 하룻밤 신세를 지게 되었다. 그런데 공교롭게도 그날부터 날씨가 몹시 나빠져서 사흘 간 거센 폭풍우가 휘몰아쳤다. 유피는 본의 아니게 그 집에 계속 머물러야 했다.

그동안 매일 밤 천둥 소리와 함께 집 안 전체가 뒤흔들리는 일이 계속되었다. 처음에는 그냥 천둥 소리라고 생각하던 유피도 점차 의심을 품게 되었다. 이 집 안에는 뭔가 무시무시한 비밀이 있는 것이 틀림없었다.

드디어 나흘째 되던 날 밤, 호기심을 참을 수 없게 된 유피는 소리의 진동을 따라 살금살금 이동했다. 어두운 복도를 따라 내려가다 보니 소리의 진원지는 아무래도 지하인 것 같았다.

이리저리 헤매다가 우여곡절 끝에 지하로 내려간 그는 어느 방에서 희미하게 빛이 새어 나오는 것을 보았다. 문으로 다가가서 살짝 들여다본 내부 풍경은 정말 섬뜩한 것이었다.

여러 가지 도구가 가득히 널려 있는 방 안에 무섭게 생긴 그 집의 주인과 딸, 검은 기사가 있었다. 검은 갑옷의 기사는 처음 만나던 때처럼 방 한쪽 구석에서 고개를 약간 떨군 채 가만히 서 있었고, 주인과 딸은 무엇인가를 만들고 있었다. 그들이 방 가운데에 놓인 커다란 청동 항아리에 무엇인가를 집어넣을 때마다 천둥 소리 같은 음향이 울리며 집 전체가 떨리고 있었다. 한참 만에 그것이 완성되었는지, 마도사는 청동 항아리의 내용물을 넓은 대접에 따라놓았다.

"크하하하… 드디어 해냈다. 인간으로선 이룰 수 없다던 일을 해낸 거다. 미카데, 우리 앞에는 놀라운 미래가 기다리고 있다. 우리의 오랜 숙원이 마침내 이루어졌으니까. 이제 엄청난 힘을 손에 넣을 수 있을 것이다. 더 이상 누구도 우리를 얕보진 못해! 이제야말로 당당하게 세상으로 나가는 거다!"

마도사는 일이 완성되었다는 도취감에 한동안 큰 소리로 떠들어댔다. 그의 딸 미카데도 조금 발개진 얼굴로 눈에 핏발까지 서서 그를 지켜보고 있었다.

"자아, 이제 남은 것은 때를 기다리는 것뿐. 잠시 후면 우리는 세상에 두려울 것이 없게 된다."

마도사는 기쁨을 참을 수 없는 듯 흥분된 표정으로 방 안을 바삐 왔다 갔다 하다가 딸과 검은 기사를 데리고 방을 나갔다. 유피는 재빨리 복도 저 끝에 가서 숨었다. 그때까지만 해도 너무 겁이 나서 빨리 빠져나가야겠다는 생각밖에 없었다. 그러나 그냥 가자니 그들이 무엇을 만들었는지 궁금해서 견딜 수가 없었다. 대체 무엇을 만들었기에 엄청난 힘이니, 세상에 나가느니 하는 것일까.

결국 호기심의 포로가 된 유피는 방에 들어갔다. 넓은 대접에 담긴 그것은 예상외로 아무런 색깔도 없는 무색의 액체였다. 맑고 영롱하기가 산속의 샘물 같았는데, 엷은 광채가 도는 점을 제외하고는 여느 물과 똑같았다.

“마시는 건가? 뭐 하는 데 쓰는 거지?”

유피는 그릇을 들고 들여다보다가 옆 테이블에 있는 금속 작대기를 집어 액체를 휘저어보았다. 아무 변화도 없는 것에 용기를 얻은 그는 큰마음 먹고 자신의 새끼손가락 끝을 약간만 담궈보았다. 역시 아무렇지도 않았다. 더욱 대담해진 그는 이번에는 손가락에 찍힌 액체를 살짝 핥았다.

“뭐야? 그냥 물맛이잖아. 이걸 가지고 세계를 어쩌겠다는 거지?”

혼자 중얼거린 유피는 내친김에 아예 그릇째 들고 조금 마시기까지 했다. 그때였다.

“까아~ 악~ 큰일 났다, 큰일! 까악!”

마도사가 늘 데리고 다니는 까마귀가 방 안으로 날아 들어오다가 유피를 발견하고 크게~ 소리를 질러댔다. 유피는 너무나 기겁한 나머지 그릇을 떨어뜨리고 말았다. 그리고 그 다음에는 꽁지가 빠져라 그 집에서 달아났다.

저택에서 나오자마자 뒤에서 엄청나게 큰 고함 소리가 울렸다.

“이 노~ 옴! 이 나쁜 놈, 거기 서라아~!”

마도사가 어느새 커다란 검은 드래곤에 올라타고 그를 뒤쫓아오고 있었다. 하늘을 나는 거대한 검은 드래곤은 시커먼 불꽃을 내뿜으며 유피의 머리 위로 바짝 추격해 왔다. 유피는 반쯤 얼이 빠져 죽어라고 뛰었다. 본디 뛰는 것이 특기인 그였지만, 태어나서 그렇게 뛰어보기는 처음이었다. 그런 상태로 몇 날 며칠을 쫓겨 다니다가 마도사를 겨우 따돌리고 지칠 대로 지쳐 쓰러져 있던 것을 헤르쿨레스가 발견한 것이었다.

"그건 당신이 잘못한 것 같군요. 그가 화를 내는 것도 당연해요."

트렌이 엄한 표정으로 말했다. 그 점은 다른 사람들도 동감이었다. 유피는 억울하다며 강변했다.

"무슨 말씀입니까? 그 사악해 뵈는 마도사의 흉계로부터 세상을 구한 거라구요. 그 약으로 무슨 일을 벌여봐요. 세상이 어떻게 될지 모르는 거 아닙니까?"

"하지만 확실한 얘기는 아니지 않소?"

크로드가 말했다.

"내참, 자기 입으로 세상에 겁날 게 없다는 둥, 엄청난 힘을 손에 넣었다는 둥 했는데 그 이상의 증거가 어딨습니까?"

유피는 여전히 자신이 세계의 위기를 구했다고 굳게 믿고 있었다.

"그나저나 그 마도사가 또 쫓아올지도 모르는데 어떻게 할 참이에요?"

"글쎄요, 그게 문제인데요. 그렇다고 하플링 마을로 돌아갈 수도 없고… 거기까지 쫓아온다면 정말 큰일이니까요. 나참, 세계를 구한 대가로 주욱 위험에 처해야 한다니……."

유피는 시무룩하게 중얼거렸다.

"이 사람(?)의 말이 사실이라면 모르는 척할 수는 없지 않겠습니까?"

언제나 상냥한 트렌은 유피의 거취를 걱정했다.

"맞아요. 정의를 위해 싸우다 그렇게 된 거잖아요."

헤르쿨레스도 적극 동조했다. 크로드는 입을 다물고 잠시 생각에 빠졌다.

'또 이상한 일에 말려드는 건가……..'

헤르쿨레스를 만난 것부터 시작해 생각지도 않았던 일들이 연이어 일어나고 있었다. 분명히 현실의 공간인데도 마치 전혀 다른 세계에 떨어진 것 같은 기분까지 들었다.

유피를 보니 그는 불안하게 눈을 굴리면서 크로드의 눈치를 살피고 있었다. 상관없는 일이라고 외면해 버릴 수도 있겠지만, 그렇게 되면 이 사람 좋아 보이는 하플링은 죽게 될지도 모른다.

"하는 수 없지. 일단 우리와 같이 있어봅시다. 조만간 뭔가 결론이 나겠지."

"그래도 될까요?"

유피는 크게 감격했다.

"고맙습니다. 정말 친절한 분들이시군요."

아스윈은 검은 드래곤을 부린다는 그 마도사가 마음에 걸려 내심 불안했지만, 크로드가 결정하고 모두 찬성한 이상 대세를 반대하고 나설 배짱은 없었다. 그래서 이 키다리 하플링은 일행과 더불어 행동하게 되었다.

(2)

쿠델은 자신의 서재 겸 작업실의 책상에 앉아 마법 교서를 뒤적이고 있었다. 이마를 짚고 마법서의 내용을 훑어보는 그의 미간에는 깊은 주름이 잡혀 있었다.

"네크로스를 잡고 싶은가?"

어디선가 들려오는 음성에 쿠델은 화들짝 놀라 일어섰다. 방 안을 빙 둘러보았지만 아무도 없었다. 목소리는 낮게 웃었다. 성별도, 나이도 전혀 파악할 수 없는 기묘한 음색이었다.

"후후후… 뭘 그리 놀라지?"

쿠델은 주위를 경계하면서 목에 걸고 있는 호부를 쥐고 앞으로 내밀었다.

"누구냐?"

"당신에게 도움을 주려는 자이지."

"물러가라, 사악한 영이여!"

"이상하군. 도움을 주겠다는데 그럴 건 없지 않나? 네크로스를 잡고 싶지 않은가?"

목소리는 빈정거리듯이 물었다.

"대체 누구냐?!"

"나는 포스포로스(Phósphŏros=Lúcifer, 샛별, 명성, 효성)의 사자(使者) 옐이다. 당신과 마찬가지로 네크로스에 볼일이 있지."

"옐이라고?"

그 이름을 몇 번 입속으로 되뇌이던 쿠델은 서둘러 마법서의 한 페이지를 펼쳤다.

"오랜 드래곤을 따르는 이로군."

재빨리 내용을 훑어본 그는 조금은 긴장을 푸는 모습이었다. 쿠델은 조금 전보다 한결 침착하게 목소리에게 질문했다.

"크로드 네크로스에게 볼일이 있다는 뜻입니까?"

"아니, 내가 원하는 것은 그의 검이다. 그것만 내게 주면 그 다음에는 조용히 사라져 주겠다. 나의 군주, 위대한 루시퍼의 이름으로 맹세한다."

"네크로스를?"

쿠델은 어째서 이 존재가 네크로스를 원하는 것일까 궁금히 여겼지만, 묻지는 않았다. 대답해 줄 것 같지도 않거니와 너무 많은 것을 알게 되면 도리어 위험할 수도 있다고 판단한 것이다.

"어떤가? 내 목적은 그가 가진 마검뿐이다. 그 기사야 어찌 되든 상관없어. 원한다면 그를 잡아다 산 채로 당신에게 건네줄 수도 있다. 당신에게 나쁘지 않은 이야기일 텐데?"

목소리의 유혹에 쿠델은 흔들리기 시작했다. 나쁜 조건은 아니라는 생각이 들었다. 크로드의 강함은 이번 두 차례의 공격에서도 보았듯이 마검 네크로스에 힘입은 바가 컸다. 네크로스가 없는 크로드라면 그저 좀 강한 기사에 불과할 것이다. 그를 그냥 죽게 두는 것보다 자신의 손으로 직접 죽이는 것도 괜찮은 이야기였다. 아니, 죽이는 것은 팔켄에게 맡기더라도 적어도 왜 자신에게 죽어야 하는지 그에게 직접 말해 주고 싶다는 충동이 일었다.

"그래서… 내게 무엇을 바라는 겁니까?"

"나의 매개가 될 인간을 구해 소환 의식을 실시하라."

"인간의 육신이 필요하십니까?"

"그렇다. 내가 직접 나서지 않고는 쉽지 않을 것이다. 그의 마검은 당신의 생각보다 더욱 강력한 무기니까. 다시 말해서 내 힘을 빌지 않고는 당신의 뜻을 이루기 어려울 것이라는 의미이기도 하지."

쿠델이 동요하는 것을 감지한 목소리는 대답을 다그쳤다.

"아직도 망설이는 건가? 내 도움을 거절한다 해도 다른 방법 역시 비슷한 일을 수반하게 될 텐데… 그리이즐 이상으로 강한 존재의 힘을 빌고자 하면서 설마 그 정도의 각오도 되어 있지 않았던 것인가?"

쿠델은 마음을 굳혔다.

"알겠습니다. 당신의 제안을 받아들이겠습니다."

쿠델의 분명한 대답에 목소리는 만족스러워했다.

"좋다. 그러면 나의 매개가 될 자의 조건을 말하겠다. 10~15세 사이의 여자 아이로 처녀여야 한다. 머리칼과 눈동자의 색이 검을 것이며, 피부는 희고 깨끗하고, 노동으로 인해 거칠어지지 않은 손과 발을 가진 마른 체형의 아이를 요구한다."

“…아까 하신 약속… 설마 어기지는 않겠지요?”

“원한다면 한 번 더 맹세하겠다. 우리의 군주, 위대한 오랜 드래곤 루시퍼의 이름에 맹세한다. 마검만 얻으면 나는 그것을 가지고 조용히 우리의 세계로 돌아갈 것이다. 이제 만족하는가?”

“예, 그것으로 됐습니다.”

“계약은 성립되었다. 빠른 이행을 기다리고 있겠다.”

목소리가 사라지자 쿠델은 긴장이 풀려 의자에 털썩 앉았다.

“차라리 잘된 일일까?”

그는 스스로에게 물었다. 마법서에 쓰여진 글씨를 멀거니 처다보던 쿠델은 가만히 책을 덮었다.

“그래, 잘된 일이야. 분명히 잘된 일이지. 이 정도 존재가 아니면 벅찬 상대야. 처음부터 각오했던 일이 아닌가.”

쿠델은 몇 번이고 그렇게 자신을 타일렀다.

“그나저나 팔켄에게 이 이야기를 하는 것이 문제로군. 분명히 싫어하겠지.”

팔켄의 반응은 쿠델의 짐작을 크게 벗어나지 않았다. 여자 아이를 구해달라는 말을 듣자마자 그는 즉각 신경질적인 반응을 보였다.

“사람을 제물로 쓴다는 말이오? 그것도 아이를? 그걸 지금 말이라고 하는 거요? 마츠에서는 어땠는지 몰라도 바르트에서 그런 짓을 하는 자는 발각되는 즉시 사형이오!”

“마츠에서도 마찬가지였습니다.”

쿠델은 움츠러드는 기색 없이 태연했다.

“저도 그런 의식은 시전한 적이 없습니다. 하지만 네크로스가 워낙

강한 상대라서 부득이합니다."

"그러지 말고… 다른 방법은 없는 거요?"

"지금으로써는 그렇습니다."

"미치겠군."

팔켄은 얼굴을 옆으로 돌리고 무겁게 입을 다물어 버렸다. 쿠델은 팔켄이 다시 입을 열 때까지 참을성있게 기다렸다. 한참 만에 팔켄은 가라앉은 음성으로 말했다.

"이 결정은 조금만 뒤로 미룹시다. 내가 다른 방법을 한번 시도해 보겠소. 만일 그게 통하지 않는다면 그때는 당신의 말대로 합시다."

"다른 방법이라니요?"

"그런 게 있소."

쿠델은 팔켄의 말을 알아들었다는 듯이 희미한 미소를 머금고 고개를 끄덕였다. 입 밖에 드러내서 말하지는 않았지만 그의 표정에는 일종의 자신감이 나타나 있었다. 그는 팔켄이 결국은 자신의 말에 따르게 될 것이라고 확신하는 것 같았다. 팔켄은 그것을 알면서도 못 본 척하고 다른 이야기를 꺼냈다.

"그런데 쿠델, 당신은 네크로스 경에게 어떤 지독한 원한이 있기에 그렇게까지 그를 없애려는 거요?"

"말씀드릴 만한 것도 못 됩니다."

쿠델은 어색하게 웃으며 대답을 회피했다.

"하긴, 당신은 마츠 출신이니 당신 주변의 누군가가 전쟁 중에 네크로스 경의 손에 죽었다고 해도 이상하지는 않지. 당신을 보고 있으면 이번 일이 아니더라도 언젠가는 네크로스 경을 죽이려고 나섰을 것 같소. 그런데 한 가지 궁금한 것은 왜 지금까지 가만히 있었을까 하는 거요. 마츠가 멸망한 것은 4년 전의 일인데 말이오. 그래서 생각해 봤는데, 크로드 네크로스가 줄곧 전장에서 지내면서 많은 병사들에게 둘러싸여 있었기 때문에 그를 노릴 적절한 시기를 찾지 못했거나, 혹은 금전적인 문제거나, 아니면 둘 다가 아닌가 싶더군."

"그런 질문에는 대답하고 싶지 않습니다. 어디까지나 제 개인적인 사정이니까요."

딱딱하게 대답하는 쿠델의 얼굴은 차갑게 가라앉아 있었다.

"실례가 되었다면 미안하오."

팔켄은 순순히 사과했으나 말과는 달리 표정은 전혀 미안해하는 기색이 아니었다. 그런 팔켄의 얼굴을 가만히 바라보던 쿠델은 별안간 굳어 있던 표정을 풀고 피식 웃었다.

"당신은 양심적인 분이군요."

"……?"

의아한 눈빛이 되는 팔켄에게 쿠델은 조용히 덧붙였다.

"인간이 희생된다는 사실에 그토록 민감하신 걸 보면 말입니다. 아마도 저를 아주 몹쓸 인간으로 생각하시겠지요. 하지만 믿어주십시오. 이런 일은 제게도 처음입니다. 그리고 저 또한 좋아서 하는 일은 아닙니다. 당신이 당신 자신의 충실함으로 인해 스스로의 본성에 어긋나는 일을 하고 있듯이, 저도 제 자신의 고통으로 인해 일찍이 제가 가장 경멸해 마지않던 일을 하고 있습니다. …그뿐입니다."

쿠델의 눈에 언뜻 고통스러운 빛이 스치고 지나갔다. 그것은 쿠델에 대해 품고 있던 팔켄의 반감을 어느 정도 완화시켜 주었다. 적어도 그의 말이 거짓은 아니라는 것을 느꼈던 것이다.

"서로 비슷한 처지라는 말인가……."

팔켄은 씁쓸하게 미소 지었다.

"…그만둡시다, 이런 얘기는. 어쨌든 조금 전의 문제는 얼마간 기다려 주시오. 나중에 다시 이야기합시다."

"그렇게 하지요. 빠른 시일 내에 일이 마무리 지어지기를 바랍니다."

"같은 생각이오."

팔켄은 가볍게 고개를 끄덕여 쿠델에게 인사하고 언제나처럼 먼저 방을 나갔다. 그가 나간 다음, 옐의 목소리가 들려왔다.

"저자가 무얼 생각하는지는 알 만하군. 하지만 네크로스가 그런 방식에 당해줄까?"

목소리는 냉소적으로 말했다.

"기본적으로는 선한 사람이니 저의 제안을 쉽게 받아들일 수는 없겠지요."

"그의 의지와 상관없이 어차피 그는 결국 당신에게 다시 오게 되어 있어. 그러니 당신은 지금부터라도 매개가 될 아이를 찾는 편이 나을 거야. 그래야 시간도 절약될 테니까."

"당신이 특별히 눈여겨봐 둔 아이라도 있습니까?"

"잊었나? 나는 아직 당신에게 정식으로 소환되지 않았기 때문에 중간계에서 활동하기에는 제약이 많아. 지금은 당신이 수고해 줄 수밖에 없지."

"알겠습니다. 제가 찾아보지요."

쿠델은 목소리의 요구에 따라 조건에 합치하는 여자 아이를 찾는 일에 나섰다.

*　　　*　　　*

유피가 크로드 일행에 합류하고 사흘이 지났다. 유달리 붙임성이 좋은 유피는 그사이에 벌써 일행과 친숙해져서 헤르쿨레스나 아스윈과는 아예 말을 트고 지내는 사이가 되었다.

"다들 말을 타고 있는데 혼자만 걸어서 괜찮겠어?"

헤르쿨레스는 일행의 말 옆에서 줄곧 뛰고 있는 유피를 염려했다.

"괜찮아. 난 뛰는 게 생활이었는걸. 그리고 말 탈 줄도 몰라."

"그래도 다리가 아플 텐데……."

"그야 하루 종일 뛰어다니다 보면 저녁때쯤에는 좀 팍팍해지기는 하지. 그치만 하룻밤 푹 잘 자고 나면 금방 좋아져."

유피는 낙천적인 얼굴로 싱글싱글 웃었다.

"그런데 말야, 헤르쿨레스. 보니까 계속 서쪽으로 가는 것 같은데, 서쪽에 뭐가 있어?"

"사람을 찾으러 간대."

"누구를?"

헤르쿨레스는 선두에서 가고 있는 크로드의 뒤통수를 흘끔 보고 유피 쪽으로 몸을 기울이여 목소리를 낮추어 말했다.

"크로드의 누나래. 어릴 때 헤어졌다나 봐."

"그래서, 서쪽에 있대?"

"그런가 봐. 뭔가 단서가 있나 보지."

"서쪽 어디로 가는 걸까? 기왕이면 내가 아는 곳이면 좋겠다. 그러면 길 안내도 할 수 있을 텐데……."

말들이 전력으로 달리지는 않고 있어서 유피의 걸음은 아직 꽤 여유가 있었다. 그는 등에 메고 있는 배낭에서 양피지 두루마리를 여러 장 꺼내 들었다.

"그게 뭐야?"

헤르쿨레스가 관심을 보였다.

"어, 지도. 난 지도 제작이 취미거든. 이 일대도 조금은 그려 넣었어. 그 악당 마도사에게 쫓기는 동안은 그럴 여유가 없었지만 말이야."

"참! 그리고 보니 그 마도사, 유피를 쫓아오지 않을까?"

아스윈은 걱정하며 주변을 둘러보았다. 크고 작은 산들이 구불구불 이어져 있고 일행이 나아가는 방향으로는 상당히 높고 험한 산들이 첩첩이 겹쳐져 있었다.

"가만, 저게 뭐예요?"

갑자기 아스윈이 남쪽 하늘을 가리켰다. 멀리 산등성이를 넘어오고 있는 검은 점 같은 것이 보였다.

"새가 아닐까?"

헤르쿨레스는 대수롭지 않게 받아들였지만 아스윈은 고개를 흔들 었다.

"아냐, 새치고는 너무 빨라. 게다가 점점 커지는걸."

"그러게… 뭔가 이상한걸. 설마……."

유피는 불안스레 중얼거리다가 별안간 고함을 질렀다.

"맙소사! 그 마도사야!"

"뭐라고?"

일행은 당황해서 멈춰 섰다.

"어떡해요? 마땅히 숨을 곳도 없는데……."

아스윈은 울상이 되었다.

큰길을 따라가던 중이라 아스윈의 말처럼 이곳은 피할 곳도 마땅치 않았고, 말을 달려 따돌리기에는 산지라는 지형에 겹쳐 상대의 속도가 너무 빨랐다. 점점 거리가 좁혀지면서 상대의 실체가 조금씩 보이기 시작했다. 거대한 검은 드래곤과 그것에 올라탄 사람이었다.

"다들 말에서 내려 근처에 말을 묶어놓으시오!"

크로드는 말에서 뛰어내리며 모두에게 소리쳤다.

"어, 어떻게요?"

당황해서 묻는 헤르쿨레스에게 크로드는 짐말에서 꺼낸 로프를 던졌다.

"여기서 좀 떨어진 곳의 나무에 묶어서 고정시켜. 안 그러면 모조리 흩어질 거야."

"저 녀석이랑 싸울 거예요?"

"피하기는 이미 늦었어. 서둘러!"

"알았어요."

헤르쿨레스와 유피는 급히 일행의 말들을 근처의 나무로 몰고 가서 단단히 묶어놓았다. 아스윈은 얼굴이 파랗게 질려서 안절부절이었다. 트렌은 침착한 태도로 류트 대신 창을 꺼내고 그녀의 옆에 서 있었다.

곧 세찬 바람이 먼지를 몰고 와서 얼굴을 때렸다. 세계를 위협하려던 어둠의 마도사 등장이었다.

몸부터 날개까지 전부 검은 거대한 암흑룡에 올라탄 마도사는 기세등등하게 크로드 일행의 앞에 내려섰다. 무척 열이 받아 있는 모양으로 분노로 인해 핏발 선 큰 눈이 무섭게 번들거리고, 머리 뒤로는 번개가 번쩍이고 있었다. 그의 뒤에는 유피가 말했던 그의 시들은 딸이 타고 있었다.

"여기 있었구나, 이 배불뚝이 놈! 갈 데 없게 된 것을 재워주었더니 감히 그런 짓을 해!"

마도사는 무시무시한 기세로 대뜸 고함부터 질러댔다.

"오랜 세월 만들어온 나의 마법약을 못 쓰게 만들다니. 네놈을 잡아다 네 피에서 약을 짜내야겠다!"

유피는 너무도 두려운 나머지 그 목소리만 듣고도 온몸의 관절이 전부 얼어붙을 지경이었다. 크로드는 눈짓으로 헤르쿨레스와 아스윈을 유피의 곁에 붙여주고 그들의 앞을 가로막았다.

"이것 보시오. 이 사람이 실수를 저지른 건 알겠는데 당신에게도 잘못은 있었던 것 아니오?"

"잘못이라고?! 내가 무슨 잘못을 했단 말인가!!"

"다, 당신이 그랬잖아요. 엄청난 힘을 손에 넣었다는 둥, 세상에 겁날 게 없다는 둥. 분명히 내 이 두 귀로 똑똑히 들었다구요. 대체 그 약을 어디다 쓸 거였죠?"

헤르쿨레스의 등 뒤에 숨어서 유피가 이렇게 소리치자, 마도사는 잠시 당황했다.

"그, 그건……."

"거봐요. 내 말이 맞잖아."

마도사의 떨떠름한 반응에 유피가 의기양양해했다. 크로드도 이 마도사를 보니 어쩌면 유피의 말이 옳을지도 모른다는 생각이 들었다.

"어, 어쨌든 네놈이 잘못한 거다. 내 약을 멋대로 마신 모양이니 널 잡아다 약을 짜내야겠다."

마도사는 이유 불문, 안면 몰수하고 유피를 잡아가겠다고 나섰다.

"그렇게는 안 되겠소. 이 사람은 현재 우리의 일행이오. 그냥 잡혀

가게 둘 수는 없소."

마도사는 크로드를 내려다보며 가소롭다는 듯 콧잔등에 주름을 지었다.

"흐흐응~ 그 배불뚝이를 위해 죽기라도 하겠다는 건가? 잘 들어라. 난 흑마도사 마시우트 맥카넨이다. 이름 정도는 들어봤겠지? 달아나려면 지금이다."

"그게 어쨌단 말이오?"

크로드는 그의 이름을 듣고도 아무 느낌이 없었지만, 아스윈은 곧바로 알아들었다. 그녀는 크게 당황해서 크로드에게 말했다.

"상대가 나빠요. 마시우트 맥카넨이라면 이름난 대마도사예요. 절대로 이길 수 없어요."

"그렇게 강해?"

헤르쿨레스가 걱정스레 묻자 아스윈은 설명에 열을 올렸다.

"나도 마법 학교에서 들은 건데, 그는 완전히 전설적인 대마도사야. 엄청나게 강할 뿐더러 성질도 무척 사납고 더럽대. 내가 들은 바에 의하면 백 살은 거뜬히 넘었다지 아마."

이런 설명을 듣고는 크로드도 긴장하지 않을 수가 없었다. 대마도사라 불리는 인물과 직접 대치하기는 처음이었다.

"어쩔 테냐, 이젠 손 뗄 마음이 생겼느냐?"

마도사가 다시 물었다.

"그렇게는 안 되겠소. 조금 전에 말한 바와 같이 그와는 지금 같은 일행이오. 당신에게 넘겼다간 죽일 것이 뻔한데 어떻게 물러서겠소?"

사실은 이 마도사의 기세에 대단히 긴장하고 있었으나 그의 태도만큼은 반대로 너무도 당당하고 자신에 차 있었다. 마도사는 자신의 이름을 듣고도 이토록 당당할 수 있는 기사에 대해 내심 감탄했다.

"당신의 뜻이 그렇다면 어쩔 수 없지. 기사여, 그대의 이름은?"

크로드는 결전의 때가 왔음을 느끼고 결연히 네크로스를 뽑았다.

"크로드 네크로스라고 하오."

"뭐지, 저건? 마검인가?"

마도사는 크로드의 검을 보고 적잖게 놀랐다.

"마검의 기사였군. 심상치 않은 검인데……."

혼잣말로 중얼거린 마도사는 함께 온 딸에게 지시했다.

"기사는 내가 맡을 테니 넌 저 배불뚝이를 잡도록 해라. 우리 목적은 저놈이니, 저놈만 붙잡으면 바로 떠나자."

"네."

미카데가 암흑룡의 등에서 뛰어내리자마자 마도사의 공격이 시작되었다. 암흑룡이 먼저 고개를 쑥 내밀더니 검은 불꽃을 내뿜었다. 크로드는 네크로스를 앞으로 내밀어 불꽃을 막아냈고, 트렌은 날개를 펼쳐 날아올랐다.

마도사는 놀란 얼굴로 트렌을 보았다.

"저 날개는 설마… 유익족?"

비스듬히 창을 꼬나쥔 트렌이 맥카넨을 향해 강하하자 암흑룡은 고개를 들어 불꽃을 토했다. 트렌은 방향을 바꿔 그것을 피했다. 맥카넨은 그동안 주문을 암송했다. 암흑룡은 쉬지 않고 크로드와 트렌에게 불을 뿜고 공격적으로 몸을 내밀면서 앞발과 꼬리를 휘둘렀다.

"젠장! 쉴 새 없이 뿜어대는군."

네크로스가 불꽃을 막아주기는 했지만, 그럼에도 드래곤과 마도사에게 접근하기는 용이하지 않았다. 검푸른 불꽃이 한번 전신을 훑고 지나갈 때마다 강렬한 열기가 주변의 공기를 뜨겁게 달구어 움직이기가 거북했다. 그것만 보더라도 지난번의 드래곤보다 강한 존재라는 것을 느낄 수 있었다.

주문을 완성시킨 맥카넨의 주위에 검은 구체가 8개 가량 떠올랐다. 잠시 그의 배후에 머물던 구체들은 맥카넨의 손짓에 따라 트렌을 향해 여러 방향으로 얽히면서 어지럽게 날아갔다. 트렌은 피하지 않고 긴 창을 크게 휘둘렀다. 창에 부딪친 맥카넨의 구체들은 깨어져 공간으로 흩어져 버렸다.

맥카넨은 자신의 공격을 가볍게 막아버리는 트렌의 모습에 경악했다.

"어떻게 저럴 수가……."

맥카넨은 살벌한 표정으로 이를 악물고 다음 주문을 암송했다. 그의 두 손 안에 조금 전의 것과 같은 검은 구체가 생겨났다. 맥카넨의 손에서 떠난 구체는 앞으로 진행하면서 점점 커졌다. 그것을 본 트렌이 왼손을 뻗었다. 그의 손바닥에서 조그만 빛의 구체가 생겨나 암흑 구체를 향해 뻗어 나갔다. 암흑의 구체와 부딪친 빛의 구체는 그 속으로 파고들더니 곧 이어 눈부신 빛을 방출했다. 그리고 두 힘은 흔적도 없이 사라졌다.

"흐억! 저것까지……!"

맥카넨은 트렌을 노려보았다.

"아무래도 그냥 엔젤은 아니겠군. 파워즈(能天使)냐?"

맥카넨의 공격을 받아낸 트렌은 창을 잡고 암흑룡에게 강하했다. 암흑룡은 고개를 치켜들고 불꽃으로 트렌을 공격했다. 트렌은 암흑룡의 불꽃을 정면으로 받지 않고 방향을 빠르게 바꾸면서 피했다. 암흑룡의 주의가 트렌에게 쏠려 있는 동안 기회를 봐서 드래곤에게 접근한 크로드는 네크로스로 꼬리를 베었다. 효과가 있었다. 약간 스친 정도인데도 암흑룡은 고통스러운 비명을 내지르며 뒤로 크게 물러섰다. 맥카넨도 드래곤의 움직임에 따라 심하게 흔들렸다.

한편에서는 마도사의 딸이 유피를 노리고 돌진했다. 비실비실한 중년 아줌마처럼 보이는 겉모습과는 달리 여자는 마법 전사였다. 양손 등 위로 갈퀴처럼 생긴 길고 예리한 금속 무기가 튀어나왔다. 유피의 곁에는 헤르쿨레스와 아스윈이 있었다.

미카데는 움직임이 대단히 빠르고 힘도 셌다. 헤르쿨레스에다 유피까지 단검을 들고 대항하는데도 전혀 밀리는 기색이 없었다. 갈퀴로 공격하다가 헤르쿨레스에게 저지당한 미카데는 잠깐 물러서는가 싶더니 세 사람을 향해 파이어 볼을 날렸다. 기겁을 한 아스윈이 고함을 질렀다.

"엎드려어ㅡ!"

셋은 다급히 넙죽 엎드렸다. 파이어 볼은 그들의 몸 위로 지나가 뒤쪽에 꽂혔다. 땅으로 떨어지는 순간 굉장한 폭발 음이 울렸다.

"마법 전사였잖아? 근데 무슨 파이어 볼이 저렇게 세?"

아스윈이 중얼거렸다.

"일어나! 또 온다!"

헤르쿨레스가 몸을 일으키며 재촉했다. 일어나 보니 어느새 미카데가 눈앞에 있었다. 헤르쿨레스는 얼굴로 내려치는 그녀의 갈퀴를 아슬아슬한 타이밍으로 막아냈다. 그러자 다른 손의 갈퀴가 헤르쿨레스의 허리를 찔렀다. 헤르쿨레스는 얼른 검을 잡지 않은 쪽의 손으로 미카데의 머리를 잡고 몸을 위로 휙 날려 미카데를 넘어섰다.

“와아, 그래도 엘프는 엘프네.”

유피는 헤르쿨레스의 날랜 동작에 감탄했다.

“후유∼”

한숨을 쉬고 돌아선 헤르쿨레스는 자신이 아직도 미카데의 머리를 잡은 채라는 것을 깨닫고 잽싸게 손을 뺐다. 거의 동시에 미카데의 두 갈퀴가 날카롭게 교차하는 소리가 났다. 조금만 손을 빼는 것이 늦었더라면 손이 잘려 나갈 찰나였다.

헤르쿨레스는 미카데를 경계하면서 다른 손에 단검을 뽑아 들었다. 두 개의 갈퀴를 막으려니 검 하나로는 어려웠다. 미카데는 헤르쿨레스에게 빠르게 접근해 갈퀴로 그의 얼굴을 찔렀다. 헤르쿨레스는 그것을 검으로 막고 뒤이어 들어오는 갈퀴는 단검으로 막았다.

“이 아줌마, 무식하게 힘세! 아스윈, 아무거나 뭔가 써줘!”

헤르쿨레스의 요청을 받아들여 아스윈은 마도사로서 마법 지원에 나섰다.

“유피, 마법을 쓸 테니까 날 잘 가려줘. 정신을 집중해야 될 테니까.”

“안 그래도 그러고 있잖아.”

아스윈은 주문을 외우기 시작했다.

“라이트닝 볼트!”

“앗, 헤르쿨레스가 같이 있는데…….”

유피가 말했지만 이미 때가 늦어 아스윈의 손에서 벼락이 방사되어 미카데와 헤르쿨레스를 골고루 맞추었다. 전기에 휩싸인 두 사람이 쓰러지자 유피는 부리나케 달려가서 헤르쿨레스의 발을 잡고 아스윈이 있는 쪽으로 필사적으로 끌고 왔다. 헤르쿨레스는 눈동자가 가운데로 몰려서 파들파들 떨고 있었다.

"휴우~ 그래도 엘프라고 생각보다 가볍네."

유피는 몸을 굽혀 헤르쿨레스를 잡고 흔들었다.

"정신 차려, 헤르쿨레스."

이때 아스윈이 다급히 유피의 엉덩이를 툭툭 발로 찼다.

"유피, 저, 저기⋯⋯."

유피가 고개를 들어보니 미카데가 일어나 있었다. 그녀의 뻣뻣한 머리칼은 꼬불꼬불해져서 머리에 들러붙어 있고, 창백하게 시들은 얼굴은 새카맣게 그슬려 있었다.

"푸하하하핫⋯ 저게 뭐야!"

유피는 상황도 잊어버리고 큰 소리로 유쾌하게 웃어댔다.

"지금 웃을 때가 아냐."

이렇게 말하는 아스윈도 입가를 실룩거리고 있었다. 유피는 아예 뒹굴거리면서 바닥을 치고 웃었다.

"하하하⋯ 난 웃긴 건 못 참아~"

미카데는 부들부들 떨며 둘을 노려보고 있다가 느닷없이 몸을 날려 순식간에 아스윈의 눈앞에 나타났다. 유피가 막아설 겨를도 없이 미카데의 갈퀴가 마력을 담아 전기장을 휘감고서 아스윈의 가슴으로 파고들었다. 아스윈은 이젠 죽었구나 하는 생각에 자기도 모르게 눈을 꼬옥 감아버렸다. 그러나 아스윈의 가슴에 부딪치는 순간, 그녀가 입고 있는 미스릴 갑옷 덕분에 미카데의 갈퀴가 산산이 부서지며 갈퀴를 감고 있던 마력이 미카데에게 역류했다.

"아악!"

미카데와 아스윈은 서로 반대 방향으로 크게 튕겨났다. 그 순간 유피는 있는 힘을 다해 헤르쿨레스의 몸을 잡고 아스윈의 뒤로 던졌다. 헤르쿨레스의 몸 위로 아스윈이 털퍼덕 쓰러지며 둘은 함께 지면을 긁으며 주욱 밀려갔다. 헤르쿨레스는 기절해 있던 와중에도 외마디 비명을 지르며 축 늘어졌다.

유피는 진지한 표정으로 눈물을 찍 흘리며 손가락으로 이마를 짚었다.

"미안하다, 헤르쿨레스……."

헤르쿨레스가 쿠션 역할을 해서 비교적 충격을 덜 받은 아스윈은 곧 비틀거리면서 일어섰다. 그러나 미카데의 공격을 받은 로브의 윗부분은 완전히 날아가고 미스릴 갑옷만이 남은 상태였다. 일순 모두의 시선이 아스윈에게 고정되었다. 암흑룡까지 불 뿜기를 멈추고 멍하니 그녀를 바라보고 있었다.

맥카넨은 멀뚱한 표정으로 중얼거렸다.

"저런 파격이… 그것도 미스릴로……."

크로드는 험상궂은 표정이 되어 고개를 스윽 돌렸고 트렌과 유피도 눈이 동그래졌다. 아직도 약간 멍해 있던 아스윈은 정신을 차려 자신의 몸을 보고 기겁을 했다.

"꺄!"

그녀는 얼른 바닥에 떨어진 로브 조각을 주워 몸을 가렸다. 유피는 대단히 감탄하면서 아스윈에게 말했다.

"멋진데, 아스윈. 시대를 앞서가는 혁명적 패션이야. 앞으로는 그 차림으로 다니는 게 어때?"

"뭐라고? 이 녀석이 위로는 못해줄망정……!"

흥분한 아스윈은 이마에 푸른 핏줄이 굵게 돋아서 유피에게 주먹을 날렸다.

미처 피하지 못한 유피는 그 일격을 맞고 붕 떠서 근처 바위에 머리를 퍽! 박고 이마에서 피를 흘리며 그대로 기절해 버렸다.

"미카데!"

맥카넨은 반대 편에 쓰러져 있는 미카데에게 눈을 돌리고 암흑룡에게서 내려 그녀에게 달려갔다. 아스윈과는 달리 맨바닥에 등부터 심하게 부딪친 미카데는 충격을 심하게 받은 상태였다. 그녀가 지면에 부딪치면서 밀려간 바닥은 길게 쟁기질을 한 것처럼 깊게 골이 패어 있었다.

"괜찮아요. 그냥, 조금 다쳤을 뿐이에요."

미카데는 맥카넨의 부축을 받으며 일어섰다.

"상대를 얕봐선 안 되겠다. 오늘은 일단 물러서자꾸나. 네 상처부터 치료하고 나서 보자."

맥카넨은 딸을 데리고 몸을 날려 암흑룡의 등 위로 이동했다.

"오늘은 여기까지다. 그러나 포기했다고 착각하진 마라. 다음번엔 꼭 저 배불뚝이를 잡아갈 테니까."

암흑룡이 날개를 퍼덕이며 하늘로 날아올랐다. 그 커다란 날갯짓에 주변의 나무들이 온통 춤을 추고 먼지가 자욱하게 피어 올랐다. 올 때와는 달리 검은 드래곤은 일행의 머리 위로 떠오른 뒤 이동 마법으로 사라져 버렸다.

암흑룡과 맥카넨이 완전히 사라진 것을 확인할 때까지 누구 하나 큰 소리로 숨도 쉬지 못했다. 암흑룡이 보이지 않게 되자 크로드는 비로소 몸을 돌려 아스윈과 헤르쿨레스 쪽으로 왔다. 그는 평소의 무표정으로 아스윈에게는 눈도 돌리지 않고 헤르쿨레스에게 다가가 허리를 굽히고 앉았다. 트렌은 유피를 돌봐주러 갔다.

"죄송해요."

풀이 죽어 사과하는 아스윈에게 크로드는 담담한 음성으로 말했다.

"옷이나 빨리 입으시오."

아스윈은 얼굴이 빨개져서 로브 조각으로 조심조심 몸을 가려가며 짐이 있는 곳으로 갔다. 크로드는 유피를 살피고 있는 트렌에게 물었다.

"유피는 어떻소?"

"머리를 다치긴 했지만 다행히 치명상은 아닙니다. 아마 치료하면 괜찮을 겁니다."

크로드는 한숨을 쉬고 투덜거렸다.

"이건 숫제 아군이 아니라 적이군. 혼자서 또 둘이나 잡다니……."

헤르쿨레스와 유피의 치료를 대강 끝낸 일행은 앞일을 의논하기 위해 둘러앉았다. 유피는 머리에 흰 붕대를 감고 있고 헤르쿨레스는 입이 툭 튀어나와서 나무에 기대앉아 있었다.

"아스윈은 정말 나하고 원수가 졌어? 저번에도 그러더니만……."

"미안해, 고의로 그런 건 아니야……."

"저번이라니, 그건 또 뭐야?"

유피가 물었다.

"뭐긴. 계곡에서 드래곤과 싸웠었는데, 그때도 난 아스윈 땜에 죽을 뻔했다니까. 그것도 두 번씩이나."

"흐응~ 많이 잡아본 솜씨다 했더니 전과가 있으셨군."

"너도 그래. 아스윈 밑에 날 깔아놓은 게 너잖아?"

"그건 어쩔 수 없었어. 그렇게 안 했으면 아스윈이 무사하지 못했을걸. 그 상태로 바닥에 부딪쳐 봐. 잘못하면 죽는다구."

유피는 길게 탄식하며 머리의 붕대를 만졌다.

"그런데 생명의 은인에게 이런 짓이나 하다니……."

"그래서 미안하다고 했잖아."

아스윈은 꾹 눌러 참으며 재차 사과했다.

"그나저나 그 마도사가 또 오면 어쩌죠? 그냥 물러설 것 같지는 않던데……."

트렌이 걱정했다. 모두 심각해졌다.

"그 암흑룡, 지난번의 드래곤보다 강한 상대였어."

크로드의 말에 아무도 이의를 제기하지 않았다. 암흑룡 한 마리만 해도 만만치 않은데, 대마도사에다 마법 전사까지… 아무리 생각해도 부담이 너무 큰 상대였다.

"죄송해요. 저 때문에 피해가 너무 큰 것 같아요. 아무리 세상을 구하려고 한 일이라고는 해도 더 이상은 폐를 끼칠 수가 없네요."

유피가 풀이 죽어 모두에게 사과했다.

"무슨 말이야? 어쩌려고?"

헤르쿨레스가 물었지만 유피는 대답없이 일어섰다. 정말로 떠나려는 모양이었다.

"혼자 가다가는 죽을 텐데 어딜 가겠다는 건가?"

크로드가 그를 붙잡았다.

"하지만… 저로 인해 여러분이 위험에 처하게 둘 순 없어요. 그러니 제가 떠나야죠."

"아까 내가 한 말을 듣지 못했나? 우린 이미 같은 일행이 아닌가."

크로드는 잠시 말을 멈추고 일행의 면면을 훑어보았다.

“위험이 싫다면 여기서 빠지고 싶은 사람은 빠져도 좋소.”

“저어… 그 말은 절더러 빠지라는 뜻인가요?”

눈을 껌뻑거리고 있던 아스윈이 조심스레 물었다.

“그런 말 한 기억이 없는데.”

“하지만 우리 일행에서 사람이라곤 크로드, 당신하고 저밖에 없잖아요. 트렌은 유익족이고, 헤르쿨레스는 엘프, 유피는 하플링이니까요.”

“그런가…….”

“뭐… 저도 그냥 있을게요. 설마 무슨 일이야 있겠어요?”

다른 일행이 별로 동요하는 기색이 없는지라 아스윈은 차마 혼자 반대하진 못했다. 그리고 솔직히 유피에게 그런 말을 할 때의 크로드는 나름대로 멋있었다. 사람들이 그를 두고 대기사라고 칭하는 이유를 알 것도 같았다.

‘좀 더 있어보는 거야. 설마 죽기야 하려구.’

그렇게 생각한 그녀는 그대로 남기로 결심했다.

“그럼, 그런 것으로 알고 어서 여기서 떠나도록 합시다. 그 마도사가 언제 돌아올지 모르니.”

“그럼 이동 마법으로 가요. 아스윈이 그건 잘하잖아. 이동 마법으로 멀리 엉뚱한 곳에 가면 그 마도사도 쉽게 찾지는 못할 거 아녜요.”

헤르쿨레스의 제안에 크로드와 트렌도 동의하고, 일행은 묶어놓았던 말을 풀고 신속한 이동을 위해 모여 섰다.

“말도 다 데려가야겠죠……?”

아스윈은 짐말까지 합해 다섯 마리나 되는 말들을 불안하게 쳐다보

있다.

"당연하지. 말이 없으면 여행을 어떻게 해? 당연히 데리고 가야지."

헤르쿨레스는 당연하다는 듯 말했다.

아스윈은 뭐라 하지는 않았지만 내심 불안했다. 이동 마법은 마도사에게 상당히 부담이 크고 난이도가 높은 마법이었다.

'사람이 나를 포함해 다섯인 것도 골치 아픈데, 말들까지… 제대로 될까?'

본심을 말하자면 말들을 빼자고 하고 싶었지만, 헤르쿨레스의 말처럼 다섯 마리나 되는 말을 버리고 갈 수는 없었다.

"그런데 어디로 가죠?"

트렌의 질문에 유피가 얼른 대답했다.

"크로드가 서쪽으로 간다고 했었으니까 서쪽으로 하죠. 제가 그쪽에서 왔으니까 몇 군데 기억하는 곳이 있어요."

"너무 먼 곳은 안 돼. 인원도 많고 해서 무리야."

아스윈은 자신없는 말투로 단서를 달았다.

"알았어. 여기서 개중 가까운 곳으로 생각해 볼 테니까."

유피는 눈을 감고 열심히 생각했다. 아스윈은 지난번 헤르쿨레스에게 했던 것처럼 그에게서 이미지를 읽어냈다.

"어때? 알겠어?"

"…그러니까 집채만한 큰 바위가 있는 풀숲 같은데……."

"맞아. 잘 아네? 어서 가자구. 그 마도사가 변덕을 부려서 지금이라도 돌아오면 어떡해."

혹여 맥카넨이 돌아오지 않을까 유피는 조바심을 치면서 아스윈을 재촉했다.

"알았어. 모두 바짝 붙어 서세요."

마음의 불안을 밀어버리고 아스윈은 이동 마법을 걸었다.

(3)

　이동 마법으로 어딘가에 나타난 일행은 도착하자마자 눈앞에 새카
만 벽이 가로막고 있는 것부터 목격했다.
　"어, 뭔가 이상한데? 아스윈, 우리가 바로 온 거 맞아?"
　유피가 고개를 돌리고 아스윈에게 묻는데 헤르쿨레스가 고함을 질
렀다.
　"우왓! 조심해, 유피!"
　정면으로 얼굴을 돌린 유피는 경악하여 돌처럼 굳어버렸다. 아까
대결했던 암흑룡의 얼굴이 바로 코앞에 있었다. 일행이 검은 벽이라
생각했던 것은 암흑룡의 거대한 몸뚱이였다.
　당황한 일행들이 어떻게 하기도 전에 암흑룡은 의미심장한 미소를
짓더니 맹렬한 기세로 불꽃을 토했다.
　손에서 빛을 방사한 트렌과 네크로스를 뽑아 불길을 막은 크로드를

제외한 나머지 셋은 피하려고 허둥거렸지만, 완전히 피하지는 못하고 불에 그슬려서 말에서 굴러 떨어지고 말았다. 암흑룡은 의기양양하게 포효했다.

"크아아아~"
저택의 2층 방에서 미카데의 상처를 치료하고 있던 마도사 맥카넨은 암흑룡의 포효 소리를 듣고 창문을 열어 중정을 내다보았다. 암흑룡이 있는 중정에 크로드 일행이 와 있는 것이 보였다.
"저자들이 감히 내 집까지 쳐들어왔단 말이지! 오냐, 좋다! 어디 한 번 끝까지 해보자."
마도사는 무서운 눈빛으로 내뱉었다.

"이런 제길! 어쩌다 여길 와버렸지?!"
크로드는 이를 악물고 암흑룡을 대상으로 사투를 벌이고 있었다.
"저길 봐요, 크로드. 골렘이에요."
공중에서 트렌이 주의를 주었다. 트렌의 손가락이 가리키는 곳에서는 이루 숫자를 다 헤아릴 수도 없는 청동 인간이 무리를 지어 크로드를 향해 전진해 오고 있었다.
"모두 일어나요. 이대로 있다간 죽어요."
아래로 내려온 트렌은 일행을 붙잡아 일으키려 했지만 헤르쿨레스만이 겨우 일어나 앉을 뿐이었다.
"난 더 이상 못 움직이겠어. 그냥 이대로 죽을래요."
유피는 퀭하니 눈이 풀려 제정신이 아니었고, 자칭 연약한 마도사 아스윈은 말할 나위도 없었다.

"트렌! 이리로 와보시오!"

그때 크로드가 큰 소리로 트렌을 불렀다. 가까이 갔더니 크로드는 트렌에게 무엇인가를 지시했다. 트렌은 고개를 끄덕이고 일행에게 돌아와서 예전에 드워프 마을에서 만들어온 귀 마개를 전부 끼워주었다. 그리고 크로드에게도 한 쌍을 건네주었다.

크로드는 그것으로 귀를 막고 손가락으로 사인을 했다. 그것을 신호로 트렌은 창 대신 류트를 잡고 될 대로 되라는 심정으로 노래하기 시작했다.

귀 마개를 했는데도 귓속이 윙윙 울리고 머리가 어지러워졌다. 미스릴로 만든 것이기에 망정이지 다른 금속 같았으면 진작에 귓속에서 터져 버렸을 것이다.

막강한 파워를 자랑하던 암흑룡의 상태가 점차 이상해졌다. 몸을 뒤틀면서 앞발로 머리를 감싸 쥐고 괴로워하던 드래곤은 더는 못 견디겠던지 마침내 날개를 펴고 하늘 저편으로 날아가 버렸다.

크로드는 다음 대상인 청동 인간들 쪽으로 달려갔다. 그들도 삐꺽삐꺽 소리를 내며 움직임이 상당히 둔화되어 있었다. 네크로스로 닥치는 대로 치고 지나가는 그를 아무도 저지하지 못했다. 그뿐 아니라 청동 인간들은 트렌의 살인적인 음파에 금이 가서 부서지기까지 했다.

'생물뿐 아니라 무생물에도 이만큼 영향을 끼치다니……! 무서운 노래다.'

크로드도 그 위력에 새삼 놀라고 있었다.

"크로드, 미안하지만 서둘러 주세요. 이 상태로 너무 오래 부를 수는 없어요."

트렌의 메시지가 머리 속에 울렸다.

“알았소. 조금만 더 버티시오. 곧 끝장을 낼 테니⋯⋯.”

크로드는 마도사를 찾아 건물 안으로 치고 들어갔다. 트렌의 노래가 계속되는 동안에 마도사를 찾아야 한다. 암흑룡 없이 일 대 일이라면 한 번쯤 해볼 만하다고 그는 생각했다. 하지만 막상 저택 안에 들어선 그는 낭패감을 느꼈다. 긴 복도를 타고 계속 방이 이어져 있었다. 일일이 방을 확인하는 것은 상당한 시간이 소요될 터였다. 그때 얼굴이 거뭇하게 탄 유피가 뒤쫓아 와서 크로드의 팔을 툭 치고는 자신을 따라오라고 손짓했다.

유피는 이 안의 구조를 아는 모양으로 곧장 크로드를 2층으로 안내했다. 몇 개의 방을 열어보다가 마침내 맥카넨을 발견했을 때, 그는 커다란 방의 한구석에 놓인 커다란 의자에 쪼그리고 앉아서 두 눈을 질끈 감고 손으로 귀를 틀어막은 채 필사적으로 머리를 흔들고 있었다.

“으아아아~ 이건 고문이야! 그만 해! 머리가 터질 것만 같다~!”

크로드가 그에게 다가서는데 미카데가 두 팔을 펼치고 그를 가로막았다. 푸르스름한 기운마저 감도는 창백한 얼굴에 잔뜩 찡그린 미간으로 보아 그녀 역시 트렌의 노래에 타격을 받고 있는 것은 분명했다. 그녀의 깡마른 몸이 경련을 일으키며 가늘게 떨리고 있었다. 그럼에도 그녀는 크로드와 싸울 태세였다.

“해치고 싶지는 않소. 포기하시오.”

크로드의 경고에도 미카데는 물러서지 않고 로브 아래로 갈퀴를 뽑았다. 거기에 자극된 것인지 네크로스가 광기의 붉은빛을 뿜었다. 미카데의 얼굴에 약간 두려운 빛이 떠올랐다. 그러나 그것도 잠깐, 그녀는 크로드를 향해 움직였다.

"그만둬라, 미카데. 물러서."

미카데가 크로드에게 덤벼들려는 찰나, 뒤에서 맥카넨이 딸을 불잡았다. 맥카넨은 미카데를 붙잡고 크로드에게 뭐라고 말을 했다. 하지만 귀 마개 때문에 전혀 들리지가 않았다. 크로드는 고통을 각오하고 귀 마개를 뽑았다.

"내가 졌다, 기사여. 분하지만 이번에는 포기하겠다. 그러니 제발 저 소리 좀 멎게 해다오."

크로드는 창가로 가서 중정에 있는 트렌에게 신호하여 노래를 멈추게 했다.

"이렇게 쉽게 포기하실 줄은 몰랐는데요. 정말로 물러서실 겁니까?"

맥카넨은 한숨을 쉬고 고개를 주억거렸다.

"어쩔 수 없지. 내 입으로 말했으니 지킬 수밖에……."

처음에 보았던 기세는 온데간데없이 마도사는 맥이 없어 보였다.

"정말 포기하는 거죠?"

문 옆에 숨어 있던 유피가 고개를 살짝 내밀고 물었다. 유피를 발견하자 맥카넨의 눈에는 금세 살기가 돌았다.

"그래. 일단 포기한다 치고, 따질 건 따져야겠다. 이리 들어와 봐라, 이 배불뚝이야."

"깨끗이 포기하면 됐지, 따지기는 뭘 또 따지려고 그러세요? 다 지나간 일이니까 이제 그만 화 푸세요."

유피는 문 앞으로 나오려 하지 않고 은근한 어조로 맥카넨을 달래려 했다. 그러나 맥카넨은 흥분해서 유피를 손가락질하며 소리쳤다.

"시끄러워! 네놈이 무슨 일을 저질렀는지 알기나 해? 네놈이 망쳐 버린 마법약은 카리온과 내 딸 미카데의 저주를 풀 해약이었다. 난 그 약을 만들기 위해 백 년 가까이 걸려 준비해 왔다. 그런데 넌 그걸 일 순간에 망쳐 버렸어! 그런데 어떻게 네놈을 그냥 용서할 수 있겠나!"

"그 말이 사실입니까?"

크로드는 맥카넨의 말에 놀라 그와 미카데를 쳐다보았다.

"지금에 와서 거짓말할 이유 따윈 없네."

"그렇다면 그때 했다는 말은? 막강한 힘이니 세상에 겁날 게 없다 는 건 무슨 말입니까?"

"그것 말인가?"

마도사는 허탈하게 웃었다.

"오랫동안 바라고 바라던 일이 이루어졌는데 뭔 소린들 못하겠나. 막강한 힘이라고 한 것은 저주가 풀리면 그들이 갖게 될 본래의 힘을 말하는 거고."

크로드는 미카데의 얼굴을 보았다. 미카데는 부끄러운지 고개를 숙여 그의 시선을 피했다.

"이야기를… 자세히 들려주시겠습니까?"

"안 그래도 그럴 참이야."

그런데 불현듯 창가가 어두워지며 드래곤의 거대한 눈이 창문을 통해 내부를 쏘아보는 것이 보였다. 트렌의 노래를 피해 달아났던 암흑룡이 되돌아온 것이다.

"됐다, 카리온. 싸움은 끝났으니 이리로 들어와라."

맥카넨의 말을 들은 암흑룡은 얌전하게 창가에서 떨어져 중정에 내려섰다. 그리곤 검은 갑옷을 입은 하얀 낯빛의 남자로 모습이 바뀌었다.

맥카넨은 창밖으로 고개를 내밀고, 어리둥절해서 암흑룡의 변신을
바라보고 있는 아스원과 헤르쿨레스, 트렌을 불렀다.

"당신들도 이제 그만 하고 들어들 오시오."

아스원 등은 어떻게 된 일인가 싶어 급히 크로드가 있는 방으로 올
라왔다. 사람들이 다 모이자 맥카넨은 카리온을 자신의 곁에 오도록
하고 의자에 앉았다.

유피는 일행을 따라 방에 들어오기는 했지만, 여전히 맥카넨을 두
려워하여 헤르쿨레스의 널찍한 등 뒤에 숨어 있었다.

"이 이야기는 내가 아직 젊었을 무렵으로 거슬러 올라가네. 사실
미카데의 어머니는 인간이 아니라 마신이네. 그리고 카리온은 당신들
이 싸웠던 암흑룡의 또 다른 모습이고. 마신족(魔神族)의 용기사(龍騎
士), 그것이 그의 본래 모습이지."

맥카넨의 설명을 듣고 일행은 흑기사를 새삼스레 살펴보았다. 드래
곤일 때의 사나운 모습과는 사뭇 다르게 창백하고 생기없는 얼굴에
어딘지 먼 곳을 바라보는 것 같은 초점없는 눈동자를 갖고 있었다.

"보다시피 그는 지금 정상적인 상태가 아니야. 저주로 인해 제약을
받고 있는 상태지. 내가 미카데의 어머니를 만나게 된 것은 우연찮은
실수 때문이었네. 아직 젊은 시절 여러 가지 수련을 쌓던 도중 마법의
실수로 마계로 떨어지고 만 것이지. 죽을지도 모를 위험한 상황이었
지만, 나는 운 좋게 그녀를 만났고 덕분에 무사할 수 있었지. 우리는
곧 서로를 사랑하게 되었으나 인간인 내가 그곳에 계속 머무를 수는
없었고, 나는 그녀와 헤어져야 했네. 하지만 도저히 그녀를 잊을 수
없었던 나는 그녀를 소환해 냈고, 우리는 부부가 되었어."

"저어, 말씀 도중에 죄송한데요……."

아스윈이 뭔가가 걸리는지 혼자서 갸웃거리다가 질문했다.

"어느 정도의 마신인지는 모르지만, 인간과 정식으로 부부가 되어 중간계에 머물 수도 있나요?"

"내가 그렇게 요구했지. 나는 그녀에게 그녀의 숨겨진 이름을 들었었거든."

"숨겨진 이름이라는 건 뭡니까?"

크로드의 질문에 아스윈이 대신 설명했다.

"그건 존재의 본질을 담은 진정한 이름을 말해요. 마법에서는 어떤 존재의 진정한 이름을 알게 되면 그 존재를 지배할 수 있다고 믿어요. 이름에는 그 존재의 모든 것이 담겨 있기 때문이죠. 우리에게 흔히 알려진 신들의 이름은 사실 진정한 이름이 아니에요. 그건 인간들이 편의상 붙인 이름에 불과하죠."

"이름이라는 것이 그렇게 대단한 것이오?"

"네. 따라서 천신이든, 마신이든 자신의 진정한 이름을 인간에게 알려주는 건 금기예요. 그걸 알게 된 인간은 그 지배력을 바탕으로 무엇이든지 요구할 수가 있게 되니까요."

맥카넨은 고개를 끄덕였다.

"지금의 설명이 맞아. 나는 그녀의 숨겨진 이름을 들었기 때문에 그녀를 아내로 내 곁에 머물게 할 수 있었지. 하지만 그것은 우리 불행의 시작이기도 했네. 그 사실이 마계에 알려지면서 금기를 어긴 벌이 내리게 된 것이지. 그녀는 힘을 제약당한 채 마계로 끌려가게 되었고, 마신의 숨겨진 이름을 알고 있는 나는 본래대로라면 그 자리에서 죽을 운명이었네. 그러나 우리에게는 소중한 비밀이 있었어. 우리의 아이 미카데가 담긴 생명의 알이었지. 그녀는 내가 위험해지자 나와 아이를 살리려고 뛰어들어 우리를 다른 곳으로 옮겨주었네. 그때 강력한 저주의 힘이 작용하여 나는 이런 모습이 되었고, 미카데는 모습과 힘의 제약을 받게 되었네. 그나마 내가 이 정도에서 그친 것은 그녀의 부하인 카리온이 우리를 도우려다 내 대신 당하면서 어느 정도 상쇄되었기 때문인 것 같아. …그 뒤로는 다시는 그녀를 만날 수가 없었네. 아마도 금기를 깬 벌로 아직도 마계에 갇혀 있겠지.”

맥카넨은 쓸쓸한 표정으로 미카데의 손을 잡았다.

“도저히 저 얼굴과 연결이 안 되는 로맨스다… 아니지, 혹시 미카데 씨가 그 어머니를 닮아서 저렇게 생긴 건가? 맞아, 그럼 이해가 되는 스토리지.”

헤르쿨레스의 등 뒤에서 유피가 갸웃거리면서 혼자 중얼거리는 것을 들은 맥카넨의 눈에서 불똥이 튀었다.

“이 배불뚝이가! 그럼 우리가 못난이 일가라는 거냐?! 그러는 넌 잘난 줄 알아?”

맥카넨의 벽력같은 고함 소리에 놀란 유피는 얼른 달아나려고 했지만 발이 움직이지 않았다.

“어? 다리가 왜 이래?”

당황해서 발을 떼려고 애썼으나 소용이 없었다. 여유만만하게 다가온 맥카넨은 소매를 걷어붙이고, 꼼짝 못하고 서 있는 유피의 주위를 빙글빙글 돌면서 연타를 먹였다.

“미안한 줄도 모르고 함부로 나불거려! 나의 슬픈 사랑을 욕되게 하다니! 이래 봬도 젊었을 때는 초절정 꽃미남 마도사였단 말이다!”

“꽥! 살려줘요! 크로드, 헤르쿨레스~”

유피는 애타게 구원을 호소했지만 맥카넨의 기세가 너무나 살벌해서 아무도 끼어들 수가 없었다. 한참 동안 유피를 상대로 분풀이를 한 맥카넨은 냉정을 되찾고 의자로 돌아가 앉았다.

"어디까지 이야기했더라? 아! 그래, 저주였지."

유피는 아직도 마법이 풀리지 않아 쓰러지지도 못하고 비실거리면서 서 있었다.

"유피, 괜찮아?"

헤르쿨레스가 코피를 닦아주며 걱정스럽게 물었다.

"훗, 마도사 주먹이 세어봤자지. 이 정도론 죽지 않아."

유피는 흐늘흐늘하면서도 입은 살아 있었다. 그러나 맥카넨이 사납게 노려보자 재빨리 한마디 덧붙였다.

"하지만 꽤 아프긴 해……."

유피에게서 눈을 돌린 맥카넨은 다시 감정을 잡고 이야기를 계속했다.

"난 그렇다 치더라도 우리의 딸 미카데만큼은 저주를 풀고 제대로 살게 해줘야겠다고 생각한 나는 그때부터 그것을 푸는 데 나의 평생을 바쳤네. 하지만 마계의 저주를 풀기란 정말로 어려운 일이더군. 방법을 알아내고 재료를 모으는 데만 100년이 넘게 소요되어 버렸네. 그 결과 겨우 만들어내는 데 성공했는데… 그만 저 배불뚝이 놈이 일을 모두 망쳐 버렸어. 그러니 내가 놈을 잡겠다고 나서는 건 당연한 일 아닌가?"

맥카넨의 설명을 들은 크로드 일행은 그의 분노에 납득할 수밖에 없었다.

"그 말씀을 들으니 유피의 잘못이 분명하군요. 맥카넨이 화를 내는 것은 당연해요."

트렌이 말했다.

"그런 말씀 안 하셔도 깊이 깨닫고 있어요……."

기가 죽어 말하는 유피에게 맥카넨은 버럭 소리 질렀다.

"깨닫기만 하면 뭘 해! 어떻게 책임져 줄 거야? 불쌍한 미카데는 그 날만 바라고 이날까지 이 오지에서 숨어 살았는데……."

"그렇게 화만 내신다고 해결될 일이 아니잖아요. 만드는 방법은 알아내셨다니까, 재료를 다시 모으면 안 되나요?"

아스윈이 물었다.

"말이야 쉽지, 그 재료가 어떤 것인 줄이나 알고 하는 말인가?"

맥카넨은 어림도 없다는 듯 격앙된 얼굴로 머리를 흔들었다. 크로드도 모르는 척할 수만은 없는 일이라고 생각해서 대화에 끼어들었다.

"그건 듣고 난 다음에 판단할 일이겠지요. 한번 말씀이나 해보십시오."

"좋아. 그렇게 말하니까 이야기는 해주지. 자질구레한 것은 다 빼고 중요한 것만 들더라도, 인어의 비늘과 살, 천상의 낙원에 있는 지혜의 열매, 엘프의 소생의 샘물 같은 것이야."

"우와~ 하나같이 어마어마하잖아요!"

아스윈은 얼굴을 찡그렸다. 그중 한 가지도 구할 수 있을 것 같지 않아서였다.

"당연하지. 이 세 가지를 구하느라 내가 얼마나 애를 먹은 줄 알아? 거의 전쟁 수준이었단 말이야. 한 번은 어거지로 구했지만, 두 번째는 나도 자신이 없어."

"하지만 의논을 해보는 것도 나쁘지 않겠지요. 어쩌면 가능할지도 모르니까요."

트렌이 말했다.

"예를 들어 지혜의 열매라면… 그건 제가 구할 수도 있을 것 같습니다."

맥카넨이 눈을 둥그렇게 떴다.

"지혜의 열매를 말이오? 하지만 어떻게?"

"참, 그렇지! 트렌은 유익족이었지. 그럼 되겠다."

아스윈의 말에 맥카넨은 고개를 저었다.

"아냐. 아무리 유익족이라 해도 지혜의 열매처럼 귀중한 것을 함부로 유출시키진 못할 텐데. 그런데… 당신은… 응?"

눈을 가늘게 뜨고 트렌을 유심히 바라보던 맥카넨의 표정이 놀라움을 담고 굳어졌다. 그가 무슨 말을 할까 일행은 기다렸으나 맥카넨은 그대로 입을 다물고 말았다.

"할 수 있을 것 같소, 트렌?"

"네, 괜찮을 겁니다."

"좋소."

크로드는 고개를 끄덕이고 일행을 둘러보았다.

"그럼 한 가지는 해결된 셈이고, 엘프의 소생의 샘은 헤르쿨레스가 어떻게 안 될까?"

"글쎄……."

헤르쿨레스는 자신없어 했다.

"그건 무지개가 내리는 숲에 있는데, 성소(聖所)라서 나도 간 적이 없어요……. 아직 어리다고 어른들이 데려가 주지 않았거든요. 여기서 굉장히 먼 데다가, 그 샘은 대단히 엄중하게 감시한다고 들었어요. 아무에게나 주지는 않을 거예요."

"몇 살인데?"

"130살밖에 안 됐어. 어리지?"

유피가 묻는 말에 애교를 떨어본 헤르쿨레스는 모두의 분노를 사서 머리에 여러 개의 감자 같은 혹을 달고서 서럽게 훌쩍이며 입을 다물었다.

"어쨌든 한번 시도해 볼 만은 하잖아. 넌 그래도 명색이 엘프니까 우리보다는 말이 통할 거고."

유피는 헤르쿨레스의 어깨를 두드리며 다정하게 부탁했다.

"뭐, 저 근육 덩어리가 엘프라고?"

맥카넨은 믿을 수 없다는 반응을 보였다.

"그뿐만이 아녜요. 유피는 이 키에 하플링이거든요."

아스윈이 유피를 가리키면서 킥킥거렸다.

"맙소사! 키다리 하플링에, 근육질 엘프에, 철갑 가슴의 여자 마도사에, 노래 못하는 유익족이라니! 정말 굉장한 파티로군."

맥카넨은 어이없어하며 웃었다.

"어이구, 그러는 자기는 뭐 잘났나?"

헤르쿨레스가 입을 삐죽거렸다.

"시꺼! 난 원래 잘난 사람이야. 저주에 걸려 모습이 이렇게 된 거지! 그나저나 어떻게 해준다며?"

맥카넨은 크로드에게 따지듯이 물었다. 크로드는 곰곰이 생각하다가 말했다.

"지혜의 열매는 트렌이 구해오면 되겠지만, 나머지는 시간이 걸릴지도 모르겠군요. 저도 지금은 사람을 찾으러 가는 길이라 도중에 다른 일에 나서기는 어렵습니다. 소생의 샘물과 인어의 비늘과 살은 그 다음에 찾으면 안 되겠습니까?”

“사람을 찾으러 간다고? 어디까지 가는데?”

“정확한 곳은 모릅니다. 일단 서쪽에 있는 스트라든이라는 나라의 필렘이라는 항구에 갈 예정입니다.”

“스트라든이라면 서쪽 바닷가에 있는 나라가 아닌가?”

맥카넨은 미간을 찡그렸다.

“게다가 정확한 장소도 모른다니… 언제 사람을 찾고, 언제 마법약의 재료를 찾아준다는 말인가?”

“네크로스 경은 약속을 어길 사람이 아닙니다.”

트렌의 말에도 맥카넨은 냉소적으로 말했다.

“그야 두고 볼 일이지.”

“의심이 지나치시네요. 사실 크로드가 저지른 일도 아닌데, 왜 크로드에게 그러세요?”

아스윈이 따졌다.

“저 배불뚝이의 책임자니까 그렇지. 원래 아랫사람의 허물은 윗사람이 책임지는 거잖아.”

“그건 이상론이죠. 보통은 그 반대잖아요.”

“어쨌든, 배불뚝이를 일행으로 맞아 그를 보호하고 있으니까 전혀 책임이 없다고는 할 수 없어.”

이렇게 단언한 맥카넨은 크로드에게 말했다.

“일단 당신의 말을 믿기로 하지. 하지만 기왕이면 확실한 것이 좋으니까 내 딸 미카데를 데려가도록 하게. 그래야 구하는 대로 가져올 수 있을 테니까.”

“그건 감시역 아니에요? 역시 못 믿는 거잖아요?”

아스윈은 재차 항의했다.

"정말 시끄러운 아가씨군. 믿고 못 믿고를 떠나서 확실하게 해두겠다는데 뭘 그래? 그리고 미카데가 가면 도움이 됐으면 됐지, 방해될 리도 없고. 까놓고 말해서 아가씨보다는 미카데의 실력이 훨씬 쓸 만할걸. 당신네 일행이 오히려 고마워해야 할 일이라구."

거침없이 쏟아내는 맥카넨의 독설에 아스윈은 기분이 상했으나 반박하지는 못했다. 자신과 유피, 헤르쿨레스가 합해서 겨우 맞대적했을 정도니, 미카데가 강한 것은 부인할 수 없는 사실이었다.

일행은 어떻게 하겠느냐는 눈빛으로 크로드를 보았다. 크로드가 망설이고 있자 맥카넨은 한 가지 더 제안했다.

"네크로스 경이 배불뚝이를 대신해 책임을 져주겠다고 했으니 나도 한 가지는 도와주지. 사람을 찾는 것을 도와주면 어떻겠나? 미카데도 그 점에서는 도움이 될 테고."

"그런 일도 가능합니까?"

"대마도사라는 명칭은 거저 얻은 게 아니라네."

맥카넨은 싱긋 웃었다.

"오늘은 다들 싸우느라 힘을 실컷 뺐으니 우리 집에서 쉬고 내일 오전에 시도하기로 하세."

"그동안에 저는 지혜의 열매를 구해오면 되겠군요."

트렌이 말했다.

"이쯤 이야기가 진행됐으니 내 말대로 하는 것으로 결론을 내도 좋지 않겠나?"

크로드도 고개를 끄덕여 동의를 표했다. 맥카넨과 끝까지 싸울 것이 아니라면 이 정도 선에서 타협을 보는 것이 원만한 해결책으로 여겨졌다.

이제 상당히 마음이 풀린 맥카넨은 농담까지 했다.

"그나마 네크로스 경 같은 기사를 만나서 다행이군. 기왕에 책임을 지기로 했으니, 만일 미카데의 약을 모으지 못하면 네크로스 경, 당신이 내 딸을 책임지라구."

뜻하지 않은 말을 들은 크로드는 순간적으로 표정 관리에 실패했다. 그의 얼굴이 매우 행복하게 빛나고 말았다. 크로드는 억지로 표정을 되돌렸지만 맥카넨의 오해를 사기에는 충분했다.

"오~ 과연 자네는 이 아이의 진정한 가치를 알아보는구만. 겉모습만으로 판단하는 속물들과는 달라."

감동하는 맥카넨의 한 켠에서는 유피와 헤르쿨레스가 숙덕거렸다.

"취향도 참 특이하지?"

"특이한 정도가 아니라 엄청 이상한 거지. 세상에 여자가 없어서 다 시든 아줌마냐?"

맥카넨은 둘을 무섭게 노려보면서 고함을 질렀다.

"뭐야? 이 배불뚝이와 근육 덩어리가! 말 다 했냐!"

맥카넨의 마법 봉에서 라이트닝이 날아가 둘을 덮쳤다.

포스포로스의 사자(使者)

(1)

"다크 엘프, 외눈박이 거인, 그리고 드래곤이라… 대체 이것들이 뭐지? 어째서 네크로스 경이 이런 것들과 계속 마주치는 건가?"

집무실에서 보고서를 뒤적이던 베른히너 왕은 그것을 테이블에 내려놓고 마주 앉은 하노프 백작에게 물었다. 백작은 낸들 알겠냐는 식으로 어깨를 가볍게 으쓱해 보였다.

"글쎄… 하지만 글라르 성 인근에서는 한바탕 소동이 일었나 보더군. 네크로스 경이 드래곤을 소탕했기에 망정이지, 그렇지 않았더라면 꽤 희생이 나올 뻔했어."

"그랬을 테지. 자네 생각은 어떤가? 이걸 우연으로 생각하나?"

"우연으로 생각하기엔 확실히 석연치 않은 부분이 있지. 본래부터 흔히 출몰하던 존재도 아니니 더 그렇고."

"만일 이것이 네크로스 경을 노리는 일련의 연속적인 사건이라면 어떤가? 그럴 가능성도 있지 않겠나?"

"그럴 가능성도 있고, 다르게 생각하면 이미리아 왕녀의 저주를 생각해 볼 수도 있겠지."

베른히너는 가볍게 코웃음 치고 머리를 흔들었다.

"정말 그것뿐이라고 생각하는 건 아닐 테지? 저주를 입었기 때문에 갑자기 괴물들이 네크로스 경이 있는 곳에만 출몰한다? 이상한 이야기가 아닌가? 이미리아는 예언가였을지는 몰라도 소환사는 아니야. 그녀는 자신에게 보이는 미래의 비전을 말할 따름이지, 그 원인은 아니란 말일세."

"그렇다면 누군가가 고의적으로 그런 것들을 소환하고 있다고 보는 건가?"

"그럴 가능성도 있지 않겠나?"

백작은 테이블에 놓인 찻잔을 집어 들어 이미 식어버린 차를 한 모금 삼키고 천천히 대답했다.

"네크로스 경은 적이 많다면 많을 수 있는 인물이지. 마츠와 키르베인의 패망은 그의 무공에 기인하는 바가 크니 그를 원수로 여기는 자들도 많을 것이고, 또 내부적으로는 빠른 시일에 출세를 이룬 데다가 왕인 자네의 총애를 입고 있으니 시기하는 무리도 없지는 않아."

"내부적으로는 그렇다 치더라도, 나라가 망하는 것이 어떻게 한 사람만의 탓인가? 그런 식으로 따지면 우리 바르트의 무장치고 원수가 없는 자가 없겠군."

"네크로스 경이 바르트 군에서 가지는 의미가 그만큼 크다는 의미일세."

"그래서 자네는 그런 불특정 다수에게 혐의를 두고 있다는 뜻인가?

그런 뜬구름 잡는 소리를 하다니 자네답지 않군."

왕의 가벼운 힐난에 백작은 빙그레 미소 지었다.

"일반론적인 말이 싫다면 좀 더 구체적인 이야기를 할까? 이런 경우 우선적으로 고려할 것은 과거의 원한도 문제겠지만, 네크로스 경의 죽음으로 가장 이익을 볼 사람, 자신의 미래에 그가 걸림돌이 된다고 여길 사람을 생각해 보는 것이겠지. 그것도 가급적이면 가까운 곳에서 말이야."

"누구를 말하는지 알 만하군."

베른히너는 씁쓸하게 중얼거리고 백작을 똑바로 쳐다보며 물었다.

"자이즈 후작을 말하는 것 같은데, 뭔가 짚이는 것이라도 있나?"

"아직 확실한 건 없네. 감의 단계에서 머무르고 있지. 하지만 그럴수록 제대로 뒤를 캐어봐야 한다고 생각하네. 자이즈 후작가는 일리시아 왕녀께도 외가가 아닌가. 그가 아닌 것이 최선이겠지만, 만일에 그렇다고 하면 큰일이 터지기 전에 꼬리를 잡아서 쐐기를 박고 경계를 주는 차원에서 적절히 마무리짓는 것이 좋지 않을까 하네."

"그럴 수 있다면 그러는 것이 좋겠지."

베른히너는 백작의 의견에 동의했다.

"여하튼 이 일은 자네에게 맡길 테니 다른 가능성도 포함해서 신중하게 알아보게. 민감한 사안이니 조심스럽게 접근해야 하네."

"알았네. 명심하지."

백작은 고개를 끄덕였다.

왕과 이야기를 끝내고 자신의 저택으로 돌아온 하노프 백작은 곧장 서재로 들어가 부하를 불러들였다. 들어온 사람은 50대 초반의 카우어라는 이름의 남자였다. 체구가 작고 일견 볼품없는 외모를 하고 있었지만, 입이 무겁고 신중하면서도 요령이 있어 백작이 신임하는 사람이었다.

카우어가 들어서자 백작은 책상에서 일어나 서재 가운데에 있는 작은 테이블로 갔다.

"자네도 앉게."

카우어는 공손하게 머리를 숙이고 그의 앞에 앉았다.

"조금 전에 폐하를 뵙고 왔네. 폐하께서도 네크로스 경에게 일어난 일련의 사태에 대해 이미 알고 계시더군. 자네나 나와 마찬가지로 그런 일들이 우연히 일어난 것이 아니라고 생각하고 계시네. 자이즈 후작 쪽에서 뭔가 수상쩍은 점이 있던가?"

"현재까지는 잘 모르겠습니다. 다만… 자이즈 후작의 심복들 중 근래 후작가에 모습이 잘 보이지 않는 자가 한 명 있는데, 그의 행적이 마음에 좀 걸립니다."

"어떤 자인가?"

"팔켄이라는 젊은 남자입니다. 그의 아버지 때부터 자이즈 후작가에서 일하고 있는 사람이라 후작이 꽤 믿고 있는 부하인 것으로 알고 있습니다. 전에 백작께서 자이즈 후작가를 잘 지켜보라고 하신 뒤부터, 어쩐지 그가 마음에 걸려 그의 행적을 뒤쫓고 있었습니다. 그런데 얼마 전에 팔켄의 부하가 소를 세 마리 샀다는 정보를 얻었습니다."

"소를?"

"예, 소를 산 것은 확인했는데 다음에 소들을 어쨌는지는 알 수 없었습니다. 그의 집에 가져가지도 않았고, 그렇다고 도살해서 식용으로 쓴 것 같지도 않습니다."

“확실히 수상한 얘기로군.”

하노프 백작은 관심을 나타냈다.

“언제 그런 일이 있었나?”

“약 20일 정도 전의 일이었습니다.”

“20일 전이라…… 글라르 지역에 드래곤이 나타날 무렵인가.”

혼자 중얼거린 백작은 카우어에게 일렀다.

“아무래도 그 팔켄이라는 자의 움직임이 심상치가 않군. 그를 찾아내 잘 지켜보게. 눈치 채지 않도록 조심하고.”

“그렇게 하겠습니다.”

백작은 책상으로 가서 서랍에서 작은 가죽 지갑을 꺼내 카우어에게 건넸다.

“수고 많았네. 앞으로도 잘해주리라 믿네.”

카우어는 자리에서 일어나 그것을 받아 품에 깊숙이 찔러 넣었다.

“감사합니다. 이만 가보겠습니다.”

그가 사라진 문을 잠시 물끄러미 바라보던 백작은 책상으로 돌아가 앉았다.

“역시 자이즈 후작과 관련이 있는 모양이군. 딱한 노릇이야. 욕심이 지나치면 화가 된다는 것을 아직도 깨닫지 못하다니…….”

＊　　　　＊　　　　＊

그 무렵 맥카녠의 집에서는 맥카녠과 크로드가 어두운 밀실에 앉아 있었다. 맥카녠은 두꺼운 나무 테이블 위에 수은이 담긴 넓적한 접시 모양의 커다란 청동 그릇을 놓고, 천장에서 테이블 위로 길게 늘어뜨린 작은 등을 남기고 불을 모두 껐다.

"그래, 찾는 사람이 누구인가?"

"어린 시절에 헤어진 누님입니다. 아주 어릴 때 헤어졌기 때문에 지금은 많이 바뀌었을 겁니다."

"누님이라… 몇 살 때 헤어졌는데?"

"제가 5살 때고, 누님이 7살 때입니다. 20년이 조금 넘었습니다."

"음, 그럼 꽤 오래전이로군."

맥카넨은 얼굴을 찡그리며 수염을 만지작거렸다.

"역시… 무리겠습니까?"

"쉽지는 않겠지만 완전히 불가능한 건 아니니까… 한번 시도는 해보세. 먼저 자네의 머리에서 과거의 이미지라도 읽어보세. 핏줄로 통하는 존재라면 찾아낼 수도 있을 거야. 얼굴은 기억하고 있나?"

"예, 기억이 납니다."

그때의 꿈 이후로 엘렌의 얼굴은 크로드의 뇌리에 단단히 각인되어 있었다.

"20여 년 전의 얼굴을 기억하다니… 대단하군. 그럼, 눈을 감고 그 얼굴을 잘 떠올려 보게."

크로드가 눈을 감자 맥카넨은 그에게 다가와 앞에 서서, 마법의 주문을 외우면서 그의 이마에 가볍게 손을 대고 한동안 가만히 있었다. 이윽고 이미지를 읽어낸 것인지 맥카넨은 자신의 자리로 돌아가 그릇을 들여다보았다. 크로드도 청동 접시에 담긴 수은을 내려다보았지만, 위에서 비춰지는 불빛에 반사되어 엷게 반짝이는 것밖에 알 수가 없었다.

"자네 누님이 쓰던 물건이라도 있었으면 더 좋았을 텐데… 너무 옛

날 기억이어서 분명한 비전은 얻기 어렵군. 하지만… 살아는 있는 것 같아.”

한참 만에 맥카넨이 고개를 들고 말했다.

“살아 있습니까?”

“그건 확실해.”

맥카넨의 확언에 크로드는 조용히 한숨을 내쉬었다. 그것만으로도 그에게는 큰 수확이었다.

“있는 곳은… 으음…….”

맥카넨은 다시 고개를 숙이고 수은을 유심히 살폈다.

“여기서 아주 먼 곳 같군. 느낌이 멀어. 아마도 바다 건너인 모양이군. 대략적으로는 나올 것도 같은데… 역시 자세한 사항을 보긴 어렵네…….”

“바다 건너라면 류가스를 말하는 겁니까?”

바다 건너라는 말에 짚이는 것이 있었다. 류가스는 바르트 등이 있는 대륙과 바다를 사이에 두고 있는 큰 섬이었다. 마지막으로 엘렌의 소재가 확인된 곳이 대륙 서쪽 나라인 스트라든의 항구 도시 필렘이라는 점을 생각하면 바다를 건너갔을 가능성도 있다.

“그런 것 같네. 자네는 어디까지 단서를 가지고 있나?”

“필렘이라는 도시에 있었던 것까지는 알아냈습니다. 그런데 그 이후의 행방은 알 수가 없더군요. 그래서 우선 필렘에 가서 직접 알아보려고 생각하고 있습니다.”

“류가스에는 간 적이 있나?”

“아니요. 아직 바다를 본 적도 없습니다.”

“그래 가지고서는 많이 힘들겠군. 류가스도 보통 넓은 곳이 아닌데.”

맥카넨은 혀를 끌끌 찼다.

"이래저래 미카데가 따라가야 하겠군. 내 딸이라서 하는 말이 아니라, 미카데라면 누님의 존재를 잡아낼 수 있을 거야. 거리가 가까워지면 그만큼 비전도 확실해질 테니까."

"그렇습니까?"

"미카데도 네크로스 경을 돕는 일이라면 열심히 할 걸세. 말은 않지만 관심이 있는 것 같더군."

도와주는 것은 물론 고마운 일이지만, 이 말에는 뭐라고 대답해야 좋을지 알 수가 없어 크로드는 모르는 척 그냥 넘어갔다.

트렌이 돌아온 것은 이틀 뒤 아침이었다. 그는 하얀 천으로 만든 작은 자루에 지혜의 열매를 담아 와서 자루째로 맥카넨에게 건네주었다. 맥카넨은 자루를 열어서 내용물을 눈으로 확인하고 냄새를 맡아보더니 트렌에게 인사했다.

"고맙소. 지혜의 열매가 맞군."

"어떻게 생긴 건가요?"

아스윈은 무척 궁금해했다. 그러자 트렌이 말했다.

"보지 않는 편이 좋을 겁니다. 그것은 잠깐 보기만 하는 것으로도 인간에게 참을 수 없는 갈망과 유혹을 안겨주니까요."

"맥카넨은 봐도 되구요?"

"난 한 번 봤으니까. 그리고 지혜와 지식이라면 나도 마계의 권위자에게 직접 사사받은 몸이라, 내게는 그렇게까지 치명적인 유혹은 아니야."

맥카넨은 위엄을 세우며 말했다. 아스윈은 아쉬운 눈길로 눈이 부실 만큼 하얀 자루를 쳐다보았다.

"저어, 트렌이 그걸 갖다 드렸으니까 이제 우리는 가봐도 되겠죠?"

유피는 맥카넨의 심기를 살피며 조심조심 물었다.

"서두르기는……. 알았네, 자네들이 왔던 곳으로 돌아가게 해주지. 미카데가 여행 떠날 준비도 해야 하니까 점심이나 먹고 가게."

맥카넨은 트렌에게서 받은 하얀 자루를 지하실에 갖다 놓고 미카데의 여행 준비를 하러 들어갔다.

점심 식사를 마치고 약간의 휴식을 취한 다음, 일행은 저택의 중정에 모여 섰다. 미카데는 작은 자루를 어깨에 메고 있었다.

"말까지 합하면 숫자가 꽤 되는데, 괜찮겠습니까?"

크로드의 걱정에 맥카넨은 대수롭지 않은 얼굴이었다.

"그렇게 엄청나게 먼 거리도 아니고, 이 정도는 아무렇지도 않네. 다들 모여 섰나?"

잠시 후, 맥카넨과 일행은 원래 있던 장소에 나타났다. 그곳에서 맥카넨과 미카데는 작별 인사를 나누었다. 지금까지 한시도 떨어지는 법 없이 붙어 지내던 부녀 사이라 맥카넨과 미카데의 작별은 길고도 길었다. 손을 잡았다 놓았다, 돌아섰다가 다시 쫓아오고, 이런 식으로 맥카넨은 족히 반나절은 따라오고 말았다. 그리고 마침내 이별의 시간, 미카데는 아버지를 마지막으로 포옹하고 아스윈의 말에 같이 탔다. 크로드에게 다가온 맥카넨은 그의 손을 잡고 간곡하게 말했다.

"미카데를 잘 부탁하네, 네크로스 경. 저애가 보기보다는 마음이 여리고 순해. 세상 물정도 통 모르고. 착한 애니까 속 썩이는 일은 없을 걸세……."

"걱정 마십시오. 별일없을 겁니다."

두 사람의 대화를 듣고 있던 유피가 헤르쿨레스에게 속삭였다.

"이봐, 저 대화 어쩐지 수상하지 않아? 내용이 왜 저래?"

"뭐가 어때서?"

헤르쿨레스가 눈을 멀뚱멀뚱 굴리자 유피는 답답해하며 가슴을 쳤다.

"에구, 내가 말을 말지."

맥카넨은 손을 흔들면서 일행의 모습을 지켜보고 있었다. 그의 모습이 보이지 않을 때쯤 유피는 크로드에게 접근하더니 낮은 목소리로 속삭였다.

"조심해요, 크로드. 잘못하다간 코 꿰이겠어요."

"무슨 뜻이야?"

"맥카넨의 말이나 행동에서 이상한 낌새 못 챘어요? 아무래도 맥카넨은 크로드를 믿지 못해서라기보다도 다른 의도가 있어서 미카데 씨를 우리 일행에 끼워 넣은 것 같아요."

"바깥 세상에 나온 적이 없다고 하니 경험 삼아 아닐까?"

"아니에요. 이건 분명히 딴 속셈이 있다구요. 어쨌든 이대로 넘어가선 안 돼요, 크로드. 내가 보기에 맥카넨 생긴 걸 보면 저주에서 풀려나도 저 얼굴이 뭐 어디 가겠어요? 분명히 지금이랑 비슷할 거라구요."

유피의 태도가 자못 심각하여 크로드는 함부로 웃어넘기지도 못하고 어정쩡하니 대응했다.

"외모 가지고 그러는 건 옳지 못해."

유피는 미카데를 슬쩍 돌아보고는 어이없다는 듯 소리 죽여 핏대를 올렸다.

"무슨 말이에요? 크로드가 뭐가 부족해서 저런 다 시든 아줌마냐구요? 그냥 보통만 되면 나도 안 이래요."

크로드가 뭐라고 대답하려는데 갑자기 멀쩡한 하늘에서 한 줄기 벼락이 떨어져 유피의 머리 꼭대기를 직통으로 맞추었다. 해골까지 선명히 비춰질 지경이었다. 하도 순식간이라 비명을 지를 틈도 없이 유피가 벌렁 뒤로 나자빠지고, 동시에 저편에서 맥카넨의 고함 소리가 들렸다.

"야이~ 배불뚝이야! 너, 죽고 싶어?! 이런 마른하늘에 벼락 맞을 놈 같으니라고!"

"괜찮아?"

헤르쿨레스가 말에서 내려 유피를 부축해 일으켰다. 유피는 게슴츠레한 눈으로 저쪽을 슬쩍 째려보고는 뭔가 말하려다 그만두었다.

"그러게 입을 조심해야지."

아스윈은 유피의 고수머리가 더욱 심하게 말려서 머리에 들러붙은 모습을 보고 킥킥거렸다. 그때 헤르쿨레스가 문득 생각났는지 아스윈에게 물었다.

"참, 아스윈. 하나 물어볼 게 있는데, 그때 왜 유피가 가자던 곳으로 가지 않고 맥카넨의 집으로 간 거야? 일부러 그런 거야?"

"아냐."

아스윈은 이 녀석이 뭐 하러 이런 걸 묻는지 속으로 원망하면서 크로드를 의식해 조그맣게 대답했다.

"사람이랑 말이 너무 많아서 잘못된 거야. 아마도 그 얼마 전에 맥카넨이 이동 마법을 썼기 때문에 그 잔상에 영향을 받았나 봐."

"역시 이동 마법도 안전한 건 아니었군. 아스윈이 마법을 쓰면 무슨 일이 일어날지 이젠 무서워."

헤르쿨레스는 머리를 흔들며 한탄했다.

"시끄러! 넌 뭐 믿음직한 줄 알아!"

아스윈은 헤르쿨레스를 째려보았다.

둘이 티격태격하는 옆에서 유피는 습관처럼 자신의 보물인 지도 뭉치를 꺼내 들고 살펴보다가 크로드에게 물었다.

"스트라든의 필렘까지 간다고 했죠?"

"그럴까 해. 아는 곳인가?"

"스트라든을 슬쩍 지나가기는 했는데요, 필렘은 가본 적이 없어요."

그러다가 문득 그는 고개를 갸웃거렸다.

"하지만 크로드, 그럴 것 같으면 방향이 이쪽이 아니라 브린디로 가는 게 가깝지 않았어요? 이쪽은 오히려 북쪽에 가깝잖아요?"

크로드는 짤막하게 대꾸했다.

"브린디는 지나기에 껄끄러워."

유피의 말처럼 대륙 서쪽으로 가려면 브린디를 경유하는 편이 빠르지만 브린디는 옛날부터 바르트와는 사이가 좋지 못했다.

"지금 가는 쪽은 괜찮은가요?"

유피는 걱정스럽게 물었다.

"브린디보다는 괜찮겠지."

크로드는 확답은 피했다. 현재 가는 방향에는 듀튼이 있었다. 듀튼이라고 완전히 안심할 수 있는 것은 아니지만, 브린디를 피하려면 선택의 여지가 없었다.

"찔리는 데가 많은가 보네."

"그럼. 바르트의 '은빛 늑대'가 얼마나 유명한데. 오죽하면 우는 애도 울음을 그친다고 할 정도겠어."

헤르쿨레스와 아스윈이 주고받는 대화를 들은 크로드는 도대체 동료애라고는 찾아볼 수 없는 일행이라 생각하면서, 행여 애정에 넘치는 눈으로 그들을 보게 될까 봐 속으로만 그들을 흘겨보았다.

미카데가 더해지고 나흘이 지났다. 바르트와 듀튼의 국경 지대는 대륙 동부의 대산맥인 팔루스 산지와 맞물려 있어 지형이 점점 더 험해졌다. 자연히 인가도 드문드문해져서, 해질 무렵까지 마땅히 머물 곳을 찾지 못한 일행은 노숙을 준비하고 있었다. 모닥불을 피우고 둘러앉아 저녁을 먹으려는데, 여행자처럼 보이는 사람들이 크로드 일행에게 다가왔다.

"우리 말고도 노숙을 하는 사람들이 또 있었군요. 괜찮다면 합류하는 게 어떻습니까?"

그들 중 한 사람이 물었다.

"그것도 좋겠네요. 그렇게 해요, 크로드."

사람을 좋아하는 헤르쿨레스는 무조건 찬성이었다.

"그럼요, 사람이 많으면 훨씬 즐거운 법이지요."

그들은 말에서 짐을 내리고 크로드 일행과 같은 모닥불 주위에 모여 앉았다. 그들은 가지고 있던 음식을 나누어 먹기도 하며 어울렸다.

"적적한 밤이군요. 이런 땐 술이 최고죠. 한 모금씩 어떻습니까?"

젊은 남자 하나가 일어나서 자신들의 짐에서 술 항아리를 꺼내 왔다.

"이리 줘봐."

가장 연장자인 남자가 손짓해서 항아리를 받아 들더니 입에 대고
들이켰다.

"어, 좋다!"

여행자들은 항아리를 돌리면서 한 모금씩 마셨다.

"드시겠습니까?"

그들이 묻자 헤르쿨레스는 얼른 고개를 끄덕였다. 헤르쿨레스가 손
을 뻗으려는데 트렌이 먼저 술 항아리를 받아 들었다. 뭔가 미심쩍은
생각이 들어 먼저 술 항아리를 가로챈 것이었다.

"목이 마르던 참인데 잘됐네요. 저부터 한 모금 할게요."

"트렌이 술 마시는 거 처음이네요."

놀라는 아스윈에게 트렌은 빙긋 웃었다.

"가끔은 마시고 싶은 때도 있어요."

트렌은 항아리에 입을 대고 술을 한 모금 마셨다. 아니나 다를까, 술
에는 뭔가 수작이 부려져 있었다. 그러나 트렌은 내색치 않고 술을 마
시면서 중화시킨 후, 헤르쿨레스에게 건네주었다. 크로드, 유피, 아스
윈을 거쳐 마지막으로 미카데에게 도달하자 미카데는 고개를 저었다.

"전 됐어요."

"한잔하세요. 맛이 괜찮은데요? 몸도 따뜻해지고 좋아요."

헤르쿨레스는 벌써부터 볼이 약간 붉어져 있었다.

"그럼 조금만 마실게요."

미카데가 마시는데 헤르쿨레스는 입맛을 다시면서 여행자들에게
물었다.

"좀 더 마셔도 돼요?"

그들은 인심 좋게 웃으면서 그러라고 했다. 헤르쿨레스는 기쁘게

미카데에게서 항아리를 받아 벌컥벌컥 마셨다.

항아리째 술을 들이키는 헤르쿨레스를 바라보며 크로드 일행은 이 녀석이 정말 엘프가 맞을까 하는 의문을 떠올리고 있었다.

"아아, 기분 좋다."

항아리를 깨끗이 비워 버린 헤르쿨레스는 벌게진 얼굴로 해롱거렸다.

"날아갈 것 같아!"

말로만 그러는 것이 아니라 기분이 무척이나 좋아진 그는 정말로 자리에서 일어나 노래하며 율동을 선보이기 시작했다.

햇빛은 쨍쨍, 모래 알은 반짝
모래 알로 떡 해 먹고, 조약돌로 소반 지어,
언니, 누나 모셔다가 맛있게도 냠냠······.

그의 춤과 노래가 진행됨에 따라 크로드의 얼굴은 평정을 잃고 즐거워졌고, 나머지 사람들은 치밀어 오르는 구역질로 고생해야 했다. 특히 이런 광경을 처음 접하는 여행자들은 무척이나 거북해하며 온몸을 뒤틀었고, 벌써 주르륵 토하는 이도 있었다.

"그만 하지 못해!"

보다 못한 크로드가 일어나서 붙잡으려 하자 헤르쿨레스는 날랜 동작으로 빠져나가더니, 놀이라도 하는 것으로 생각했던지 더욱 즐거워했다.

"에헤헤… 재밌어라. 나 잡아봐아~ 라~!"

헤르쿨레스는 온갖 귀여운 동작을 취해 보이면서 크로드를 피해 이리저리 달아났다. 마침내 크로드에게 붙잡혀 큼직한 혹을 달고서도 헤르쿨레스는 술에 취해서 쉽게 그만둘 태세가 아니었다. 계속해서 춤을 춘답시고 손발을 버둥거리며 노래하려는 그의 입을 간신히 틀어막은 크로드는 아스윈에게 서둘러 말했다.

"아무래도 안 되겠소. 이 녀석 좀 잠재워 주시오."

아스윈은 고개를 끄덕이고 즉시 주문을 걸었다.

"슬립!"

그러나 헤르쿨레스는 잠들기는커녕 더욱 말똥말똥해진 눈으로 버둥거리기를 그치지 않았다.

"놔줘잉~ 난 춤추고 싶단 말이야~"

어찌나 심하게 몸부림을 치는지 크로드의 힘으로도 제압하기가 쉽지 않았다. 크로드는 온화한 얼굴로(짜증이 나고 있다) 아스윈에게 따졌다.

"제대로 한 것 맞소?"

"아, 아마 헤르쿨레스가 덩치가 커서 그런가 봐요. 더 센 걸로 할게요."

아스윈은 더욱 강력한 주문을 썼다.

"슈퍼 슬립!"

그녀의 말이 마치자마자 헤르쿨레스는 엄청나게 강한 힘으로 크로드의 손에서 벗어나 뛰쳐나가 버렸다. 새끼 염소처럼 팔딱팔딱 뛰어서 크로드에게서 멀리 달아난 그는 커다란 손발로 앙증맞은 동작을 취하면서 신나게 노래를 불렀다.

깊은 산속 옹달샘, 누가 와서 먹나요?
새벽에 토끼가 눈 비비고 일어나
세수하러 왔다가 물만 먹고 가지요오~

"거기 서!"

열이 오를 대로 오른 크로드는 밝게 웃으며 헤르쿨레스를 잡으러 쫓아갔고, 헤르쿨레스는 방방 뛰면서 돌아다녔다.

구역질을 하며 괴로워하던 여행자들은 미식거리는 속을 끌어안고 주섬주섬 짐을 챙겨 인사도 없이 그 자리에서 달아나 버렸다.

"허억, 죽는 줄 알았다."

헤르쿨레스의 노래가 들리지 않는 곳까지 멀리 달려간 그들은 한바탕 토하고 법석을 피운 뒤에야 제정신이 들었다.

"젠장, 어떻게 된 거야? 녹을 먹고도 멀쩡하잖아?"

"죽는 게 다 뭐야? 그 근육질 놈은 아예 노래하고 춤추고 난리잖아."

그들 중 하나가 질려하며 고개를 설레설레 흔들었다.

"내가 뭐랬어? 네크로스는 보통 사람이 아니랬잖아."

"네크로스는 그렇다 치더라도 다른 놈들도 그래. 한 놈도 독의 영향을 받지 않았다니… 인간이 맞기는 한 거야?"

그들은 허탈한 시선으로 자신들이 떠나온 방향을 쳐다보았다.

"이번은 완전히 실패야."

"두목에게 이 일은 그만두는 게 좋겠다고 말하는 게 좋겠어. 네크로스에 베였다가는 바로 지옥으로 떨어진다는 이야기도 있는데… 독이 안 통한다면 우리가 이길 방도가 없어."

그들은 행여 누가 쫓아올세라 서둘러 그 자리를 떠났다.

(2)

암살자들을 고용해 크로드를 암살하려던 계획이 실패로 끝나자 팔켄은 내키지 않지만 쿠델을 찾을 수밖에 없었다. 밤이 이슥한 시간, 주위의 눈을 피해 은밀히 찾아든 팔켄을 맞이한 쿠델은 이런 상황을 예상하고 있었던 듯 경과를 묻지도 않았다.

얼굴을 감추기 위해 깊숙이 눌러쓴 모자를 벗고 응접실로 쓰고 있는 작은 방의 테이블에 앉은 팔켄은 한참을 침묵하다가 우울하게 물었다.

"결국 당신의 예상대로 된 것 같군. 이렇게 되면 지난번에 당신이 말했던 그 방법 말고는 정말로 다른 방법이 없소?"

"유감스럽게도 그렇습니다."

쿠델의 조용하지만 단호한 대답에, 팔켄은 그 이상은 이론(異論)을 달지 않았다.

"알겠소. 그렇게라도 합시다. …조건이 꽤 까다로웠던 것 같은데, 10에서 15세의 까만 머리칼, 까만 눈의 여자 아이였던가? 처녀에다 노동을 하지 않은 아이여야 한다고 했던 것 같은데…….."

"맞습니다."

"이제부터 찾으러 다녀봐야겠군."

"혹시나 해서 그동안 제가 찾아보기는 했습니다."

"마음에 드는 아이가 있었소?"

"예, 다행히 조건에 맞는 아이를 발견했습니다. 어느 가사 집안의 아이더군요. 그리 큰 가문은 아니어서 틈을 잘 노리면 그렇게 어렵지는 않을 같습니다."

"준비가 좋으시군."

팔켄은 비꼬는 것인지, 한탄하는 것인지 모를 말을 낮게 중얼거리곤 무겁게 고개를 끄덕였다.

"…장소를 가르쳐 주시오. 어쩔 수 없는 일이라면 차라리 빨리 결행하는 편이 낫겠지."

"그러지요."

팔켄은 쿠델에게 그가 본 여자 아이의 특징과 아이가 있는 곳에 대해 설명을 듣고 아이를 납치하기 위해 떠났다.

*　　*　　*

한편 크로드 일행은 높고 가파른 산길을 타고 몇 개인지도 모를 산을 넘은 끝에 바르트를 벗어나 듀튼 영토에 들어섰다. 바르트와 듀튼의 접경 지역은 팔루스 산맥의 험한 산세가 자연적으로 국경을 이루고 있었다. 듀튼 영토에 접어들 무렵부터 날씨가 조금씩 나빠지면서 흐린 날씨가 계속되었다. 그러다가 산자락을 한참 내려가는 도중부터 비가 내리기 시작했다.

일행은 비를 피하고 묵을 만한 곳을 찾아 걸음을 서둘렀다. 다행히 정오쯤 산들에 둘러싸인 작은 마을을 찾은 크로드 일행은 그곳의 여관에 들어 식사를 하고 머물렀다.

"그렇게 쉽게 그칠 비는 아니겠는데……."

나무 창문을 열고 바깥을 내다보던 유피는 크로드에게 물었다.

"내일도 비가 오면 어떡하죠?"

"비가 그칠 때까지 있다 가도록 하지."

크로드는 방의 가운데에 놓인 작은 테이블 위에 초를 켜고 그 앞에 앉아 책을 펼쳤다.

"하긴, 비를 맞으면서 다닐 건 없죠. 감기 걸릴 수도 있고."

유피는 창문을 닫고 그의 맞은편에 앉았다.

"무슨 책 읽어요?"

한 페이지에는 아름다운 채색 그림이 있고, 그 옆 페이지에는 글자가 빽빽하게 쓰여진 책을 흘끔 들여다보며 유피가 물었다.

"『이페스의 박물지』야."

"이름은 들어본 것도 같으네요. 그거, 아주 옛날 책이죠?"

"그렇다고 하더군."

"그런 책은 골치 아프지 않아요?"

크로드는 책에 시선을 고정시킨 채 무덤덤하게 대답했다.

"박물지는 여러 방면의 흥미로운 지식이나 사항을 서술한 책이야. 신학서나 철학서에 비하면 오히려 흥미로운 책이라 볼 수 있지."

"그런 건가요?"

유피는 갸웃거리면서 크로드가 읽고 있는 책을 넘겨보다가 얼마 지나지 않아 흥미를 잃고 자신의 짐 속에서 지도 뭉치를 꺼냈다. 그것들을 막 테이블 한쪽에 올려놓는데 문을 두드리고 헤르쿨레스가 고개를 내밀었다.

"유피, 뭐 해?"

"그냥 지도나 손볼까 하던 참이야."

"바쁘지 않으면 나와볼래?"

"그러지."

어차피 한가하던 터라 유피는 헤르쿨레스를 따라갔다. 방 밖에는 아스윈도 있었다.

"뭐, 재미있는 일이라도 있어?"

은근한 기대를 담고 물으니, 헤르쿨레스는 아스윈을 손가락으로 가리켰다.

"아스윈이 너한테 할 말이 있다네."

"그래? 뭔데?"

아스윈은 말을 꺼내기 곤란한 기색으로 머뭇거리다가 어렵사리 입을 뗐다.

"…유피, 너 말야……."

"왜?"

"…너 혹시… 돈 좀 가진 거 있어?"

"돈? 그야 있지. 왜? 돈이 필요한 일이 있어?"

"응. 마법 실험을 해볼까 하고. 좀… 빌려줄 수 있어?"

유피는 멀뚱한 표정으로 머리를 긁적였다.

"그런 말을 뭘 그렇게 어렵게 꺼내? 얼마나 필요한데?"

"어느 정도 빌려줄 수 있는데?"

"얼마나 필요하길래?"

"많이는 아니고……."

미적거리는 아스윈을 보기가 답답해진 유피는 품에서 가죽 조각을 이어 만든 지갑을 꺼내더니 자신의 손바닥에 내용물을 부었다. 금화 다섯 닢과 은화 한 줌이었다.

"필요한 만큼 가져가. 돈은 이거 말고도 더 있거든."

"고마워."

아스윈은 거기서 은화를 열 닢 가량을 집었다.

"마법 준비라면서 그것만 갖고 돼? 마법 도구랑 재료는 비싸던데."

"지금은 이걸로 됐어. 나중에 돈 생기는 대로 갚을게."

그러자 유피는 선뜻 금화 세 개를 아스윈의 손바닥에 얹어주었다.

"갚는 건 천천히라도 괜찮으니까 이건 비상금으로 갖고 있어."

아스윈은 생글거리는 유피의 얼굴을 물끄러미 바라보다 그의 호의를 고맙게 받아들였다.

"정말 고마워. 보기보다 자상하구나. 이자 못 줘도 괜찮지?"

"이자라니, 내가 무슨 고리대금업자야? 그런 건 신경 쓰지 마. 그런데 어쩌다가 그렇게 어려워졌어? 도둑이라도 맞았던 거야?"

"…전에 같이 다니던 일행이 다쳤을 때 치료비에 보태주느라 그래."

아스윈의 대답에 유피는 감탄했다.

"그런 기특한 일을 했다구? 의외로 착한 구석이 있네."

그런데 옆에 있던 헤르쿨레스가 자세히 설명을 하려고 했다.

"그게 아니고, 그 사람들이 그때 왜 다쳤냐 하면 말이야……."

아스윈은 재빨리 팔꿈치로 헤르쿨레스의 옆구리를 푹 찔렀다. 가벼운 동작이었으나 실로 어마어마한 힘이 가해져 헤르쿨레스는 앞으로 고꾸라졌다.

"우우……."

"왜 그래, 헤르쿨레스? 어디 아퍼?"

짐짓 상냥한 태도로 헤르쿨레스를 부축하는 아스윈의 눈 속에는 강렬한 불꽃이 이글거리고 있었다. 헤르쿨레스는 본능적으로 생존을 위한 거짓말을 했다.

"아냐, 아무것도……."

"자, 그럼 어서 준비를 할까? 헤르쿨레스, 넌 날 좀 도와줘."

아스윈은 헤르쿨레스를 데리고 준비를 하러 가려고 했다.

"마법 연습하는 거, 우리가 구경해도 돼?"

유피의 부탁에 아스윈은 잠깐 망설이다가 그에게 신세 지는 것을 생각하고 응낙했다.

"그래, 어차피 미카데에게도 보여주려고 했던 거니까 그렇게 해. 대신 트렌은 안 돼."

"트렌은 왜 안 된다는 거야?"

"너희들이 잘 몰라서 그러는데, 본래부터 엔젤 족은 인간들의 지식에 대해서는 그다지 호의적이지 못해. 특히 마법에 대해서는 더 그렇고."

"그래도 트렌만 빼면 서운해하지 않을까?"

"아마 이해할 거야."

아스윈이 헤르쿨레스와 준비하러 간 다음, 유피는 크로드에게 갔다.

"아스윈이 마법 실험을 한다고 하는데, 구경하지 않을래요?"

크로드는 책에서 눈도 떼지 않고 한마디로 거절했다.

"난 안전을 택하겠어."

"안전?"

유피는 크로드의 말을 두고 잠시 생각하다가 전에 맥카넨을 만났을 때의 일을 떠올리고 급히 짐에서 냄비를 두 개 꺼냈다. 그것을 가지고 아스원의 방에 들어가니 미카데가 혼자 있었다. 잠시 후 아스원과 헤르쿨레스가 먹을 것을 한아름 안고 들어왔다.

"와아~ 그게 다 뭐야? 그걸 누가 다 먹어?"

유피는 침대 한구석에 여러 개의 빵과 구운 고기, 술병 등을 쌓고 있는 아스원에게 물었다.

"내가 먹을 거야."

"설마 마법 준비라는 게 이거였어?"

"응, 그 마법은 에너지를 굉장히 많이 소모하거든."

"무슨 마법이길래?"

"이름은 몰라. 마법 학교에 있을 때, 거기 장서관에서 우연히 발견한 고대 주문이야. 거기서는 틈나는 대로 연습을 했는데, 요즘은 통 못해봤어. 그래서 연습도 할 겸, 혹시 미카데가 아는 주문인가 싶어서 해보려고 하는 거야."

"어떤 마법인데 그렇게 연습이 필요해?"

"나도 잘 몰라. 아직 성공한 적이 없거든. 내 생각엔 주문이 미완성이 아닌가 싶어. 내가 나중에 완성시켜서 멋진 이름을 붙일 거야."

음식을 전부 날라놓은 다음 아스원은 자신의 침대에 올라가서 앉았다.

"크로드는?"

헤르쿨레스가 유피에게 물었다.

"안 오겠대. 안전을 택하겠다고 하더군. 그래서 나도 이것을 가져왔어."

대답하면서 유피는 들고 있던 냄비를 헤르쿨레스의 머리에 엎어주었다.

"이거 좋네."

헤르쿨레스는 냄비를 쓰고 킬킬거리더니 방 한쪽에 있는 테이블을 옆으로 눕히고 그 뒤에 몸을 숨겼다.

"유피, 너도 이리 와."

"오오, 그것도 좋은 생각인데. 이러고 있으면 어느 정도는 방어가 되겠다."

유피는 헤르쿨레스의 옆에 가서 쪼그리고 앉았다.

아스윈은 둘을 가볍게 흘겨보았지만, 이내 눈을 감고 가부좌를 튼 자세로 주문을 암송하기 시작했다. 무릎 위에 가볍게 올려놓고 있던 그녀의 손이 공기를 움켜쥐는 듯한 동작을 취하면서 공중으로 올라왔다.

"흐아아아~"

갑자기 터져 나오는 아스윈의 괴성에 방 안에 있던 사람들은 화들짝 놀랐다.

"무슨 마법이 저래?"

유피는 눈이 동그래져서 중얼거렸다.

아스윈은 얼굴을 있는 대로 구기고 이빨을 드러나게 악물고서 비명과 신음의 중간쯤 되는 괴상한 기합을 질러댔다.

"이이이이~ 히에에에~"

그녀의 두 손에는 힘이 잔뜩 들어가 있었다.

"너무너무 무서운 얼굴이다."

헤르쿨레스는 자신도 모르게 어깨를 움츠렸고, 유피는 덩달아 인상을 쓰면서 나름대로 짐작해 보고 있었다.

"얼굴을 무기화시키는 마법인가 보다. 저쯤이면 사람뿐 아니라 어지간한 마물 정도는 쫓아낼 수 있을 것 같은데."

"흐으아아아~!"

기합을 넘어 이제는 거의 포효하고 있는 아스윈의 두 손 사이에 무엇인가 희미한 것이 생겨나기 시작했다. 세 사람이 자세히 관찰해 본 결과, 그것은 검은 실 가닥 비슷한 것이었다. 30㎝ 가량의 길이로 뻗어 나와 한 가닥 외롭게 퍼덕이던 검은 실은 더 이상 커지거나 길어지지는 않고 잠시 머물다가 그대로 사라져 버렸다. 아스윈은 기운을 잃고 침대에 털썩 쓰러졌다.

"…끝난 거야?"

썰렁해진 유피가 중얼거렸다. 고개를 드는 아스윈의 얼굴은 무척 지쳐 보였고 눈에 뜨이게 수척했다. 기다시피 침대 한끝에 간 그녀는 쌓아두었던 빵이니 고기를 집히는 대로 잡고 게걸스럽게 먹어치우기 시작했다.

한참을 우걱우걱 먹고 있던 아스윈은 맞은편 침대의 미카데에게 음식을 입 안 가득 물고서 물었다.

"미카데… 이거 무슨 마법인지 알겠어요?"

미카데는 고개를 저었다.

"전혀 모르겠어요. 짐작도 가지 않아요."

"역시… 너무 고대 주문이라 그런가?"

아스윈은 조금 실망한 눈치로 혼잣말을 하고는 계속 부지런히 먹고 마셔댔다.

"아! 무슨 마법인지 알겠다."

아스윈을 가만히 지켜보던 헤르쿨레스가 손뼉을 치며 말했다.

"분명히 '먹기 대회용 마법'일 거야. 한계치까지 배를 꺼뜨려서 많이 먹을 수 있게 만드는 거야."

아스윈의 눈이 쭉 찢어졌다. 그것을 눈치 채지 못한 유피는 장단을 맞추었다.

"내가 보기에도 그럴 가능성이 클 것 같아. 저 정도의 식욕이면 어디에서든 우승은 틀림없어. 그럼 마법의 이름은 뭘로 하지?"

"'검은 실' 어때? 검은 실오라기가 하나 생겼었잖아."

"아냐, 그래도 제법 생동감있게 꼬물거렸으니까 '검은 실지렁이'가 더 좋지 않겠어?"

"그것도 괜찮네."

키득거리는 둘을 매섭게 노려보던 아스윈은 한참 뜯고 있던 고기 붙은 뼈다귀로 헤르쿨레스의 얼굴을 퍼억 갈기고, 유피의 얼굴에는 방금 비운 술병을 날렸다.

"아우, 더러워. 침이 잔뜩 묻은 걸로 어딜 때려?"

헤르쿨레스는 얼굴에 묻은 고기 기름과 침을 닦아내며 대들었다가 덤으로 더 얻어맞았다.

"나의 심오한 마법을 모욕하지 마. 언젠가는 꼬옥 이 마법을 완성시켜 나의 필살기로 삼음과 동시에 마법사에 길이길이 내 이름을 남길 거라구."

아스윈은 벌떡 일어서서 흥분했다. 헤르쿨레스를 포함한 세 사람은 그녀의 박력에 눌려 아무도 반박하지 못했다.

"어어~ 취한다."

이미 세 병째 술병을 비운 아스윈은 벌게진 얼굴로 침대에 주저앉았다.

"술도 잘 못하면서 왜 그렇게 마셔요."

미카데가 걱정했다.

"술이 에너지가 높잖아요. 비가 그치면 내일이라도 바로 출발할 텐데 빨리 회복해야죠. 안 그러면 크로드에게 또 한소리 들을걸요."

그러면서 아스윈은 다른 술병을 집어 들었다.

방에서 책을 읽고 있던 크로드는 저녁때가 되어도 유피가 돌아오지 않자 아스윈의 방에 가서 문을 노크했다. 대답이 없어서 문을 열어보니 방에는 생각지도 못한 광경이 연출되고 있었다. 아스윈이 침대 위에 양반 다리를 하고 앉아서 술을 들이키고 있고, 옆에는 혹을 단 채 유피가 꿇어앉아 공손한 자세로 술을 따르고 있었다. 미카데는 아스윈의 앞에 앉아 더불어 술잔을 기울이고 있고, 침대 아래에서는 헤르쿨레스가 얼굴에 멍이 들어 훌쩍이면서 작은 화로를 가져다가 그 앞에 쪼그리고 앉아 꼬챙이에 꿴 고기를 굽고 있었다.

"여어, 크로드. 들어와서 한잔해요."

아스윈이 불쾌한 얼굴로 크로드에게 손짓했다.

"크로드, 우리 좀 도와줘요. 아스윈이 막 때리고 그래요~"

고기를 굽다 말고 반색이 되어 하소연하는 헤르쿨레스의 목소리는 아스윈의 호통 소리에 가로막혔다.

"맞을 짓을 하니까 당연히 맞는 거 아냐? 고기 뭐 해? 고기!"

헤르쿨레스는 찍 소리도 못하고 꼬챙이에 끼운 고기를 뒤집었다. 다음으로 아스윈은 유피에게 눈을 부라렸다.

"술 안 따르고 뭐 해?"

유피는 화들짝 놀라서 두 손으로 술병을 잡고 술을 따랐다. 아스윈은 술을 단숨에 들이키고 투덜거렸다.

"감히 나의 마법을 모욕하다니… 그건 분명히 고대의 위대한 지적 유산이란 말이야."

어이없이 바라보고 있던 크로드가 그냥 문을 닫으려는데, 아스윈이 그를 혀 꼬부라진 소리로 불러 세웠다.

"어? 술 안 마시고 그냥 가요? 나한테 찔리는 게 많아서 그러는 거죠? 하긴 그럴 거야… 내가 지금이니까 하는 말인데, 크로드도 사람이 그러는 게 아녜요. 사람이 살다 보면 실수를 할 수도 있지 말이야. 그런 걸 일일이 그렇게 씹어야 되겠어요?"

아스윈의 설교는 미카데에게도 이어졌다.

"그리고 미카데, 당신도 정신 차려요. 생긴 것만 보고 혹하면 안 돼요. 사람이 마음이 착해야지. 크로드처럼 심보가 꼬인 사람은 두고두고 여자를 애먹일 거라구요. 남자는 무조건 귀엽고 착해야 돼. 카리스마? 그거 잘못 추구하면 인생 망쳐요."

술에 취해서 말이 통할 상태가 아닌 것은 한눈에 알 수 있었다. 크로드는 무표정을 유지하며 문을 닫아버렸다.

"앗, 그냥 가면 어떡해요! 도와줘요, 크로드!"

유피와 헤르쿨레스가 그를 애타게 불렀으나 크로드는 그들의 호소를 무시하고 자신의 방으로 돌아갔다. 저들과 한데 엮인 것 자체가 저주가 아닐까 생각하면서.

(3)

깊은 밤, 오래전에 버려져서 폐허가 된 옛 사원의 회당에서 쿠델은 아마도 이번 일과 관련해 마지막이 될 소환 의식을 준비하고 있었다.

두 개의 모서리가 위를 향해 있는 펜타그램이 그려진 검은 로브를 입은 그는 회당의 사방에 여러 개의 막대기를 박아 넣고 검은 천을 돌아가며 둘러 장막을 만든 뒤, 깨끗이 치운 바닥에도 검은 천을 넓게 깔고 그 위에 마법진을 그려 넣었다.

다음에 마법진의 바깥에 삼각형을 완성하고 나자 팔켄이 한쪽 구석에 눕혀놓았던 여자 아이를 안아서 그에게 건넸다. 13, 4세 가량의 소녀는 약으로 잠들어 있는 상태였다. 쿠델은 맨발에 검은 원피스를 입힌 소녀를 삼각형 안에 눕혔다. 마법진의 내부에 제단과 화로, 촛대를 놓는 등 쿠델이 하나하나 준비를 갖추어 나가는 것을 지켜보고 있던 팔켄은 그만 나가도 좋다는 쿠델의 눈짓에 그곳에서 나왔다. 나오면서 그는 불만스레 투덜거렸다.

"젠장! 역시 이런 일은 싫군. 이번이 제발 마지막이어야 할 텐데……. 달은 왜 이렇게 밝은 거지?"

하늘을 원망스럽게 올려다본 팔켄은 건물 입구에서 주위를 살피며 망을 보기 시작했다. 초여름 밤의 달착지근한 바람이 수풀을 흔들고 지나갔다.

팔켄을 내보내고 마법진 안에 들어선 쿠델은 여러 가지 약초와 독초가 들어 있는 화로에 불을 붙이고 호흡을 가다듬은 후, 주문을 암송하기 시작했다. 자장가처럼 잔잔하게 이어지던 그의 음성은 차차 크고 높아지며 독특한 가락을 지니기 시작했다. 쿠델은 마법사들에게 알려진 여러 가지 비밀스러운 이름으로 포스포로스의 사자를 불렀다. 주문을 암송하던 도중 그는 마법진 안의 제단에 올려놓았던 검을 들어 자신의 왼쪽 팔을 그었다. 그의 피가 마법진으로 방울져 떨어져 내렸다. 그러나 쿠델은 아무렇지도 않은 듯 더욱 광적으로 주문을 소리 높여 외쳤다.

"포스포로스의 사자 옐이여! 새벽의 명성(明星)을 받드는 자여! 나의 부름을 받으라. 어서 나의 앞에 모습을 드러내고 나의 요구를 들어라!"

여자 아이가 누워 있는 삼각형 아래에서 스멀스멀 검은빛이 피어오르면서 아이의 몸이 조금씩 공중으로 떠오르기 시작했다.

사원은 버려진 지 꽤 오래된 모양으로 주변에는 제멋대로 뻗으며 자라난 잡목과 덤불이 무성했다. 입구 앞의 계단에 걸터앉아 무료하게 시간을 보내던 팔켄은 문득 왼쪽의 덤불숲에서 부스럭 소리가 나는 것을 깨닫고 환도를 뽑아 들었다. 그가 잘못 본 것이 아니었다. 갑자기 화살이 여러 대 날아오더니, 덤불 속에서 몇 명의 사람들이 달려 나왔다. 팔켄은 몸을 굴려 사원의 기둥 뒤로 돌아가 화살을 피하고 안으로 급히 달려 들어갔다.

회당에 쿠델이 둘러놓은 검은 장막으로 달려간 그는 안에 있는 쿠델에게 들리도록 큰 소리로 말했다.

"오늘은 틀렸소. 어서 이곳을 피하시오. 적이오. 우리는 숫자가 적어 그들을 막을 수가 없소!"

현재 이곳에 있는 사람은 쿠델과 팔켄, 그리고 두 명의 부하들밖에 없었다. 비밀스럽게 일을 처리하려니 소수의 인원밖에 쓸 수가 없었던 것이다. 그런데 몰려오는 적은 어림잡아 보더라도 10명은 족히 넘어 보였다.

팔켄은 장막이 둘러진 회랑을 돌아서 뒤쪽으로 갔다. 그러나 이미 그쪽에서도 검이 부딪치는 소리가 들렸다.

"포위당했나?"

팔켄은 방향을 바꾸어 다른 곳으로 달려갔다.

"저기 간다! 쫓아라!"

"거기 서라, 팔켄!"

뒤에서 남자들의 고함 소리가 들렸다. 팔켄은 무너진 창문을 넘어 사원을 나갔다.

"제기랄!"

한 옆에 묶어놓았던 말이 보이지 않았다. 그는 방향을 돌려 덤불숲으로 달아났다. 덤불에 옷이 걸려 찢어지고 발이 걸려 넘어지면서도 그는 무작정 달아났다.

'어떤 놈들이지? 어떻게 알고 온 거야?'

몰려온 적의 숫자나 포위를 한 것으로 봐서 치밀하게 준비를 하고 온 것이 분명했다. 나름대로 조심스럽게 움직였건만 어느 단계에선가 꼬리를 밟혔다는 이야기다.

여기서 자신이 잡혔다간 일은 걷잡을 수 없이 확산될 것이다. 또한 그는 자신의 처지가 어떻게 될 것이라는 것도 잘 알고 있었다. 자이즈 후작은 아마도 자신과의 관련을 부인하며, 팔켄이 혼자 저지른 일로 몰고 가려 할 것이다. 그도 그런 정도는 각오하고 있었다. 그러나 지금 자신을 추적하는 자들이 만일 자이즈 후작을 파멸시키려고 한다면, 어떻게 해서든 자신의 입을 열어 후작과 연루시키려 할 터였다. 그렇게 되면 후작은 자신이 살기 위해서라도 팔켄과 그의 가족을 냉정하게 버릴 것이다.

'절대 살아서 잡혀서는 안 돼.'

그는 손에 든 환도를 단단히 쥐었다. 최후의 상황으로 몰리게 되면 차라리 스스로의 목숨을 끊어야 한다고 다짐하면서.

십여 명의 남자들을 이끌고 사원에 들이닥친 카우어는 중앙의 회당으로 가면서 명령을 내렸다. 그는 하노프 백작의 명령으로 팔켄을 줄곧 뒤쫓고 있던 중이었다.

"팔켄을 꼭 잡아야 한다. 그렇지 않으면 모두 허사야. 가급적 죽이지 말고 산 채로 붙잡아라. 너희들은 그를 쫓아가고, 나머지는 나와 간다."

카우어의 곁에는 검은 로브를 입은 늙은 마도사가 있었다. 머리칼과 눈썹이 하얗게 센 노마도사는 차갑고 위압적인 분위기를 풍겼다. 회당에 도착한 사람들은 회당 내부에 검은 천으로 두른 장막을 보았다. 폐허가 된 사원이라고는 해도 회당의 지붕과 벽은 비교적 상태가 양호해서 바람이 들 리도 없는데, 장막은 둥글게 부풀어 있었다.

"이 안인가?"

카우어의 부하 중 하나가 다가서려 하자 마도사가 신경질적으로 외쳤다.

"손대면 안 되오! 이미 의식이 진행되고 있소. 그 안에 함부로 들어서면 우리 모두 다 죽을 수도 있소."

그의 말에 일동은 흠칫 놀라 물러섰다.

"그렇다면 얼른 막아야 할 것이 아닙니까?"

카우어가 묻자 마도사는 대답했다.

"느낌이 너무 강하오. 역소환을 시키는 것도 쉽지 않겠소. 이렇게 되면 어서 안에 있는 소환사를 죽여야 하오. 그 길만이 의식을 멈추는 길이오."

"하지만 이 안에 들어가서는 안 된다면서 어떻게 소환사를 죽입니까?"

누군가의 질문에 마도사는 바삐 걸음을 옮기며 말했다.

"이 장막의 가운데에 마법진이 있을 것이고, 소환사는 그 중앙에 있소. 분명히 동쪽을 향하고 서 있을 거요. 현재 달의 위치를 보면 동쪽은 여기쯤일 거요."

마도사는 카우어와 사람들을 동쪽으로 데리고 가서, 같이 온 조수에게 무엇인가를 지시했다. 젊은 조수는 어깨에 짊어지고 있던 얇은 카펫을 내려서 바닥에 폈다. 붉은 바탕의 카펫에는 마법진이 그려져 있었다.

"모두 이 안에 들어오시오. 내 지시가 있을 때까지는 절대로 이 바깥에 나가거나 금을 밟아서는 안 되오."

사람들은 그의 주의에 조심하면서 마법진에 들어갔다. 전원이 들어서자 마도사가 말했다.

"곧 내 조수가 장막의 일부를 찢을 것이오. 그 즉시 화살이나 단검을 있는 대로 힘껏 던지시오."

그리고 마도사는 조수가 갖고 있던 배낭을 받아 조수에게 긴 검을 건네주고 자신은 마법의 문자가 새겨진 단검을 하나 꺼내서 발치에 두었다. 마도사의 조수는 장검을 뽑아 마법진의 앞으로 나가더니, 그것을 손에서 놓는 동시에 크게 휘둘러 장막을 찢어내고 다른 사람에게 방해가 되지 않도록 주저앉았다. 장막이 찢어진 사이로 마도사가 말한 대로 장막 안의 마법진에서 동쪽을 바라보고 서 있는 쿠델의 모습이 보였다. 마법 지팡이를 손에 든 그는 장막 밖에서 일어나는 상황을 알지 못하는지 계속 주문을 외치고 있었다. 그리고 그의 앞에는 검은빛에 휩싸인 소녀가 지면에서 조금 떠올라 있었다.

"어서 쏴라!"

카우어의 지시에 따라 사람들은 각자 석궁을 쏘거나 단검을 힘껏 던졌다. 그러나 그것들은 마법진의 주변에 이르자 힘을 잃고 아래로 툭 떨어지고 말았다.

"어떻게 된 거지?"

그들이 당황해서 중얼거리는데 마도사의 조수가 말했다.

"주문이 발동되면서 자체적으로 방어력을 발휘하는 모양이군요."

그때 뒤에 있던 마도사가 나섰다. 그의 손에는 푸르게 빛나는 빛의 창이 머물러 있었다. 마도사가 손을 뻗자 빛의 창은 화살처럼 쿠델을 향해 날아갔다. 그것은 마법진의 외곽에서 부딪쳐 섬광을 발하며 잠시 머물렀다. 보이지 않는 장벽에 걸려 있는 것 같았다. 마도사는 더욱 정신을 집중했다. 다음 순간 빛의 창은 마법진 안으로 파고들어 가 쿠델의 가슴을 관통했다.

"허억!"

쿠델의 마른 몸이 크게 휘청거렸다. 그러나 그는 쓰러지지 않고 버티면서 주문을 계속했다. 빛의 창은 금방 사라졌지만, 그것에 관통당한 자리에서는 붉은 피가 뭉근하게 새어 나와 아래로 흘러내리면서 마법진으로 퍼져 갔다. 그런데도 쿠델은 전혀 아픔을 느끼지 않는 것 같았다. 그의 목소리는 조금 전보다 더욱 높고 힘차게 울려 퍼졌다.

"나오라! 모습을 드러내 내게 답하라, 새벽의 명성을 받드는 자여!"

카우어 등은 그 모습에 압도되어 전율마저 느꼈다. 그러나 마도사만은 조금도 동요하지 않고 두 번째 빛의 창을 날렸다. 두 번째를 맞은 쿠델은 입에서 울컥 피를 토하며 비틀거렸다.

"지금이오, 무기를 던지시오!"

마법사가 지시했다. 사람들은 남아 있는 무기를 쿠델을 겨냥해 발사하고 던졌다. 마법진의 방어력이 무너진 것인지 이번에는 여러 개의 무기가 쿠델의 몸에 꽂혀 들었다. 마침내 쿠델의 몸이 조금씩 기울어지고, 털썩 무릎을 꿇었다. 그의 발치는 전신을 타고 흘러내린 그의 피로 흥건하게 젖어 있었다. 그러나 끝까지 부릅뜨고 소환이 진행되는 소녀를 응시하는 그의 눈만은 기괴한 광기로 번득이고 있었다.

"나는 약속을 지켰소… 포스포로스의 사자여……. 당신도 약속을 지켜주시오. 맹세를……."

그에 답하는 옐의 메시지가 쿠델의 머리 속에 울렸다.

"약속한다. 나는 네크로스의 마검을 마계로 가지고 돌아갈 것이다. 새벽의 명성, 위대한 드래곤 루시퍼의 이름으로 약속의 이행을 맹세한다."

쿠델은 그 맹세에 안심하고 고개를 떨구었다. 화로에서 피어 오르는 독초의 연기에 취한 탓일까, 바닥에 머리가 부딪치는 순간에도 고통은 느껴지지 않았다. 대신 초점을 잃고 흐려져 가는 그의 눈에는 이곳과 다른 광경이 비쳤다. 자신의 일부처럼 익숙하던 낯익고도 그리운 실험실이 보이고, 그곳에는 조수였던 젊은 청년, 그리고 12, 3세의 귀여운 소년이 있었다. 손을 잡은 청년과 소년은 다정한 미소를 지으며 반가이 그를 맞이했다. 환상인지, 기억인지 모를 광경 속에서 그들과 재회하는 쿠델의 눈에 물기가 번졌다.

'이제… 다시 그때처럼… 너희들과 지낼 수 있겠지?'

"이제 끝난 겁니까?"

카우어의 물음에 마도사는 무겁게 고개를 저었다.

"아직 아니오. 저걸 보시오."

마도사가 가리킨 방향을 바라본 사람들은 숨을 삼켰다. 마법의 삼각형 안에서 지면에 수평으로 떠 있던 소녀의 몸이 서서히 똑바로 일어서고 있었다. 검은 원피스를 입은 소녀는 쿠델이 있는 마법진을 향하고 있어 얼굴은 확인할 수 없었다.

"소환사가 죽었는데, 어째서 계속 진행이 되는 거지?"

초조하게 중얼거린 마도사는 사람들에게 말했다.

"아직 완결되지는 않았소. 어떻게 해서든 막아야 하오. 무기가 될 만한 것은 아무거나 던지시오."

쿠델을 공격하느라 장전된 석궁과 단검을 거의 소진해 버린 사람들에게는 장검과 환도밖에 없었다. 그들은 그것을 빼서 소녀를 향해 던졌다. 마도사도 서둘러 마법 공격을 준비했다. 그러나 사람들의 검도, 마도사의 빛의 창도 소녀의 몸에 다가가지 못하고 공중에서 멈춰 버렸다. 그리고 소녀가 공중에 떠오른 채로 뒤돌아 섰다. 갑자기 세찬 바람이 일면서 아이의 검은 머리칼과 검은 원피스가 펄럭였다. 초점 없이 멍한 소녀의 눈동자는 한 점의 빛도 담기지 않은 암흑이었으며, 달빛처럼 새하얀 얼굴에 입술은 작고 붉었다. 소녀의 앞에 멈춰 있던 무기들은 화염에 휩싸여 순식간에 스러져 버렸다.

"맙소사! 거의 나와 버렸군!"

마도사는 절망적으로 부르짖었다. 그는 당황한 가운데도 가슴에 걸고 있는 호부를 들어 앞으로 내밀고 소리쳤다.

"사라져 버려라, 사악한 영이여! 이곳은 신성한 이름 테트라그람마톤에 의해 보호되고 있다. 너는 우리에게 해를 끼칠 수 없다. 이곳에서 물러나 사라져라. 네가 온 곳으로 돌아가라."

소녀는 표정없는 하얀 얼굴로 멀거니 마도사를 바라보았다. 마도사는 조수에게 일렀다.

"어쩔 수 없다. 역소환을 시도하는 수밖에. 너는 사람들이 여기서 나가지 않도록 하고 있어라."

그리고 그는 정신을 모으고 주문의 암송에 들어갔다.

그러나 그 직후 그들이 들어 있는 마법진의 바닥에서 강렬한 불꽃이 올라와 사람들을 덮쳤다.

"나가면 안 됩니다. 이건 환각입니다!"

조수가 다급히 소리쳤으나, 몇 명의 사람들은 놀란 나머지 그 말을 미처 듣지 못하고 엉겁결에 원 바깥으로 뛰쳐나갔다.

"으아아악~!"

바깥에 나가자마자 사람들은 불에 휩싸여 바닥을 뒹굴었다. 조수는 남은 사람들에게 동요하지 말도록 당부했다.

"아직 완전히 소환된 것은 아니라서 이 안에는 손을 대지 못합니다. 스승님이 놈을 역소환시키고 계시니까 그것이 끝날 때까지 이 안에 있어야 합니다."

소녀는 공중에 떠오른 채 마법진으로 다가와 주위를 천천히 돌았다. 사람들은 겁에 질려 바짝 붙어 섰다. 소녀의 모습은 어느새 아름다운 나신의 여인으로 변해 있었다. 긴 갈색 머리칼을 늘어뜨린 여인의 우윳빛 피부는 은은하고 매끄러웠으며, 거부하기 어려울 만큼 매혹적이었다. 여인은 더없이 사랑스러운 눈빛으로 다정하게 미소 지으며 남자들을 향해 손을 내밀었다. 그녀의 아름다움은 지금의 공포스러운 상황을 머리 속에서 밀어내고, 달콤한 쾌락과 낙원의 환상을 선사했다. 그녀의 손을 잡으면 당장에라도 낙원의 문이 열릴 것만 같았다.

"정신 바짝 차리세요. 속으면 안 됩니다."

조수의 주의에도 부지불식간에 홀려 버린 한 남자가 멍한 표정으로 원 바깥의 그녀를 향해 손을 뻗었다. 깜짝 놀란 옆 사람이 그를 붙잡았다.

"이봐, 안 돼."

그러나 그 순간 미녀가 그의 손을 꽉 잡았다.

"우아아악—!"

끔찍한 비명 소리와 더불어 남자와 그를 잡았던 사람은 일순간에 물기가 완전히 빠져 버린 미라처럼 오그라들어 쓰러지고 말았다. 마법진 안의 사람들은 비명을 지르며 물러섰다. 이제 안에 남은 것은 마도사와 그의 조수, 카우어와 또 한 사람뿐이었다. 카우어도 이때만큼은 평정을 잃어버리고 말았다. 그는 조수를 다그쳤다.

"이 빌어먹을 상황에서 빠져나갈 길은 없는 거요?"

"역소환시키기 이전에는 안 됩니다."

"이동 마법 같은 건?"

"그것도 지금은 불가능합니다."

조수는 어두운 표정으로 머리를 흔들었다.

"우리가 여기서 이동해 버리면 스승님의 제어가 풀려 상대가 완전히 소환되고 말 겁니다. 그러면 어차피 자신의 모습을 본 우리를 가만히 두지 않을 겁니다. 그쪽이 더 위험합니다."

"젠장! 팔켄 놈, 대체 무슨 일을 저지른 거야!"

카우어는 이를 갈며 내뱉었다. 그때 다른 남자가 카우어에게 말했다.

"악마가 사라진 것 같습니다. 보이지 않는데요?"

그의 말을 듣고 보니 소녀도, 여인도 사라지고 없었다.

"…이젠 나가도 되지 않을까요?"

남자가 조바심을 치며 물었다. 카우어는 마도사를 돌아보았다. 그즈음 주문을 끝낸 마도사는 땀으로 젖은 이마를 닦았다.

"이제 끝난 것입니까?"

카우어가 물었다.

"모르겠소. 좀 더 살펴봐야 할 것 같소."

마도사는 숨을 고르면서 석연치 않은 기색으로 주위를 둘러보았다. 그 상태로 한참이 지났다. 더 이상 이런 숨 막히는 상황을 참지 못한 카우어의 부하는 진저리를 냈다.

"이제 더는 못 참겠습니다. 나갑시다."

"왜 이러는 건가. 조금만 더 참아."

"싫습니다! 이젠 지긋지긋합니다!"

그는 카우어의 만류에도 불구하고 마법진의 바깥으로 뛰쳐나가 버렸다. 바깥으로 나온 남자는 잠시 가만히 서 있다가 아무 일도 일어나지 않는 것에 의기양양해져서 뒤돌아보고 카우어를 불렀다.

"놈이 없어진 모양입니다. 보십쇼, 멀쩡하지 않습니까?"

카우어는 망설이면서 마도사에게 물었다.

"나가 봐도 되겠습니까?"

"글쎄… 아직 상대를 정확하게 파악하지 못한 터라 이것으로 끝이 난 건지 알기가 어렵소."

마도사는 신중한 태도였다.

"뭐 하십니까? 어서 나오시라니까요."

남자는 답답하다는 듯 재차 카우어를 불렀다.

"계속 거기 계실 거면 전 먼저 가보겠습니다."

그가 떠나려 하자 카우어는 당황해서 그를 따라나섰다.

"아냐, 같이 가세."

잔뜩 긴장해서 마법진 밖으로 조심스럽게 발을 내디딘 카우어는 이내 표정이 풀리면서 안심했다.

"정말 괜찮군."

"제가 뭐랬습니까? 놈이 물러났다니까요."

카우어는 마도사와 조수에게 나오라고 손짓했다.

"이제 정말 끝난 모양입니다. 가시죠. 팔켄을 붙잡았는지도 확인해야지요."

"스승님, 이제 나가봐도 되지 않겠습니까?"

조수도 카우어에게 동조하고 나가려 했다. 그러나 마도사는 무엇을 생각했던지 조수의 손을 잡아 나가지 못하도록 하고 카우어에게 말했다.

"우리는 여기서 조금 더 알아보고 있을 테니 먼저 가시오."

"왜요? 아직도 뭔가 이상합니까?"

카우어는 잘 모르겠다는 얼굴로 주위를 살펴보고는 부하에게 말했다.

"하는 수 없지. 우리끼리라도 가세."

그러자 부하는 머뭇거리다가 말했다.

"그래도 이 기분 나쁜 곳에 저 두 사람만 두고 가는 건 좀 그렇지 않습니까? 같이 나가야죠."

"우리는 괜찮소. 먼저들 가시오!"

마도사는 큰 소리로 두 사람에게 말했다.

"알겠습니다. 팔켄을 쫓아간 부하들이 오면 이리로 보내겠습니다."

카우어는 고개를 끄덕이고 돌아섰다.

"가세."

그 순간 그의 부하의 눈이 이상하게 희번덕거리더니 갑자기 카우어에게 덤벼들어 다짜고짜 목을 조르기 시작했다.

"허억! 자네… 왜 이… 러나?"

카우어는 그의 손을 잡고 떼어내려고 했으나 남자의 힘은 너무도 강했다. 괴물 같은 고함을 지르며 카우어의 목을 조르는 그의 눈에는 이상한 광기가 맴돌고 있었다. 그 광경을 본 마도사는 발치에 두었던 단검을 집어 들어 남자에게 던졌다. 등에 단검을 맞은 남자가 쓰러지자 마도사는 카우어에게 외쳤다.

"어서 이리로 들어오시오."

카우어는 캑캑거리면서 기다시피 마법진으로 오려고 했다. 그런데 갑자기 그의 몸이 공중으로 높이 떠올랐다.

"사, 살려주시오……!"

카우어는 손발을 버둥거리면서 겁에 질려 도움을 호소했다.

"이런!"

마도사는 서둘러 손을 쓰려고 했으나 이미 늦었다. 카우어는 공중에서 바닥으로 내동댕이쳐지고 말았다. 그러나 카우어에게 신경 쓸 여유는 없었다. 그들의 눈앞에 소녀가 모습을 드러낸 것이다.

"넌 대체 누구냐!"

마도사의 질문에 상대는 어린 티가 묻어나는 낭랑한 소녀의 목소리로 대답했다.

"나는 포스포로스의 사자 옐이다."

"포스포로스의 사자… 옐……."

그녀의 이름을 되뇌이던 마도사는 의아한 표정이 되었다.

"당신은 중간계에 나오는 일이 거의 없는 것으로 아는데, 어째서?"

"그럴 일이 있지."

"왜 우리 모두를 해치려고 하는 거요?"

"먼저 방해를 놓은 건 당신들이야. 지금도 방해를 하고 있지 않나?"

소녀는 여전히 바닥에 발이 닿지 않고 약간 떠오른 채였다.

"소환사는 이미 죽었소. 완전히 소환이 되지 않은 상태라면 계약도 아직 맺어지지 않았을 터, 마계로 돌아가도 되지 않소?"

"그건 곤란해. 나는 나대로 여기에 볼일이 있거든. 피를 보는 것은 즐기지 않지만, 나를 본 이상 살려둘 수는 없어."

옐이 고개를 돌리자 쿠델의 마법진에 놓여 있는 화로가 떠올랐다. 아직도 불이 붙어 있는 화로에서는 연기가 피어 오르고 있었다.

"뭘 하려는 거냐!"

"당신들에게 감정은 없지만 어쩔 수가 없군. 운이 나빴다고 생각해. 대신 고통스럽지 않게 빨리 끝내주겠어."

마도사와 조수가 있는 마법진으로 이동해 온 화로가 그 앞에서 쓰러지면서 불붙은 내용물이 마법진이 그려진 카펫 위로 쏟아졌다.

"어서 털어내라. 마법진을 손상시키려는 짓이다."

마법사와 조수는 뜨거운 것도 잊고 정신없이 화로의 내용물을 털어냈다. 그러나 그러는 동안에 어느 틈에 소녀가 마법진 안에 들어와 있었다.

"한쪽이 열렸어."

소녀는 차갑게 미소 지었다. 카펫에 그려진 마법진의 일부가 약간 타서 지워져 있었다. 소녀가 두 사람의 목덜미로 손을 뻗었다. 소녀의 손에 목이 잡힌 두 사람은 비명을 지를 틈도 없이 전신이 까맣게 쪼그라들고 말았다. 마도사의 죽음과 더불어 소녀의 발이 바닥에 닿으면서 서서히 그림자가 생겨났다.

"이제 완벽해졌어."

소녀는 육체의 감촉이 느껴지는 자신의 손을 만져 보면서 만족스럽게 중얼거렸다. 그녀의 까만 눈동자가 태양 빛을 받은 루비처럼 빨갛게 빛나는가 싶더니 회당 전체에 거센 불길이 일었다.

그 즈음 팔켄은 대여섯 명의 추격자들에게 포위되어 있었다. 그의 어깨와 다리에는 여러 대의 석궁 화살이 꽂혀 있었다. 줄기가 뒤틀린 나무에 기대어서서 겨우 버티고 있는 그에게 추격자들이 서서히 다가왔다.

"이제 그만 포기하시지."

그들 중 한 명이 여유롭게 웃으며 항복을 종용했다. 팔켄은 가쁜 숨을 몰아쉬며 주위를 둘러보았다. 오른쪽에 둘, 왼쪽에 둘, 뒤쪽에도 누군가 있었다. 부상 입은 몸으로 이들을 따돌리고 달아나기란 더는 불가능했다. 그는 침을 꿀꺽 삼키고 환도를 쥔 손에 힘을 주고 마지막 결심을 이행했다. 부들부들 떨리던 그의 환도가 마침내 자신의 목을 단번에 그었다. 경동맥이 잘리면서 피가 앞으로 솟구쳤다.

"우왓, 뭐 하는 짓이야?!"

남자들이 서둘러 팔켄을 붙잡았지만, 그의 몸은 피를 쏟아내면서 맥없이 바닥에 널브러졌다.

"어쩌지? 카우어님은 산 채로 잡아오라고 하셨는데."

"어쩌긴, 시체라도 가지고 가야지. 아무리 그렇기로 제 목을 자르다니, 독한 놈 같으니라구……."

그들은 혀를 차며 낭패스러워했다.

"잠깐, 저기 좀 봐."

어떤 이가 조금 전에 자신들이 지나쳐 왔던 사원이 있는 방향을 가리켰다. 잡목 숲 너머의 하늘로 엄청난 양의 연기가 시커멓게 피어 오르는 것이 보였다.

"아까 그곳이야. 어서 가보자."

그들은 팔켄의 시신을 수습해서 사원으로 달려갔다. 그러나 그곳에 도착했을 때는 이미 거센 불길이 건물 전체를 뒤덮고 있어 가까이 접근할 수가 없었다.

"어떻게 된 거야, 이 불은? 기름이라도 뿌린 건가? 뭐가 이렇게 세?"

"설마 모두 저 안에 있는 건가?"

"주변을 찾아봐. 그래도 한두 사람은 나왔겠지."

그들은 팔켄의 시신을 한쪽에 내려놓고 혹시나 불타는 사원에서 탈출한 사람이 없는지 살펴보았다.

"아무도 없어. 다들 저 안에 있나 봐."

"카우어님! 카우어님!"

안에 있을 사람들의 이름을 크게 불러보았지만 대답은 없었다.

"여기도 불이 붙고 있어. 어서 떠나야 해!"

누군가가 소리쳤다. 연기에 섞여 튀어나온 불똥에 인화되어 주변의 덤불까지 불이 번지기 시작했다. 사람들은 생존자를 찾기 위해 조금 더 그곳을 뒤지다가 점차 확산되는 불길에 자신들까지 위험해지자 팔켄의 시신을 가지고 몸을 피했다.

제7장
망자의 거리

(1)

바르트 왕성.

처남인 자이즈 후작을 집무실로 부른 베른히너 왕은 그를 테이블에 앉도록 하고 책상 서랍에서 자신이 받은 보고서를 내어 후작에게 건넸다.

"한번 읽어보시오."

자이즈 후작은 의아한 얼굴로 그것을 받아 들어 읽기 시작했다. 왕은 그의 맞은편에 앉아 서류를 한 장 한 장 넘겨 나가는 후작의 얼굴을 정면으로 응시하고 있었다. 내용을 읽어 나가면서 미묘하게 찡그려지던 후작의 표정은 보고서의 마지막 장에 이르자 불안한 기색을 띠며 손이 가늘게 떨렸다.

"폐하, 이, 이건 모함입니다……. 저는 모르는 일입니다."

보고서를 내려놓은 후작은 다급히 변명의 말을 늘어놓았다.

"이 보고서에도 나와 있듯이, 주모자라 지목된 팔켄이 이미 죽었다지 않습니까? 저를 모함하려는 자가 팔켄을 죽여놓고 덮어씌운 것일 수도 있습니다."

"글쎄… 그렇게 보기에는 정황 증거가 여러 가지 있어서 말이오. 이전에도 그의 수상한 행적이 몇 가지 확인되었고, 특히 마지막에는 현장에서 팔켄을 목격했던 사람들도 여러 명 있소. 폐허가 된 사원에서 무엇인가 사악한 존재를 불러내는 소환 의식을 거행했다고 하는데, 들키게 되자 증거를 인멸할 속셈으로 기름을 붓고 불을 놓은 것 같다고 하오. 그 통에 그것을 막으러 갔던 사람들도 여럿 희생된 모양이오."

베른히너는 냉철한 말투로 반박했다.

"폐하께서는 설마 이 보고서를 그대로 믿으십니까?"

"나로서는 믿을 만한 내용이라고 보고 있소."

자이즈 후작은 전혀 몰랐다는 듯 고개를 흔들며 중얼거렸다.

"팔켄이 그런 짓을 하다니… 믿을 수가 없습니다. 도대체 왜 그런 짓을……."

"후작과는 무관하다는 말씀이오?"

짐짓 사무적으로 질문하는 왕에게 후작은 힘주어 항변했다.

"물론입니다. 저는 모르는 일입니다. 이런 사악한 계획을 알고 있었다면 제가 먼저 팔켄을 가만두지 않았을 겁니다."

베른히너는 미묘한 미소를 머금고 후작을 보았다.

"나도 그렇게 믿고 싶은 바이오, 후작. 자이즈 후작가의 오랜 명예도 있고, 또 개인적으로도 후작은 왕후의 동생이자 두 아이들의 외숙이기도 하니 말이오. 그러나 다른 사람들은 꼭 그렇게 생각하지는 않는 것 같소. 이 문제를 공론화시키고, 후작의 연관 여부에 대해서도 자세히 조사해야 한다는 의견이 강하게 나왔으나, 일단은 그들을 제지했소. 후작도 아시다시피 네크로스 경은 바르트에 꼭 필요한 사람이고, 지금까지 많은 공을 세워왔소. 그런 사람이니만큼 현재 여행을 떠나 있지만, 그의 안전에 대해 나도, 또 다른 사람들도 지속적으로 관심을 두고 있었던 것이오. 그런 네크로스 경을 악랄한 술법까지 동원해 해치려 했다는 것은 나에게 정면으로 도전하는 행위이자, 나아가 적국을 이롭게 하는 반역이오. 그렇기에 이 사건이 공론화되면 일의 규모는 확대될 수밖에 없소.”

차분하게 계속되는 왕의 말을 들으며 냉정을 가장하던 후작도 마지막 말에 이르자 처음으로 두려운 빛을 드러냈다.

“폐, 폐하, 믿어주십시오. 저는 정말…….”

왕은 후작의 말을 차갑게 끊고 말을 이었다.

“그래서 그런 의견들을 우선은 덮어두고, 후작께 이것을 보여드린 것이오. 지금 생각으로는 이 정도 선에서 수습을 해두고, 나중에 네크로스 경이 오더라도 굳이 알려주지는 않으려고 하오. 이렇든 저렇든 그에게 유쾌한 이야기는 아닐 테니, 모르는 것이 나을 것 같소.”

“예…….”

베른히녀는 몸을 일으키고 테이블에 얹힌 보고서를 집어 들었다. 그것을 들고 책상으로 가서 다시 서랍에 집어넣으면서 그는 후작에게 말했다.

“잊을 뻔했군. 아까 왕후가 후작에게 할 이야기가 있다고 하는 것 같던데, 나가는 길에 왕후의 방에 들러보시구려.”

“…알겠습니다.”

자이즈는 베른히너의 안색을 살피면서 일어났다.

"이만 가보겠습니다."

그가 방문의 손잡이를 잡으려는데 베른히너가 그를 불렀다.

"러스."

러스는 자이즈 후작의 아명이었다. 후작이 돌아보자 베른히너는 친근감이 느껴지는 부드러운 미소를 보였다.

"이건 매형으로서 주는 충고네. 욕심이 지나치면 화를 부르는 법이지. 그만 가보게."

후작은 무엇이라 대답해야 좋을지 갈피를 잡을 수 없어 살짝 고개를 숙이고 그곳을 나왔다.

왕의 집무실을 나오고 나서야 비로소 억눌렀던 두려움이 밀려들면서 몸이 떨리기 시작했다.

"어디 불편하십니까?"

문 옆에 대기하고 있던 시종이 물었다.

"아니네. 아무것도 아니야."

자이즈 후작은 서둘러 부인하고 누나인 왕후의 방으로 갔다. 그가 들어갔을 때 마리안는 조슈아 왕자와 차 테이블에서 차를 마시고 있었다.

"부르셨습니까, 전하."

그의 인사에 왕후는 의아해했다.

"부르다니? 내가?"

"절 부르셨던 것 아닙니까?"

왕후는 알 수 없다는 얼굴로 그를 물끄러미 바라보다 물었다.

"무슨 일이 있었니? 안색이 왜 그러니?"

후작은 자신의 이마에 손을 대어보았다. 자신도 의식하지 못한 사이에 식은땀이 배어 있었다. 마리안은 아들 조슈아에게 고개를 돌리고 다정하게 말했다.

"숙부와 할 이야기가 있으니 잠깐 나가 있거라."

밝은 갈색 머리칼을 가진 유순하게 생긴 소년은 얌전히 찻잔을 내려놓고 시녀와 함께 방을 나갔다.

"앉거라."

후작은 그녀가 권하는 대로 둥근 테이블에 앉았다. 잠시 후 시녀가 그에게도 차를 내어왔다.

"됐다. 너희들도 내가 부를 때까지 바깥에서 기다려라."

"예."

시녀들까지 모두 내보낸 뒤, 마리안은 동생의 얼굴을 빤히 바라보며 물었다.

"무슨 일이 있는 모양이구나."

자이즈 후작은 한숨을 내쉬고 대답했다.

"누님 말씀이 옳았습니다. 폐하는 정말 무서운 분입니다."

"갑자기 무슨 말이냐?"

"네크로스를 제거하려던 계획이 감지되고 말았습니다."

"뭐라고?!"

마리안의 안색은 금세 파랗게 질렸다.

"조심해야 한다고 그토록 말하지 않았니? 대체 일을 어떻게 했기에……?!"

"조심하느라고 했습니다만, 훨씬 이전부터 우리 가문을 감시하고 있었던 모양입니다."

"설마 네 이름이 직접 나온 것이냐?"

"그렇지는 않고, 일을 하던 부하가 드러나 버렸습니다. 다행히 붙잡히기 직전에 자살했다고 합니다."

"그나마 다행이구나. 그렇다면 너와는 관계가 없다고 끝까지 부인을 했어야지."

"물론 그렇게 했습니다."

"믿어주시는 것 같더냐?"

"어쨌을 것 같습니까?"

냉소적으로 되묻는 자이즈 후작에게 마리안은 쉽게 대답하지 못했다.

"그렇게 간단히 넘어가실 분은 아니지요. 폐하도 그렇지만, 이 문제가 외부적으로 알려지면 곤란한 상황이 닥칠 겁니다. 끝까지 부인해서 처벌을 면한다 할지라도 혐의까지 완전히 사라지는 것은 아니니까요. 더구나 네크로스가 멀쩡히 살아 있는 마당에 이 일이 그에게까지 알려지면 앞으로 어찌 되겠습니까?"

"그러면 어쩌느냐?"

"폐하께서 말씀하시기를, 이번에는 일단 덮어두겠다고 하시더군요. 저를 불러 일부러 사건의 경과를 자세히 알려준 것은 일종의 경고인 셈이지요. 앞으로도 우리 가문을 주시할 터이니 허튼 생각은 하지 말라……. 이번은 조용히 넘어갈지 모르나, 아마 두 번은 용서하지 않으실 겁니다."

왕후는 크게 낙담하여 어깨가 축 처졌다.

"네크로스가 돌아온 다음이 걱정이구나."

"네크로스 경에게는 알리지 않을 생각이라 하셨습니다. 그와 우리

가문이 결정적으로 사이를 그르치는 일은 없도록 배려해 주겠다는 뜻이겠지요. 폐하께서 그를 생각하시는 정도가 누님과 저의 생각 이상이었던 것 같습니다. 그가 여행을 떠난 이래 줄곧 그의 행적이 폐하께 보고가 되고 있었더군요. 결코 그냥 내보내셨던 게 아닙니다.”

“그럴 테지. 워낙 용의주도한 분이시니……. 이제는 어떻게 할 생각이냐?”

“모르겠습니다. 한동안 생각을 정리해 봐야겠습니다. 한 가지 분명한 것은, 이제부터라도 행동에 조심하지 않으면 정말로 큰 화를 입을 수도 있다는 겁니다.”

자이즈 후작은 우울하게 입을 다물었고, 왕후도 시름에 잠겨 침묵에 빠져들었다.

*   *   *

그 무렵 크로드 일행은 두세 개의 마을을 더 지나 스파스라는 이름의 소도시에 들어가 있었다. 도시의 왼편에 위치한 언덕에는 도시와 같은 이름의 견고한 요새형 성이 도시를 내려다보고 있었다.

팔루스 산맥을 끼고 듀튼과 바르트 사이에 길게 자리 잡은 산악 국가 세나인과 국경이 멀지 않은 지역인만큼 스파스 성은 방어에 치중한 육중하고 탄탄한 성이었다. 그 스파스의 황갈색 성벽이 지금 석양을 받아 부드러운 주황색으로 물들어 있었다.

해질녘에 스파스에 도착해 여관을 하나 잡고 저녁을 먹은 다음 크로드는 방으로 가서 침대에 드러누워 책을 읽고 있었다. 양쪽 벽에 침대가 하나씩 있고, 안쪽에 네모난 테이블과 의자가 세 개 있는 직사각형의 방이었다.

도시에 어둠이 내리면서 1층의 식당을 겸한 주점에서는 술을 마시는 사람들의 소리가 조금씩 떠들썩함을 더해갔다. 그중에는 헤르쿨레스의 유달리 큰 목청도 섞여 있었다.

"술을 마시는 것까지는 좋지만 제발 춤과 노래는 하지 말아야 할 텐데……."

헤르쿨레스가 흥에 못 이겨 소란을 피우지나 않을지 잠시 걱정하던 크로드는 다시 책으로 주의를 돌렸다. 그런데 얼마 뒤, 문을 노크하고 유피가 들어왔다. 그의 손에는 술병과 음식이 담긴 쟁반이 들려 있었다.

"한잔하세요, 크로드. 이 집 술맛이 괜찮은데요."

유피는 테이블 위에 가져온 것을 늘어놓았다. 여기까지 일부러 들고 온 성의를 거절할 수 없어서 크로드는 테이블에 가서 앉았다. 유피의 뒤를 따라온 헤르쿨레스는 의자를 당겨 크로드의 맞은편에 앉았다. 뭔가 할 말이 있는 눈치였다.

"크로드, 뭐 좀 물어봐도 돼요?"

테이블에 턱을 괴고서 크로드의 얼굴을 한참 동안 물끄러미 쳐다보고 있던 헤르쿨레스가 물었다.

"뭔데?"

"있잖아요… 조금 전에 저기서 술 마시던 사람들이 자기들끼리 그러던데, 크로드가 전쟁에서 사람들을 엄청나게 많이 죽였다고 하더라구요. …사실이에요?"

헤르쿨레스의 말이 끝나기가 무섭게 유피는 대뜸 핀잔을 주었다.

"그런 걸 왜 물어? 크로드는 군대의 장군이었다잖아. 전쟁 때 사람을 죽이는 건 어쩔 수 없는 거지, 그게 질문거리나 돼?"

크로드는 유피가 따라놓은 술잔을 입에 대면서 물었다.

"사람들이 그렇게 말하던가?"

"얼마 전에 키르베인이란 나라가 망했다는 이야기를 하면서 그러던데요."

"하긴… 여기는 듀튼이었지."

크로드는 쓰게 중얼거렸다. 듀튼은 바르트와 직접 전쟁을 벌인 적은 없지만, 인접국이라는 점에서는 어떤 의미로든 긴장 관계에 있었다. 거기에 더해 이번에 바르트에 병합된 키르베인과는 직접 국경을 맞대고 있던 것이 아니라고는 해도, 마츠에 이은 두 번째 병합이니 바르트의 확장은 듀튼 사람들에게는 위기로 비춰질 수도 있을 것이다.

"그것뿐 아니구요, 아까 누가 또 그러던데, 몇 년 전에 마츠라는 나라의 그라스 성에서 싸웠을 때 크로드 혼자서 그 성 사람들을 남녀노소 불문하고 죄다 죽였다면서요? …정말 그랬어요?"

"이젠 또 그 소리야?"

유피는 헤르쿨레스를 흘겨보았다.

"그건 과장된 소문일 뿐이라고 내가 말했잖아. 어떻게 소문을 곧이곧대로 믿냐?"

헤르쿨레스를 나무란 유피는 크로드를 위로했다.

"얘가 순진해서 그래요. 너무 신경 쓰지 마세요. 크로드가 죽인 건 그 성의 기사들뿐이야. 그렇죠?"

크로드는 술잔을 소리나게 내려놓고 유피를 보았다. 표정이 즐거워지려 하고 있었다.

"그라스 성은 마츠의 손꼽히는 거성(巨城) 중에 하나였지. 그 성의 기사가 총 몇 명이었는지 알기나 하나?”

“몇 명이었는데요?”

“1,000여 명이었어.”

“기사만 1,000명이요? 굉장한 숫자네요……!”

헤르쿨레스는 입을 벌렸다.

“그럼 단순히 계산해 봐도 답이 나오는 것 아닌가? 내가 검을 휘두르는 동안 그 1,000명은 일렬로 줄을 서서 가만히 차례를 기다리기라도 했다는 말이야? …어째서 그런 이야기가 나오는 거지?”

울컥하는 마음을 억누르지 못해 즐거운 듯 미소를 띠고 설명을 하는 크로드를 보고 헤르쿨레스는 유피에게 소곤거렸다.

“말은 알아듣겠는데, 아무리 그래도 저런 이야기를 웃으며 하다니… 과연 살벌한 사람이야. 그치?”

“으음… 좀 엽기 성향이 없잖아 있는 것 같아.”

유피도 이때만큼은 고개를 끄덕였다.

크로드는 더 자세히 설명하려다가 그만두었다. 그라스 성에서 그가 비교적 많은 수의 기사를 상대하기는 했지만, 실제로 그가 주로 싸운 것은 그라스 성의 내성 호위 기사단이었다. 소문이라는 것이 원래 허황된 법이지만 이렇게까지 과장되어 있다니 어이가 없기도 했다.

“어쨌든 크로드는 기사들만 죽였지, 어린아이는 죽인 적 없는 거죠?”

헤르쿨레스는 끝까지 자신의 궁금증을 확인하려 들었다.

“어린아이?”

크로드가 되묻고 그에 대해 답하기 전에 유피는 짜증을 내며 헤르쿨레스의 머리를 쥐어박았다.

"그만 좀 해라. 그런 걸 자꾸 캐고 들어서 어쩌겠다는 거야?"

"사람들의 오해를 풀어줘야지. 크로드는 그렇게 나쁜 사람이 아니라고 우리가 말해 줘야 할 거 아냐?"

"그만둬. 여긴 크로드의 나라가 아니라 다른 나라야. 여기 사람들이 크로드인 줄 모르게 내버려 두는 게 크로드를 돕는 길이라구."

"왜? 이 나라와도 싸웠어?"

"그런 게 아니라, 바보야."

답답해하면서 유피는 자신의 머리칼을 벅벅 긁었다.

"인간들의 나라에는 하여간 그런 게 있단 말이야. 지금 당장은 안 싸웠어도 나중에 싸울 수도 있는 거구. 게다가 여긴 바로 옆 나라니까 더 조심해야 해. 크로드 본인이 밝히기 전에는 우리도 그냥 가만히 있는 게 좋아. 알겠어?"

헤르쿨레스는 이해가 잘 되지 않는지 크로드를 멀뚱멀뚱 쳐다보았다.

"그런 건가요, 크로드?"

"유피의 말이 맞아. 그래 주면 고맙겠어."

"알았어요. …유피 말대로 할게요."

그는 유피의 말에 납득한 것 같지는 않았지만, 크로드의 말을 받아들였다.

"아차, 아스윈과 미카데 씨는 아직 밑에 있었지?"

갑자기 생각났는지 유피가 벌떡 일어났다.

"트렌도 같이 있지. 왜?"

"트렌과 아스윈은 괜찮겠는데, 미카데 씨가 위험해. 술김에 누가 크로드 험담이라도 하면 다짜고짜 패줄지도 모르잖아. 그 힘으로 패봐, 까딱하면 살인난다구. 빨리 가봐야겠다. 너도 크로드 방해놓는 거

그만 하고 어서 가자.”

유피는 헤르쿨레스의 손을 잡아끌었다.

“나중에 봐요, 크로드.”

크로드와 같은 방에 묵고 있는 유피는 바닥에 있는 자신의 배낭을 집어 크로드의 반대 편 침대 위에 휙 던져 놓고 방을 나갔다.

탁, 소리를 내며 닫히는 나무 문을 바라보던 크로드는 헤르쿨레스의 말을 떠올렸다.

“어린아이라…….”

그는 우울한 심정으로 그 말을 되뇌었다.

단 한 번, 아이를 죽인 일이 있었다. 마츠의 수도를 함락시켰을 때의 일로, 그때 마츠의 주요 왕족은 모조리 참살당했다. 마츠의 침공에서 비롯된 전쟁이었고, 한때는 바르트가 존망의 위기에까지 몰렸었던 까닭에, 승리한 이후 마츠에 대한 조치는 그만큼 가혹했다.

당시 12세였던 마츠 왕의 둘째 손자는 마도사로 보이는 젊은 청년과 왕궁을 탈출하려다 크로드와 내성의 정원에서 마주쳤었다. 나중에 들은 이야기로는 마법에 소질이 있어서 어느 마도사의 제자로 들어가 있었다고 했다.

어차피 죽어야 할 목숨이었기에, 죽기를 각오하고 자신에게 달려드는 청년과 아이를 베었다. 유달리 눈이 크고 순진한 인상의 아이였다. 죽음의 순간에 그나마 고통이 덜하도록 한칼에 베었지만, 풀밭에 쓰러져 있는 아이의 하얀 얼굴과 그 피를 마시고 있는 네크로스를 보는 순간 자신에 대한 혐오감이 치밀었다. 자신이 아니었어도 죽었을 것을 알면서도 그 기분은 오랫동안 뇌리에 남아서 쉽사리 지워지지 않았다.

크로드 일행이 묵고 있는 여관의 길 건너 맞은편의 건물 그늘에는 앳된 얼굴의 한 소녀가 서 있었다. 부풀지 않은 긴 소매에 종아리까지 오는 검은 원피스를 입은 소녀는 까만 눈동자를 깜빡거리지도 않고 여관을 물끄러미 바라보고 있었다.

'마검의 기사, 엘프, 하플링, 인간 마도사, 엔젤, 그리고 또 하나는 어떤 존재지? 낯설지 않은 냄새가 나는데… 하프인가? 아무튼 이상한 구성이군. 나머지들도 그렇지만, 인간으로서 감히 그것을 다루는 것을 보면 보통의 인간은 아닐 테지? 한번쯤은 시험해 볼 필요가 있겠어.'

그런 것들을 생각하고 있는데, 소녀의 앞에 갑자기 커다란 그림자가 생겼다. 서른 줄의 평범한 차림을 한 남자가 그녀의 시야를 막아서 있었다.

"예쁘게 생겼구나. 집이 어디냐?"

남자는 은근한 어조로 물었다. 소녀는 남자를 올려다보고 고개를 설레설레 흔들었다.

"저런, 집이 없다고? 안됐구나. 이렇게 예쁜 아이에게 집이 없다니……."

그는 진심으로 소녀의 처지를 동정하는 것처럼 혀를 차고는 소녀의 어깨를 살짝 잡았다.

"이 아저씨랑 갈래? 맛있는 것도 주고, 잠잘 곳도 마련해 줄게."

소녀는 보일 듯 말 듯한 미소를 살짝 머금고 머리를 끄덕였다. 남자는 음흉한 웃음을 흘리며 옳다구나 하고 소녀의 손을 잡아끌었다. 그곳을 떠나기 전 소녀는 의미심장한 눈길을 여관에 던지고 남자에게 이끌려 도시의 어둠 속으로 사라져 갔다.

(2)

국경의 소도시 스파스에서 서쪽으로 얼마간 떨어진 작고 평범한 마을 다우에 한 남자와 여자 아이가 찾아든 것은 그로부터 이틀 후의 일이었다.

아침부터 흐린 날씨였다. 동이 트기 전부터 하늘을 덮고 있는 두꺼운 회색 구름 때문에 겨울 새벽처럼 어둡고 음울한 공기가 마을에 내려앉아 있었다. 하루 종일 햇빛이 들지 않았고, 저녁이 되자 여느 때보다 일찍 어둠이 내리고 안개까지 끼기 시작했다. 어디서부터인가 흘러들기 시작한 안개는 마을을 떠나지 않고 차곡차곡 쌓여들어 오래지 않아 코앞도 분간할 수 없을 지경이 되었다. 사람들은 서둘러 들일을 마치고 집으로 돌아갔다.

"빌어먹을, 무슨 놈의 날씨가 이래?"

다우의 유일한 여관인 말코 여관의 주인은 투덜거리면서 현관 문

옆의 기둥에 등불을 걸어놓고 문을 닫으려 했다.

"어이쿠!"

인기척도 없이 사람의 윤곽이 불쑥 눈앞에 드러나는 바람에 놀란 주인은 엉덩방아를 찧고 말았다. 젊은 남자와 검정색 원피스를 입은 어린 소녀였다.

"방 있어요?"

여자 아이가 물었다.

"아, 예. 있습니다. 어서 들어오십쇼."

주인은 벌렁거리는 가슴을 쓸어 내리며 두 사람을 안내했다.

"몇 개나 필요하십니까?"

"하나면 돼요."

소녀는 주인의 손바닥에 금화를 한 닢 얹어주었다. 주인은 곤란한 표정으로 머리를 긁적였다.

"어쩌죠? 마침 잔돈이 부족한데요… 며칠이나 계실 건지……."

"그냥 가져요."

아무렇지 않게 던지는 소녀의 말에 주인은 눈이 휘둥그레져서 연방 고개를 조아렸다.

"아이고, 감사합니다, 아가씨."

"방은 어디죠?"

소녀의 말투는 무심하고 냉랭했다.

"예, 이리로 오십시오."

주인은 신이 나서 얼른 두 사람을 제일 크고 깨끗한 방으로 안내했다.

"저녁은 어떻게 할까요? 방에서 드시겠습니까?"

"필요없어요."

소녀는 방으로 들어가 침대 끝에 걸터앉았다. 남자는 맞은편의 침대에 앉았다. 방 안쪽의 작은 테이블 위에 등잔을 켜고 나오면서 주인은 묘한 사람들이라며 갸웃거렸다. 벙어리인지 이곳에 들어온 이래 한마디의 말도 하지 않은 남자는 낯빛이 푸르스름했고 눈은 뭔가 긴 것처럼 생기없이 흐릿해 보였다. 그는 아무렇게나 벌리고 앉은 무릎 사이로 두 손을 늘어뜨리고 구부정한 자세로 앉아 있었다.

"꼭 물 간 생선 같은 이상한 남자네."

주인은 조그맣게 중얼거리면서 계단을 내려갔다.

옐은 침대에서 일어나 나무 창문을 열었다. 창문을 열자마자 기다렸다는 듯이 안개가 방 안으로 밀려 들어왔다. 그녀의 손 안에 검은빛의 구가 생겨났다. 옐이 창밖으로 손을 내밀자 그것은 그녀의 손에서 떠올라 안개 속으로 소리없이 녹아 들어갔다. 유백색의 안개에 검은빛이 뒤섞이면서 안개의 빛깔은 푸르스름하게 변하기 시작했다. 여관에서 시작된 푸른 안개는 점차 마을 전체로 확산되어 갔다.

잠시 후 아래층에서 뭔가가 넘어지는 소리와 함께 신음 소리가 들렸다. 여관에 있던 사람들이 비틀거리면서 목을 움켜쥐고 헐떡거리고 있었다.

"숨을… 쉴 수가 없어……."

같은 상황이 온 마을에 걸쳐서 발생했다. 저녁을 먹고 일찍 잠자리에 들었던 사람들은 갑작스러운 호흡 곤란에 괴로워하며 집을 뛰쳐나왔지만 숨통을 죄는 죽음의 안개에서 벗어날 길은 없었다. 하나둘씩 숨이 끊어지고, 오래지 않아 마을은 묘지와 같은 적막에 잠겼다.

옐은 남자를 데리고 여관을 나와 마을 가운데를 지나는 길로 나갔다. 사람들뿐 아니라 소나 말, 개 등의 가축들도 모두 눈을 홉뜨고 죽어 있었다. 시야를 가로막은 탁한 안개에도 옐의 걸음걸이는 조금도 흐트러짐이 없었다. 모두의 죽음을 확인한 옐은 손을 내밀어 폈다. 그러자 조금 전과는 반대로 안개에서 푸른 빛깔이 빠져나와 검은빛의 구로 변해 손바닥 위에 모여들었다. 옐은 주먹을 쥐어 그것을 흡수하고 죽은 자들에게 명령을 내렸다.

"일어나라. 이제 너희들에게 새로운 생명을 주겠다. 일어나서 나에게 복종하라. 나는 너희에게 생명을 주는 자, 너희의 육신에 힘을 불어넣는 자, 너희 의지의 주인이다."

옐의 명령이 있자 마을 곳곳에 쓰러져 있던 사람들의 몸이 조금씩 움찔거리기 시작했다. 그러나 바닥을 짚고 천천히 몸을 일으키는 그들의 표정은 백지처럼 지워져 있었고, 눈동자는 옐의 뒤에 서 있는 남자의 그것과 마찬가지로 생명의 생기를 잃고 멀거니 한곳으로 고정되어 있었다.

"이제 있던 곳으로 돌아가도 좋아. 명령이 있을 때까지 대기하도록."

그들은 옐의 말을 알아들은 것처럼 멍한 얼굴로 걸음을 떼어 각자의 집으로 돌아갔다. 옐은 그 모습을 지켜보고 있다가 여관으로 갔다. 여관의 현관 문에서 바로 들어가게 되어 있는 식당에는 주인과 그의 가족들이 아무 자리에나 흩어져 앉아 멍한 시선을 벽에 던지고 있었다.

"너도 여기 남아."

옐은 뒤따르는 남자에게 이르고 혼자 방으로 올라갔다. 남자는 대답없이 계단 아래에 주저앉았다.

방에 들어간 옐은 신발도 벗지 않고 침대에 드러누웠다. 딱딱한 베개에 머리를 얹고 천장을 물끄러미 바라보던 그녀는 중얼거렸다.

"이제 기다리기만 하면 되는군."

*   *   *

이틀 뒤 정오 무렵, 크로드 등은 언제부터인가 눈앞을 가득히 메우고 있는 안개에 고전하면서 길을 가고 있었다.

"기분도 그렇고, 오늘은 아까 그 마을에 머물 걸 그랬어요."

헤르쿨레스는 느낌이 좋지 않다며 투덜거렸다.

"비가 오는 것도 아닌데, 날씨가 흐리다고 쉬긴 그렇잖냐."

"그래도 이건 너무 심하잖아."

"어쩌겠어. 이왕 여기까지 온걸. 가다 보면 마을이 나오겠지."

유피는 헤르쿨레스를 달래고 손으로 안개의 미세한 입자를 휘휘 휘저었다.

"그나저나 정말 굉장한 안개다, 그치? 이런 날은 안개 속에서 뭔가가 불쑥 튀어나올 것 같지 않아?"

그렇게 중얼거린 그는 느닷없이 길 옆으로 폴짝 뛰어들어 안개 속으로 사라지더니 기괴한 소리를 지르면서 천천히 나타났다. 안개를 헤치고 서서히 얼굴의 윤곽이 드러나는 모습은 약간 오싹한 느낌을 주기는 했다.

"으허허허… 어때? 무섭지?"

헤르쿨레스는 유피를 보고 킬킬거렸다.

"무서운 게 아니라 웃긴다. 유피, 너는 얼굴이 아니라 배부터 보여. 안개에 싸여 등장하는 네 배를 보니 지금이라도 애가 나올 것 같다. 비켜봐, 내가 해보지."

그러더니 그는 말에서 뛰어내려서 유피를 흉내 내 안개 사이로 숨었다가 아스윈의 옆에 불쑥 나타났다.

"우웩!"

두 팔을 치켜들고 고함을 지르며 나타난 헤르쿨레스의 모습에 놀란 아스윈은 새된 비명을 지르며 주먹으로 그의 머리를 내려쳤다.

"뭐 하는 짓이얏!"

"아얏!"

헤르쿨레스는 머리를 감싸 쥐고 바닥에 주저앉았다가 큼직한 혹을 달고 일어나 눈물을 흩뿌리며 항의했다.

"왜 때려!"

"네가 먼저 놀라게 했잖아! 그러게 왜 못생긴 얼굴을 갑자기 들이밀어?!"

"뭐라고? 다시 말해 봐. 못생겼다고?"

헤르쿨레스가 흥분해서 아스윈에게 따져 묻는데, 아스윈의 옆에서 말을 타고 있는 미카데가 나직한 목소리로 말했다.

"괴물이에요."

아스윈과 헤르쿨레스는 동시에 그녀를 쳐다보았다.

"괴, 괴물?"

헤르쿨레스는 말까지 더듬거렸고, 아스윈은 곤란한 웃음을 흘렸다.

"미카데 씨, 아무리 그래도 그렇지… 그렇게 적나라하게 사실을 말하면 본인이 상처받잖아요."

"뭣이라?"

편을 들어주기는커녕 도리어 상처에 소금을 뿌리는 아스윈의 행동에 헤르쿨레스는 입을 쩌억 벌렸다. 미카데는 진지한 태도로 머리를 흔들었다.

"그게 아니라 진짜 괴물이 있는 것 같아요."

"예? 괴물이 있다구요?"

아스윈은 불안스러운 눈으로 자신들을 에워싼 안개의 바다를 살펴보았지만, 안개 이외에는 아무것도 보이지 않았다. 그러나 미카데의 말을 뒷받침하듯이 일행의 말들이 이상한 행동을 보이기 시작했다. 말들은 갑자기 한자리에 멈춰 서서 미적거리며 앞으로 나가려고 하지 않았다.

"아무래도 이 안개부터가 수상한데."

크로드는 말을 달래면서 아스윈에게 물었다.

"안개를 흩어버릴 수는 없겠소?"

"그런 마법은 배운 적이 없어요. 안다고 해도 함부로 쓰면 안 되는 것이기도 하구요."

"하는 수 없군. 여기서 이럴 수는 없으니 계속 가보는 수밖에."

말을 어르면서 전진하던 도중, 헤르쿨레스가 자신의 머리로 날아 들어오는 물체를 엉겁결에 받아 들었다.

"이게 뭐야, 도끼잖아! 이런 걸 왜 던져 버리는 거지? 아직 멀쩡한데."

도끼 자루를 잡고서 살펴보는 헤르쿨레스에게 유피가 고함을 꽥 질렀다.

"임마, 그거 우리 죽으라고 던진 거잖아!"

“앗, 그런가?”

“그걸 말해 줘야 아냐?! 너, 바보야?!”

마구 열을 내는 유피였으나, 더 이상 흥분할 시간은 없었다. 다음 순간에는 그 자신이 표적이 되어 있었던 것이다. 그의 몸을 노리고 세차게 내리꽂히는 무엇인가를 유피는 아슬아슬하게 단검으로 가로막았다.

“앗, 이건… 쟁기네…….”

자칫하면 머리에 꽂혔을 우악스러운 쟁기 날을 쳐다본 유피는 기겁해서 몸을 돌렸다. 쟁기를 잡고 있는 상대는 허름한 차림새의 농부였다. 농부는 멍한 얼굴로 유피에게 달려들어 쟁기를 휘둘렀다.

“어, 왜 이러세요, 아저씨.”

당황해서 피하는 유피에게 뒤에서 트렌이 소리쳤다.

“조심하세요. 그는 언데드예요!”

“언데드? 이미 죽은 사람이란 말이잖아.”

유피는 상대의 공격을 피하고 단검을 뽑아 반격했다. 단검으로 상대의 팔을 스쳤는데도 농부는 전혀 아픈 기색이 없었고 피도 흐르지 않았다.

“진짜네. 모두 조심해요. 진짜 언데드예요!”

유피의 주의에 헤르쿨레스가 비명으로 화답했다.

“여기도 있어!”

“언데드라고?”

그 말을 듣자마자 아스윈은 오그라들었다.

“거기서 그러고 있으면 어떡해! 빨리 거들어야 할 것 아냐?”

유피가 돌아보고 짜증스럽게 소리쳤지만 아스윈은 말 안장에 붙어

앉아 바들바들 떨기만 할 뿐 거의 패닉 상태였다.

"난 몰라. 저런 거랑은 못 싸워. 아악~!"

아스윈은 몸을 움츠리고 자지러지게 비명을 질러댔다. 아스윈을 향해 달려오는 언데드의 몸에 트렌의 은빛 창이 꽂혔다.

크로드는 네크로스를 뽑아 들고 말에서 뛰어내려 유피를 도우러 갔다. 그때 저 앞에서 도움을 청하는 비명 소리가 들렸다.

"사람 살려! 살려주세요!"

겁에 질린 여자 아이의 목소리였다. 크로드는 유피를 덮치고 있는 언데드를 베어내고 목소리가 난 쪽을 향해 달려갔다. 그전에 그는 트렌을 뒤돌아보고 말했다.

"우리가 가볼 테니 이곳에서 여자들과 말들을 보호하고 있으시오."

"알겠습니다."

트렌은 창을 꺼내 아스윈의 곁에 섰다. 미카데가 갈퀴를 뽑아 크로드를 뒤따르려 하는데 트렌이 그녀를 불러세웠다.

"미안하지만, 제 반대 편에서 아스윈을 보호해 주세요. 저 혼자서는 말들까지 챙길 수가 없겠어요."

미카데는 트렌의 말이 마음에 들지 않는 눈치였으나 잠자코 그의 말에 따랐다.

"같이 가요, 크로드."

유피와 헤르쿨레스는 크로드를 따라나섰다.

"끄으으……"

기분 나쁜 신음 소리가 여기저기에서 들리며 언데드들이 출현했다. 크로드는 네크로스를 휘둘러서 베고 지나갔다. 사람이면서도 사람과는 다른, 나무 둥치를 연상케 하는 둔중한 충격이 손으로 전달되고,

수액 같은 눅진한 피가 몇 방울 흐르다가 마는 불쾌하고도 이상한 상대였다.

살아 있는 인간의 냄새를 맡았기 때문인지 언데드들은 어디에서인가 끊임없이 튀어나왔다. 탁한 안개 사이로 건물의 벽이 조금씩 보이는 것으로 짐작컨대 마을에 들어선 것 같았다.

"어디에 있소?"

생존자의 목소리가 들리지 않아서 어디로 가야 할지 알 수가 없었다. 잠시 방향을 가늠하며 서 있는데, 뒤에서 헤르쿨레스가 절박하게 소리를 질렀다.

"어떡해요, 크로드? 저 물렸어요."

"물렸다구?"

설마 엘프가 언데드가 되지는 않을 것이라 생각하면서도 크로드는 헤르쿨레스에게 다가갔다.

"여기요, 여기를 물렸어요."

헤르쿨레스는 왼쪽 팔뚝을 가리키며 징징거렸다. 살펴보려고 오른손을 뻗는데 갑자기 헤르쿨레스의 눈빛이 이상해지더니 크로드의 손을 덥석 물었다. 크로드는 재빨리 손을 빼면서 발로 한 대 차서 넘어뜨렸다.

"엄마야! 왜 이래요?"

바닥에 나뒹구는 헤르쿨레스는 보통 때의 그로 돌아와 있었다.

"괜찮아요, 크로드?"

유피가 걱정스레 물었다.

"모르겠어."

헤르쿨레스에게 물린 손에는 그의 이빨 자국이 선명하게 박혀 있었

다. 그런데 이번에는 크로드를 위로하던 유피가 넋 나간 얼굴로 그의
뒷덜미를 아그작 깨물고 있었다. 몸을 돌려 한 대 치려고 하자 유피는
제정신으로 돌아와 화들짝 놀랐다.

"앗, 왜 그래요, 크로드?"

어이가 없어 쳐다보는데 무엇인가가 뒤에서 덮쳐 왔다. 크로드는
허리를 숙여 그것을 피하고 네크로스를 크게 휘둘렀다.

"키아악!"

찢어지는 듯한 비명 소리가 터지고 팔꿈치부터 절단된 사람의 팔이
툭 떨어졌다. 상대는 비교적 젊어 보이는 남자였다. 초점없이 흐릿하
기만 한 다른 언데드들과는 달리 남자의 눈은 금방이라도 피를 쏟아
낼 것처럼 시뻘겋게 충혈되어 있었다. 남자는 자신의 팔을 주워 들고
펄쩍 뛰어서 안개 속으로 달아났다.

"저놈이에요. 저놈이 날 물었어요."

헤르쿨레스가 남자를 가리키며 소리쳤다. 그때 절박한 비명 소리가
다시 들려왔다.

"살려주세요!"

크로드는 급히 그곳으로 달려갔다. 헤르쿨레스와 유피도 그를 따라
갔다. 크로드는 그들이 갑자기 돌변해 물려고 덤비지는 않을지 신경
쓰면서 일정한 거리를 유지했다.

"까악—!"

비명 소리는 점점 가까워졌다. 안개 너머로 작은 형체가 어렴풋이
보였다. 남루한 옷차림의 어린 소녀가 넘어질 듯 비틀거리며 안간힘
을 다해 달리고 있었다. 그녀의 뒤에는 여자 언데드 둘이 바싹 뒤쫓고
있었다. 푸르게 변색된 거친 손아귀에 지금이라도 소녀의 검은 머리

칼이 나꿔채일 찰나였다.

크로드는 전력으로 달려가 소녀의 팔을 잡아 자신의 몸 뒤로 돌리고 언데드의 몸통을 두 도막 내어버렸다. 두 번째 언데드를 쓰러뜨리는 순간 크로드의 머리를 무엇인가가 내려쳤다. 피하고 보니, 조금 전에 부딪쳤던 남자 언데드였다.

그는 자신의 잘린 팔을 무기 삼아 크로드를 공격했다. 지금까지의 언데드들과는 확연히 다르게 남자의 움직임은 부드러웠고 대단히 빨랐다. 남자는 언데드라고는 볼 수 없을 정도로 민첩하게 좌우로 이동하면서 크로드에게 나무토막처럼 뻣뻣하게 굳은 자신의 팔을 휘둘렀다.

크로드의 뒤에서 그에게 매달려 있던 옐은 유피와 헤르쿨레스에게 시선을 돌렸다. 둘은 다른 언데드들과 얽혀서 싸우고 있었다.

"그도 언데드다. 그를 죽여!"

머리 속에 울리는 옐의 명령에 둘은 동작을 멈추었다. 크로드의 모습이 얼핏 언데드로 보였다. 유피는 눈을 비비고 그를 자세히 보았다. 크로드가 맞았다. 헤르쿨레스도 어지러운 표정으로 엉거주춤 서 있었다.

"그를 죽여라. 그는 적이다. 죽여라. 죽여라!"

계속되는 명령에 유피와 헤르쿨레스의 눈은 조금씩 흐려지기 시작했다. 그러나 그들은 무엇 때문인지 곧장 움직이지 않고 미적거렸다.

"망설이면 너희가 죽는다! 그를 죽여야 해! 죽여라, 지금 당장! 어서 그를 베어라⋯⋯!"

명령에 저항하듯이 머뭇거리던 두 사람이 겨우 걸음을 떼려는 순간이었다. 크로드의 네크로스가 남자의 머리를 떨어뜨렸다. 잘린 머리가 지면으로 툭 떨어졌다. 그런데 바닥에 부딪친 머리는 크로드를 향해 굉장한 탄력으로 튀어 올랐다. 벌건 눈을 부릅뜨고 이빨이 죄다 드러날 정도로 입을 한껏 벌린 모습이었다. 크로드는 피하지 않고 정면으로 그것을 받아 네크로스로 깨끗이 갈라 버렸다.

"크아아악~"

진득한 뇌수가 공중에서 터지면서 남자의 눈알이 튀어나오고 점점이 빠져 버린 이빨이 바닥에 나뒹굴었다.

유피와 헤르쿨레스는 몸을 부르르 떨더니 정신을 차렸다.

"방금 전에 우리가 뭘 하려고 했지?"

"몰라……."

남자가 쓰러지고 나자 안개는 빠르게 흩어지기 시작했다. 잠시 후에는 시계가 회복되면서 자신들이 서 있는 곳이 제대로 보이기 시작했다. 하늘은 여전히 흐려서 햇빛이 비치지 않았지만 아직 한낮이었다. 그러나 세 사람의 주위에는 아직도 여러 명의 언데드들이 흔들거리는 걸음으로 다가오고 있었다. 소녀를 가운데에 두고 셋이서 언데드들을 상대하고 있는데, 트렌과 미카데가 아스원과 일행의 말들을 모아 다가왔다. 미카데는 재빨리 세 사람에게 달려와 합류했다. 크로드는 미카데에게 말했다.

"이 아이를 보호해 주시오. 마을의 생존자요. 혹시 생존자가 더 있을지도 모르니 찾으러 가보겠소."

미카데에게 여자 아이를 맡기고 크로드는 마을 안쪽로 달려갔다. 유피도 얼른 그를 따라갔다. 유피는 크로드의 뒤를 가면서 큰 소리로 외쳤다.

"누구 살아 있는 사람 없나요?"

크로드의 네크로스가 암흑기를 뿜으며 앞서 갔다. 그다지 크지 않은 마을이라 집은 열서너 채가 전부였다.

"누구 없습니까? 살아 있는 사람은 빨리 나오세요."

유피는 목청을 돋우어 몇 번이고 소리쳤다. 언데드들을 베어가며 마을을 대략 한 바퀴 돌았지만 살아 있는 사람은 발견하지 못했다. 나머지 일행이 있는 곳으로 되돌아온 크로드는 일행들에게 말했다.

"다른 생존자는 없는 것 같소. 내가 앞장설 테니 마을을 나가도록 합시다."

일행은 그대로 크로드의 선도로 마을을 통과해서 반대 편으로 나갔다.

"저 마을을 어쩌죠? 언데드는 확산된다는데…….."

유피가 걱정스레 중얼거리다가 아스윈을 보았다. 아스윈은 마을을 떠나온 지금까지도 눈을 꼭 감은 채 말 등에 찰싹 붙어서 목덜미를 끌어안고 떨고 있었다.

"아직도 그러고 있어? 의식 좀 회복해라."

아스윈에게 다가간 유피는 그녀의 안장을 툭툭 치면서 말을 걸었다. 아스윈은 한쪽 눈만 살짝 뜨고 유피를 보았다.

"언데드는? 이제 괜찮아진 거야?"

"당연하지. 그럼 내가 언데드라도 된 줄 알았냐?"

허리에 손을 얹고 건재를 과시하는 유피를 보고 마을에서 그와 헤르쿨레스에게 물렸던 일을 기억한 크로드는 트렌에게 말했다.

"미안하지만, 저 두 사람 좀 봐주시오. 언데드에게 물린 모양이오."

트렌은 유피와 헤르쿨레스를 살펴보았다.

"감염의 흔적이 있기는 합니다. 하지만 이상한 일이군요. 엘프와 하플링에게까지 감염이 되다니……."

"헉! 그럼, 저도 언데드가 되는 건가요?"

더럭 겁을 집어먹은 헤르쿨레스를 트렌은 웃으며 안심시켰다.

"그렇지는 않아요. 곧 괜찮아질 겁니다."

트렌은 둘의 이마에 손을 얹어 정화시켜 주고, 헤르쿨레스에게 물린 손의 상처를 들여다보고 있는 크로드에게 말했다.

"당신은 괜찮습니다. 네크로스가 있는 한 그런 영향은 받지 않습니다."

"어쨌든 이 기분 나쁜 곳을 빨리 떠나요. 또 쫓아 나오면 어떡해요?"

말 안장에서 불안한 자세로 엉덩이를 들썩거리던 아스윈은 일행을 재촉했다.

"다음 마을까지 얼마나 될지 모르는데, 난 괜찮지만 이애를 계속 걷게 할 수는 없잖아요? 말에 태워야 하지 않겠어요?"

유피가 말했다. 일행 중에서 말을 타지 않은 것은 유피뿐이었다. 일행을 둘러보던 유피는 트렌에게 말했다.

"트렌의 말에 타면 되겠네요. 트렌은 무게가 거의 나가지 않으니까 말도 부담없을 거고."

유피의 말이 끝나기도 전에 소녀가 날카롭게 반응했다.

"안 돼요!"

일행이 의아하게 바라보자 소녀는 당황하며 눈을 내리깔고 시선을 피했다.

트렌은 어깨를 한번 으쓱해 보인 후 말했다.

"나보다 차라리 아스윈의 말에 태우세요."

“그럼 그렇게 하죠.”

어쩐지 소녀가 트렌을 두려워하는 것 같아 다들 이상하게 여겼지만 트렌의 말에 따라 유피가 소녀를 안아 올려 아스윈의 앞에 태웠다. 아스윈은 어째서 인상 좋은 트렌을 두려워하는지 이상하게 여기면서도 소녀의 마음을 풀어줄 요량으로 말했다.

“겁낼 것 없어. 저분은 아주 좋은 분이야. 그야말로 천사 같은 사람이지. 얼마나 착하고 상냥하다구.”

소녀는 대답없이 고개를 숙이고 있었다.

“난 아스윈 레베라고 해. 넌 이름이 뭐니?”

“…메이.”

아이는 마지못해 대꾸했다.

“그냥 둬, 아스윈. 그 난리통 속에서 살아 나왔는데 말할 기운이 있겠어? 어서 여기를 떠나자구.”

헤르쿨레스가 재촉하고 말을 몰았다.

(3)

사방에 어둠이 깔리기 시작할 무렵, 일행은 다른 마을에 도착했다.

"…설마, 저긴 괜찮겠죠?"

아스윈은 불안해했다.

이곳에서는 옆 마을에서 일어난 일을 전혀 모르는지 평온한 분위기였다.

"여긴 또 멀쩡하네."

헤르쿨레스는 지나치는 사람들의 얼굴을 살펴보며 중얼거렸다.

"또 나타날지도 모르니까 여기 사람들에게도 알려야 하지 않겠어요?"

아스윈의 말에 크로드는 고개를 끄덕였다.

"그래야겠지."

"이 마을의 촌장님 집을 찾아가죠."

유피가 지나가는 사람을 붙잡고 촌장의 집을 물어, 일행은 그곳으로 찾아갔다. 대단히 중요한 일이 있어 왔다는 유피의 인사말에 촌장은 어리둥절한 기색으로 그들을 집 안에 들여주었다.

"대체 무슨 일이신지……."

"지금부터 하는 이야기를 듣고 너무 놀라시면 안 됩니다. 침착하게 대처하셔야 돼요."

유피는 마음의 준비를 시킨 다음 촌장에게 자초지종을 설명했다. 설명을 듣는 동안 촌장의 얼굴은 놀라움과 두려움으로 눈에 띄게 경직되었다.

"다우가 언데드 소굴이 되었다구요? 세상에 그럴 수가……! 요 이삼 일 동안 날씨가 너무 이상하다고는 생각했었지만……. 그럼 그 마을 사람들은 다 죽었습니까?"

"그런 것 같습니다. 이 아이를 제외하고는 전부 언데드가 된 모양이에요."

아스윈은 메이를 가리키며 말했다.

"대체 어떻게 된 거냐? 언데드가 어디서 나타났지?"

촌장의 질문에 메이는 모르겠다며 고개를 설레설레 흔들었다. 헤르쿨레스가 대신 말했다.

"잘은 모르겠지만, 언데드들 중에서 대장이 있었어요. 눈이 아주 빨갛고 힘이 세고 빨랐는데, 크로드가 그 남자를 해치우고 나니까 안개가 걷혔어요."

"언데드 대장이요?"

의아하게 묻던 촌장은 갑자기 무엇을 생각했던지 벌떡 일어났다.

"이러고 있을 일이 아니군요. 빨리 마을 사람들에게 알려서 방책을 쳐야겠습니다. 언데드가 여기까지 오면 큰일이니까요."

아스윈이 촌장에게 충고했다.

"방책도 중요하지만, 기름과 횃불을 많이 준비하세요. 마을을 환하게 밝혀놓고 있다가 혹시나 언데드가 다가오면 기름을 던지고 불을 붙이면 돼요. 밤만 잘 넘기면 괜찮을 거예요. 대장을 없애서 낮에는 잘 움직이지 못할 테니까요."

"아, 예. 아무튼 알려주셔서 고맙습니다."

인사를 하고 허겁지겁 방을 나가려는 그에게 크로드가 일어서며 말했다.

"우리는 여관에 가서 방을 잡아놓고 있겠습니다. 혹시 필요한 일이 있으시면 찾아주십시오."

"그렇게 하시겠습니까? 그러면 같이 나가시지요."

촌장과 헤어진 일행은 여관을 찾아가서 방을 정하고 저녁 식사를 주문했다. 식사가 나오기를 기다리며 식당에 앉아 있는데, 바깥에서 시끄러운 종소리가 나더니 마을 전체가 소란스러워졌다. 어떤 남자가 여관 문을 확 열고는 큰 소리로 외쳤다.

"다들 나와봐요! 옆 마을에 언데드가 나타났대. 오늘 밤 안으로 방책을 쳐야 한대요."

그 말에 여관 주인은 부리나케 그를 쫓아나갔다.

"뭐가 어쨌다고?"

"언데드랍니다. 다우 사람들이 언데드가 되었대요."

방책을 만드느라 나무를 부수고 두드리는 소리와 사람들의 소란은 저녁 시간 내내 계속되었다. 여관에서도 일행에게 음식을 내어주고는 다들 바깥으로 나가 버렸다.

밥을 먹다가 아스윈은 메이의 일을 걱정했다.

"이 아이는 어쩌죠? 부모도 모두 잃었을 텐데……."

"지금은 이 마을 사람들도 경황이 없는 모양이니까 내일 아침에 촌장님에게 부탁해 보죠. 바로 이웃 마을이니까, 누구 아는 사람이라도 있지 않겠어요?"

유피의 제안에 헤르쿨레스도 찬성했다.

"유피 말이 맞겠네요. 오늘은 우리가 데리고 있고, 내일 알아봐요."

크로드 일행은 저녁을 먹고 일찍 방으로 들어갔다. 언데드들과 싸우느라 피곤하기도 했지만, 마을의 분위기가 너무 급박하고 살벌해서 식당에 앉아 있기도 그랬다.

방에 들어간 크로드는 갑옷을 벗고 윗옷도 벗었다. 낮에 헤르쿨레스와 유피에게 물렸던 상처에 바르려고 약을 찾아 꺼내 드는데, 같이 들어온 유피가 손뼉을 탁 치며 외쳤다.

"크로드, 목뒤의 그거, 키스 마크죠?"

유피가 손가락으로 가리키면서 물은 자국은 유피 자신이 물었던 바로 그 자리였다. 어이가 없어서 표정을 억제할 수 없게 된 크로드가 손바닥으로 얼굴을 지그시 누르고 서 있자 유피는 다가와서 싱글싱글 웃었다.

"그렇게 쑥스러워할 것 없어요. 다 큰 어른인데 뭐 어때요? 그런데 언제 만든 거길래 아직도 그렇게 자국이 선명해요? 뜨거운 밤이었나 보네."

크로드를 놀리던 유피는 결국 한 대 맞고 나서야 낮의 일을 기억해 내고 얌전하게 침대에 들어갔다. 크로드는 약을 바르고 침대에 누웠다. 유피도 겸연쩍게 머리를 긁적이곤 그의 반대쪽 침대에서 잠을 청했다. 여관 밖에서는 그때까지도 마을 사람들이 작업을 하는 소리가 시끄럽게 들렸다.

밤이 깊었다. 늦은 시각까지 방책을 만들어 세운 사람들은 조를 짜서 감시를 위해 남은 사람들을 제외하고는 잠자리에 들었다. 마을 주위를 막아서 둘러 세운 방책 곳곳에는 횃불을 환하게 달아놓고 두세 명씩 한 조를 이루어 밤새도록 순찰을 돌았다.

아스윈과 미카데와 같은 방에 있던 옐은 눈을 뜨고 몸을 일으켰다. 잠시도 잠들었던 적이 없는 생생하고 또렷한 눈동자였다.

그곳은 세 개의 침대가 나란히 놓인 방이었다. 옐이 있는 침대는 가운데에 있었고, 양 가에 쪽으로 아스윈과 미카데가 누워 있었다. 아스윈은 무서운 꿈이라도 꾸는지 작게 신음 소리를 내며 이불을 틀어쥐고 있었고, 미카데는 벽 쪽으로 몸을 돌리고 있어 얼굴이 보이지 않았지만, 그녀 역시 잠들어 있었다.

옐은 침대에서 내려와 문으로 다가갔다. 문을 열 것도 없이 그대로 통과해 나간 그녀의 앞에 반투명의 검은 말이 나타났다. 전신이 새까만 말의 비단실 같은 갈기는 공중으로 뻗어 부드럽게 나부끼고 있었다.

"말씀대로 세 존재만 제외하고 이 건물 안의 모든 자들을 헤어날 수 없는 꿈에 잠기게 만들었습니다."

검은 말은 고개를 조아리고 옐에게 보고했다.

"셋이라니, 누구지?"

"마검의 기사와 엔젤, 검은 로브의 여자 마도사입니다."

"엔젤에게 나이트메어가 통하지 않는 건 당연하겠지만, 기사와 그 여자도 걸리지 않더란 말인가?"

"예, 기사의 경우는 마검의 위력이 너무 강해서 저로서도 위험 부담이 컸습니다. 그리고 그 여자 마도사의 정신은 이상하게 넓고 어지러워서…….."

"넌 그래도 로드가 아닌가?"

"죄송합니다."

"엘프는?"

"이 건물 안에는 없습니다. 바깥에 나가 있는 것 같습니다."

옐은 짧게 한숨짓고 말했다.

"수고했다. 이제 가봐도 좋아."

나이트메어는 그녀에게 인사하고 모습을 감추었다. 옐은 그곳에서 이동해 크로드의 방문 앞에 섰다. 문을 투시해 방 안을 살피니, 유피는 악몽에 시달리느라 이불을 온몸에 둘둘 감고서 식은땀을 흘리며 끙끙거리고 있고, 크로드는 옆으로 몸을 돌리고 자고 있었다. 옐이 방문으로 다가서려는데, 아래쪽에서 헤르쿨레스의 목소리가 들리며 그녀를 불러 세웠다.

"메이 아냐? 여기서 뭐 해?"

여관을 나갔다더니 언제 들어왔는지 계단을 올라오고 있었다.

"이 시간에 왜 일어났어? 나쁜 꿈이라도 꾼 거야?"

아무것도 모르는 그는 가벼운 걸음으로 계단을 올라와 옐에게 다가왔다. 대답을 하지 않고 눈을 내리깔고 있는 소녀에게 말을 걸던 헤르쿨레스는 그녀가 서 있는 곳의 방문을 흘깃 보고 갸웃거렸다.

"여긴 크로드 방인데… 크로드에게 할 말이라도 있어?"

등 뒤로 돌리고 있는 옐의 작은 손에 검은 전기장이 일어났다. 그것을 움켜쥔 옐이 손을 앞으로 돌리려는 찰나, 누군가가 뒤에서 그녀의 왼쪽 어깨에 손을 얹었다. 트렌이었다.

"방을 잘못 찾았나 보구나. 아스윈의 방은 저쪽이야."

다정하게 들리는 목소리와는 반대로 옐의 어깨를 잡은 그의 손에는 그녀만이 느낄 수 있는 강력한 힘이 실려 있었다. 옐은 순간 당황했으나 이내 평정을 회복하고 뒷짐을 진 손에 쥐어진 암흑의 전기장에 더욱 힘을 집중했다. 그것이 더 강력해지면서 커지려고 하자 트렌의 다른 손이 그것을 가만히 덮어버렸다. 그러자 삐죽삐죽 튀어나온 검은 빛의 돌기들이 더욱 길고 예리하게 뻗어 나오며 날카로운 창날처럼 트렌의 손바닥을 꿰뚫고 튀어나왔다. 트렌의 미간이 미세하게 찡그려졌다.

"둘이 뭐 해요?"

옐의 등 뒤에서 일어나는 일을 알지 못하는 헤르쿨레스는 이상해하며 물었다.

"아무것도 아닙니다."

트렌은 고통을 억누르고 아무렇지도 않은 듯한 미소를 지었다. 그리고 자신의 손을 관통하고 있는 검은 전기장에 힘을 가해 그것을 부숴 버렸다. 그의 길고 가는 손가락이 찢어지고 깨어지면서 인간의 체액과는 다른 반짝이는 빛의 입자가 상처에서 새어 나왔다. 암흑의 전기장이 부서짐과 동시에 옐의 몸은 살짝 앞으로 흔들렸다. 뒤에서 가해진 타격에 옐의 동공이 일순 크게 열렸다. 옐은 입을 꼭 다물어 신음을 삼키고 태연을 가장하며 말했다.

"…잘래요."

“그래, 잘 자.”

헤르쿨레스는 끝까지 아무것도 눈치 채지 못하고 아스윈과 미카데가 있는 방으로 돌아가는 엘을 무심하게 바라보았다. 트렌은 헤르쿨레스가 자신의 상처를 보지 못하도록 왼손으로 엉망이 된 오른손을 감싸 쥐면서 돌아섰다.

“오늘은 다른 때보다 일찍 돌아왔네요.”

“재미가 없어서요. 언데드 때문에 다들 불안해서 난리인데, 한가하게 돌아다니기도 그렇고…….”

“그것도 그렇겠군요.”

트렌은 방으로 들어가더니 곧장 벽을 보고 침대에 누웠다. 헤르쿨레스는 다른 침대에 걸터앉아서 트렌에게 말을 걸었다.

“트렌, 어디 아파요?”

“아닙니다.”

“그런데 잘 것도 아니면서 왜 벽을 보고 눕고 그래요?”

“그냥… 조금 피곤해서요.”

필요한 대답만 하고 침묵하는 트렌의 태도에 싱거워진 헤르쿨레스는 자신도 침대에 벌렁 누웠다.

“기분이 진짜 이상한 밤이네.”

조그맣게 불평하는 헤르쿨레스의 음성을 들으며 트렌은 다친 손을 쥐고 상처를 회복시키고 있었다. 벽에 가만히 고정된 그의 눈동자는 투명한 만큼이나 시리게 가라앉아 있었다.

‘오랜 드래곤의 부하인가? …어째서 여기에 나타난 거지? 뭘 꾸미는 건가?’

　그 시각 옐은 미카데와 아스윈이 잠들어 있는 방이 아니라 마을 외곽의 숲 언저리에 나와 있었다. 그녀는 입술을 깨물고 횃불이 불의 뱀처럼 긴 띠를 이루며 둘러쳐져 있는 마을의 풍경을 노려보았다.

　"그냥 엔젤이 아니었어……. 적어도 파워즈(能天使) 이상의 누군가다. 버추즈(力天使)나 도미니온즈(主天使)인가? 대체 누구지? 그것부터 알아봐야겠어."

　그녀의 까만 눈동자에서 붉은 기운이 일어났다.

〈2권으로 이어집니다〉

천사의 9계급

·상위 3대

제1계급 세라핌(Seraphim, 熾天使)

신과 직접 교감하여 순수한 빛과 사고의 존재로서 사랑의 불꽃과 함께 진동한다. 천사의 모습으로 인간의 앞에 나타날 때는 6장의 날개와 4개의 머리를 가진다고 한다. 예언자 이자야는 권좌의 위쪽에서 붉타오르는 천사를 보고「각각 6장의 날개가 있는데, 그 중 2장으로 얼굴을 덮고, 다른 2장으로 다리를 덮고, 나머지 2장으로 날아오른다」고 썼다. 일반적으로 눈을 뜨면「사자처럼 짖고」, 「하늘을 나는 붉게 빛나는 전광의 뱀」으로 알려져 있다.

제2계급 케루빔(Cherubim, 知天使)

4장의 날개와 4개의 얼굴을 가지고, 신의 권좌를 옮기거나 신의 전차를 모는 자로 묘사된다.

제3계급 트로운즈(Thrones, 座天使) 또는 오파님(Ofanim), 갈갈림(Galgalim)

커다란 「수레바퀴」 또는 「많은 눈을 가진 자」로 묘사된다. 케루빔이 신의 전차를 모는 자라면, 오파님은 실제 전차인 모양이다.

·중위 3대

제4계급 도미니온즈(Dominions, 主天使)

천사의 임무를 통제한다고 하며, 제2천 내부의 자애로운 생활의 경로이다.

제5계급 버추즈(Virtues, 力天使)

은총의 천사. 보통 기적의 형태로 천상에서 은혜를 내려준다. 영웅과 선을 위해 분투하는 자와 연관되는 일이 많다. 가장 필요할 때 용기를 불어 넣어준다.

제6계급 파워즈(Powers, 能天使)

신이 창조한 최초의 천사라고도 하며, 제1천과 제2천 사이의 위험한 경계 지역에 거주한다. 능천사는 국경 경비병처럼 행동해 악마의 침입을 경계하면서 하늘의 통로를 순회한다. 이런 순시는 매우 위험한 일로, 능천사는 선인 동시에 악이기도 하다고 일컬어진다.

· 하위 3대

제7계급 프린시펄리티즈(Principalities, 權天使)

본디 지상과 대도시를 맡고 있는 계급이었으나, 점점 경계가 넓어져서 경계선이 상당히 애매해졌다. 권천사는 자신들의 영역을 넓혀 신앙의 수호자가 되었으며, 따라서 조금 완고한 선악관을 가진 경향이 있다.

제8계급 아크엔젤스(Archangels, 大天使)

모든 천사 계급 중 가장 명성을 누리고 있다. 『묵시록』에서 신의 앞에 서는 7명의 천사는 보통 대천사로 해석된다. 신과 인간을 중재하는 가장 중요한 중재자이며, 어둠의 아이들과 벌어지는 끊임없는 싸움에서 하늘의 군세를 이끈다.

제9계급 엔젤스(Angels, 天使)
천사 계급의 마지막으로 가장 인간에 가까우며 인간과 밀접하게 활동한다.

※ 이상의 내용은 오오타키 케이스케(大瀧啓裕) 역,『천사의 세계』, 靑土社(Malcolm Godwin 저, 원제『Angels - An Endagered Species』)에서 부분적으로 요약·발췌한 것임.

신인작가 모집

시작이 반이라고 했습니다.
작가의 길에 대한 보이지 않는 벽을 과감히 깨뜨리십시오!
청어람은 작가 지망생 여러분들의
멋진 방향타가 되어 드리겠습니다.

저희 도서출판 청어람에서는
판타지 소설 신인 작가분들을 모집합니다.
판타지 소설을 사랑하시는 분들의 많은 참여를 바랍니다.
소정의 원고(A4용지 150매)를 메일이나 우편으로 보내주시면
검토 후 출판 여부를 알려 드리겠습니다.

주소:경기도 부천시 원미구 심곡1동 350-1 남성B/D 3F · 우편번호420-011
TEL:032-656-4452 · FAX:032-656-4453
e-mail:eoram99@chollian.net

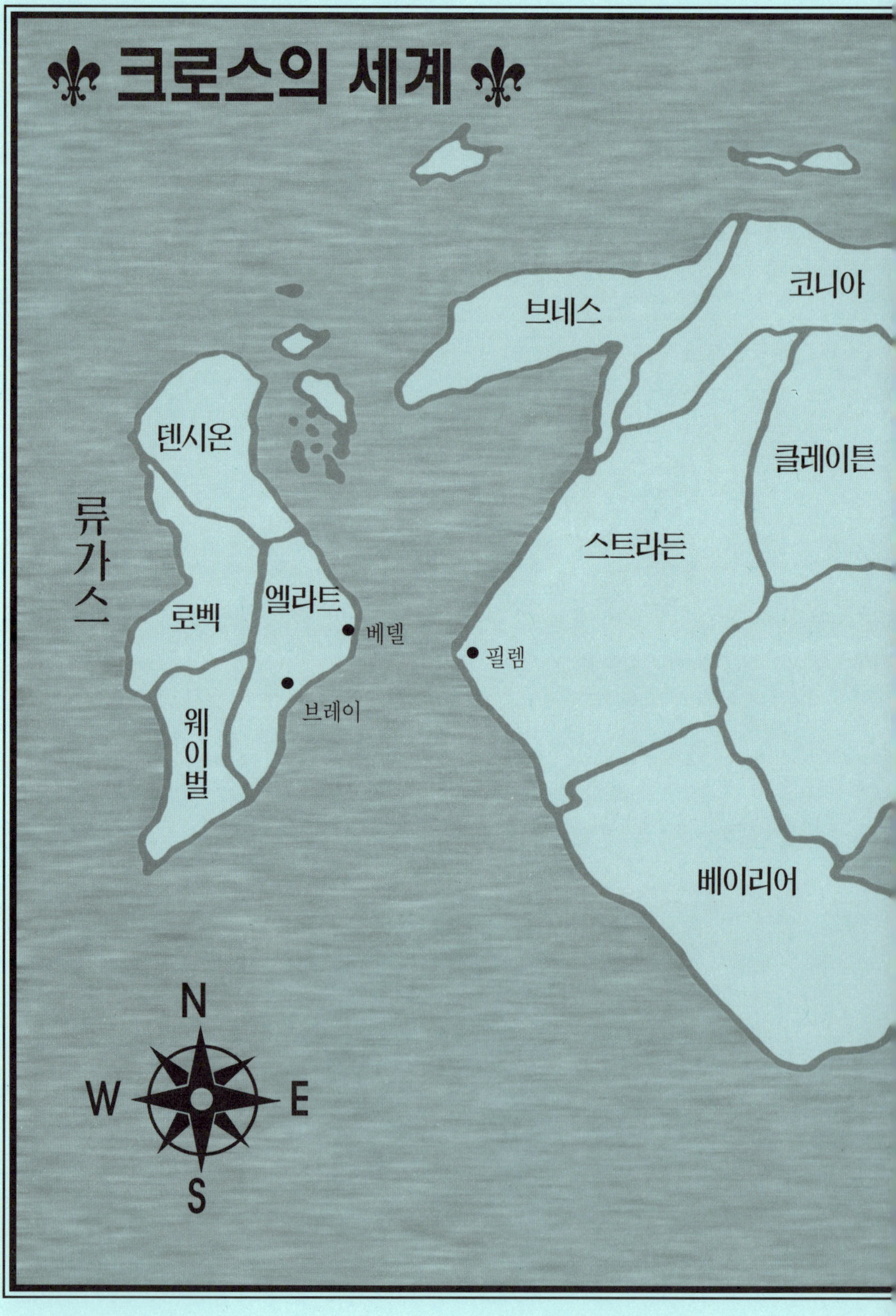

크로스의 세계
브네스
코니아
덴시온
클레이튼
류가스
스트라든
엘라트
로벡
베델
필렘
웨이벌
브레이
베이리어
N
W
E
S

시니아스
미스토산맥
팔루스산맥
라다스터
드리젠
루덴
리츠
펠린
세나인
플러니
아르코온
튜튼
▲(데임광산)
케인
(구 키르베인)
● 키르베인
소택지
바르트
메르즈틴
아가스 ● ●
알렘
리켈레
브린디
(구 마츠)
프람드
모티에
양 엘스헤른
샬
양 엘스헤른
칼 키 아